삶을 받아들이는 5단계

삶을 받아들이는 5단계

초판 1쇄 인쇄_ 2021년 02월 15일 | 초판 1쇄 발행_ 2021년 02월 18일
지은이_김서윤 김수정 김세희 이재윤 최혜린 | 엮은이_배설화 | 펴낸이_진성옥 외 1인 | 펴낸곳_꿈과희망
디자인·편집_윤영화
주소_서울시 용산구 한강대로 76길 11–12 5층 501호
전화_02)2681–2832 | 팩스_02)943–0935 | 출판등록_제2016–000036호
E-mail_ jinsungok@empas.com
ISBN_979-11-6186-098-5 43810
※ 책 값은 뒤표지에 있습니다.
※ 새론북스는 도서출판 꿈과희망의 계열사입니다.

# 삶을 받아들이는 5단계

김서윤·김수정·김세희·
이재윤·최혜린 지음
배설화 엮음

꿈과희망

올 여름은 유난히도 더 짧았던 것 같습니다. 잠깐이지만 무더웠던 여름이 지나고, 선선한 바람이 부는 가을이 왔습니다. 다사다난했던 2020년의 가을, 우리 친구들은 한 권의 책을 마무리하고 있습니다.

이 책은 삶을 받아들이는 다섯 단계로 나누어 다섯 명의 친구들이 각자 자신이 풀어내고 싶은 이야기를 담았습니다. 진정한 행복은 무엇인지 사유하고 자신의 가치관을 다양한 인물을 통해 형상화환 친구들이 대견합니다.

올해는 어느 때보다 뒤숭숭한 일들이 많았습니다. 코로나로 한 해를 시작하여 아직까지도 치열하게 투쟁을 벌이고 있으며, 궂은 장마와 연속적인 태풍으로 여러 지역의 피해가 적지 않습니다. 하지만 그

5

속에서도 한 줄기 희망이 있듯, 이 소설을 통해 진정한 행복이 무엇인지를 생각해 보는 계기가 되었으면 합니다.


강북중 교사<br>배설화

# 차<br>례

엮은이의 말  05


**부정** *13*

**분노** *65*

**타협** *127*

우울 *195*

수용 *239*


에필로그 *265*

작가의 말 *272*

**책을 쓰면서……** *283*

"······영국행 비행기가 공항 펜스 부근에 추락해 폭파되어 화재에 휩싸이는 사고가 벌어졌습니다. 관계자는 오늘 오후 5시 15분경, 영국행 비행기가 이륙 직후 갑작스레 회항하고선 추락했다고 전했습니다. 부상자는······."

하얀 벽, 바닥, 새하얘서 눈부시게 빛나는 공기들. 어쩌면 그건 방이라고 칭하기에도 애매할지 모른다. 그건 말 그대로 하얀 공간이었고, 어떠한 그림자나 각이 진 부분도 보이지 않았다. 오로지 흰 바닥과 끝이 보이지 않는 허공만이 존재하는 그 공간에 그들 전부가 모여 앉아 있었는데, 다섯 사람 중 아무도 말을 꺼내지 않아 어색하고 차분한 정적이 흘렀다.

긴 정적을 깬 것은 한 여성이었다. 흔치 않은 붉은색 정장을 입고 있던 그녀는 아름답고 찰랑이는 검은 머리칼을 가지고 있었다. 그녀는 미묘하게 웃고 있었는데, 그 미소에서 왠지 모를 여유와 흥미가 느껴진다. 그녀는 어깨를 한 번 작게 으쓱이곤 눈앞의 이들을 바라보며 말했다. 밝게 빛나는 갈색 눈동자에 다른 이들의 모습이 담겼다.

"…… 아무래도 우리 죽은 것 같죠?"

그 말을 들은 이들은 썩 좋지 않은 표정으로 입을 꾹 다물었다. 연갈색의 짧은 단발머리에 연두색 눈을 가진 여자는 헛웃음을 내뱉었고, 은근히 푸른빛이 도는 흑발을 한 남성은 왠지 생각이 많아 보이는 파란 눈을 한 채 입을 가만히 벌리고 있었다. 그 둘은 여자의 질문을 듣지 못한 듯 계속해서 바닥이나 허공을 응시했으며 말을 하는 방법을 모르는 양 어색한 침묵을 고수했다. 그런 분위기 속에서 그녀의 말에 대답한 사람은 조금 피곤한 기색이 보이는 한 남자였다.

"네, 뭐……. 그런 것 같네요. 비행기가 추락한 걸로 보여요. 멀쩡한 걸 보아하니 여기는…….."

"저승? 뭐 대충 그런 덴가요?"

긴 녹색 머리카락에 노란색과 초록색이 섞인 오묘한 눈을 가진 여자가 말했다. 그녀는 꽤 큰 키에 살짝 낡은 트레이닝복을 대강 걸치고 있었는데, 그 행색이 매우 어두워 보였다.

붉은 정장을 입은 여성의 말에 대답한 남자는 자신의 말이 끊겼지만 별로 개의치 않는 듯 고개를 가만히 끄덕였다. 그의 검은 머리칼과 눈동자가 공허한 분위기를 자아낸다. 딱딱했던 분위기가 대화로 하여금 약간 풀어지자, 가장 처음 말을 꺼낸 아름다운 여자는 만족스러운 눈빛으로 모두를 쳐다보았다.

"그러게요, 아프지도 않고……. 방금 전까지만 해도 불 때문에 뜨거워서 타버릴 것 같았는데 여기에선 흔적조차도 남지가 않았어요. 그나저나, 이제 어쩌죠? 쭉 기다려야 할까요?"

그녀는 주변을 찬찬히 훑어보며 말했다. 주위에는 그들을 제외하곤 그 누구도 없다는 걸 모두가 알았지만, 어떤 이들도 굳이 그 사실을 언급하려 하지는 않았다. 조금 전 죽은 것 같다는 그녀의 말에 헛웃음을 지었던 여자는 짧은 단발머리를 거친 손길로 쓸어 넘기곤 한숨을 쉬었다. 어딘가 짜증이 난 듯 보이는 표정에 아무도 그녀에게 선뜻 말을 걸지 않았다. 그때 검은 눈의 남자가 또 한 번 붉은 정장을 입은 여자의 말에 답했다.

"이렇게 된 거, 스스로 소개라도 하는 게 어때요? 계속 기다려도 별일 일어날 거 같진 않은데. 계속 같이 있을 거, 이름 정도는 알아야 하지 않겠어요?"

그는 제 눈앞의 네 명을 가만히 훑어보고선 말했다. 그의 말에 푸른색의 눈을 한 남자는 여전히 무언가를 바쁘게 중얼거리고 있었고, 연두색 눈을 가진 여자는 실소를 지었으며, 짙은 녹색 머리칼을 매만

지던 여자는 의욕이 없어 보이는 눈을 천천히 깜빡였다.

붉은 정장을 입은 여자는 좋은 생각이라며 입을 뗐다.

"그거 괜찮네요. 음, 저는 아만다고, 캐나다 출신이에요. 나이는 31살에, 비행기는 일 때문에 지사를 좀 돌아보려고 탄 거였어요. 이 정도면 되려나요?"

자신을 아만다라고 소개한 여자는 여전히 아름다운 미소로 주변을 돌아보았다. 검은 눈을 한 남자는 어깨를 으쓱거리며 동의를 내비쳤고, 곧이어 말을 이어갔다.

"저는 빅토르라고 해요. 나이는…… 32살이고, 독일 사람이에요. 여행 좀 하느라 일정 맞춰 영국 가던 참이었죠. 그쪽은 어때요?"

흑발에 검은 눈동자를 가진 남자, 빅토르는 짧게 소개를 마치곤 트레이닝복을 입은 여자를 바라보았다.

"…… 이름은 아테고, 28살이에요. 미국인인데 비행기에 탄 이유는 뭐, 꼭 말해야 합니까?"

아테의 녹색 머리카락이 살짝 흔들렸고 그녀의 눈은 조금 흔들리는 것처럼 보였다. 곧이어 연갈색의 단발머리를 가진 여자는 지금의 상황이 못마땅한 듯 차가운 표정으로 먼 곳을 응시하다 자신을 쳐다보는 시선들에 조용히 말했다.

"캐시. 28살이고, 장례식 참석하러 탔어. 됐지?"

캐시는 자신의 머리카락을 한 번 더 쓸어 넘기곤 제 옆의 남자를 힐긋 쳐다보았다. 푸른 눈을 한 남자는 멍하게 바닥을 바라보더니 아만다가 작게 기침하는 소리에 퍼뜩 정신을 차리고 고개를 들어 앞을 보았다.

"아, 미안합니다. 생각을 좀 하느라……. 저는 요한입니다. 프랑스 출신이에요. 29살이고요, 비행기를 탄 이유는 부모님을…… 그, 부모님이……."

요한은 푸른빛이 도는 자신의 머리를 매만지며 큰 눈을 쉴 새 없이 깜빡였다. 메마른 눈에 눈물이 잠깐 차는가 싶더니 곧 닦아냈고, 캐시의 헛웃음을 끝으로 아무도 그에게 더 이상 무어라 묻지 않았다. 그렇게 다시 그 공간에 정적이 찾아왔고, 요한은 흐르는 눈물을 멈추려 애를 쓴다. 계속해서 고이는 눈물에 그의 푸른 눈동자가 비쳐 보였다. 한참 뒤 캐시가 입을 뗐다. 요한에게 시선을 고정한 채로 그녀는 작게 읊조렸다.

# part 1

# 부정

"오, 사랑이여! 그대는 바로 악의 신이로다. 하긴
우리들은 그대를 악마라고 부르지 못하니까."

- 바이런 "돈주앙"

이름: 요한 루인즈

성별: 남성

생년월일: 1991.09.05

국적: 프랑스

신장: 180cm

직업: 조향사

사망 원인: 비행기 추락사

탑승 목적: 본가 방문

"어? 여긴……."

눈을 뜨고 겨우겨우 일어난 나는 머리가 깨질 듯이 아파 머리를 잡고 일어났다. 정신을 차리고 주변을 둘러봤다. 나는 새하얀 방에 앉아 있었다. 그 안에는 어떠한 물건도, 출입문이나 창문 같은 내가 밖을 볼 수 있는 물체 또한 없었다. 방을 다 살피고 내 주변을 둘러보니 방 안에는 나 이외의 다른 사람들이 함께 있었다.

사람들을 둘러보며 얼굴을 짧게 살펴본다. 하지만 그 사람들의 표정은 제대로 보이지 않았다, 어쩌면 내가 지금 혼란스러워 다른 사람들을 볼 여유가 없는 것일지도 모른다. 하지만, 짧게 보긴 했으나 그 사람들이 생전 처음 보는 사람들이라는 것쯤은 알 수 있었다. 지금 당장 대화를 할 여유는 없으니 혼자서 고개를 숙이고 생각해 본다. 내가 왜 여기에 있지? 아무리 생각해도 모르겠다.

내가 이곳으로 들어온 경로를 생각해 본다. 누군가가 나를 납치했다거나, 나도 모르는 사이에 여기로 초대를 했다든가. 어쩌면 내가 제 발로 왔을지도 모른다. 하지만 그건 다 나의 추측일 뿐이다. 기억하려 애를 써 봐도 기억이 나지 않는다. 머릿속에 떠오르는 것이라곤 여기에 있기 이전의 기억뿐이다. 난 분명 비행기를 타고 고향으로 가던 길이었다. 누군가의 소식을 들어 하던 일을 멈추고 가던 길. 꽤 급하게 갔던 걸로 기억난다. 그 뒤로도 별일 없었다. 그저 멍하니 밖을 보고 가던 길이었다. 그러다…… 무슨 소리가 들리고 눈을 뜨니 이곳이었는데, 대체 여긴 어디지?

그 이후의 내가 어떻게 여기로 온 건지 아무리 떠올려 봐도 생각나지 않는다. 제 발로 여기 왔을 확률은 0에 가깝다. 도대체 누구지? 나를 여기로 데려온 사람에 대한 궁금증이 폭발 직전까지 이른다. 목적이 무엇일까. 나뿐만 아니라 이렇게 다른 사람들까지 이런 방으로 데려와서 나가지도 못하게 한 다음 뭘 하려고 하는 거지?

슬슬 머리가 깨질 것 같은 지경에 도달했을 때, 갑자기 어떤 여자가 말을 꺼냈다. 검은 머리에 밝은 갈색 눈을 가진 여자. 한눈에 봐도 굉장히 여유로워 보였고, 살면서…… 지금까지 본 사람 중 아름답다고 생각이 드는 사람이었다. 그 사람은 부드러운 목소리로 질문을 던져 모두를 주목시켰다. 나 또한 그녀에게로 시선을 돌리고 내 기억에 대한 생각은 잠시 접은 채 그 여자의 눈을 응시한다. 저렇게 여유로워 보이는 사람은 무슨 생각을 하고 있는 걸까. 여기서 나갈 방법? 아니면 혹시 나를 여기로 데려온 사람? 여러 가지 상상을 하며 그 입에서 나오는 말을 듣는다, 내 생각과는 하나도 맞지 않는 말이었지만.

"아무래도 우리 죽은 것 같죠?"

순간 머리가 멍해졌다. 어지럽게 꼬이기만 하던 머리가 한순간에 풀린 기분이었다. 온갖 생각을 다 하던 머리는 생각하기를 멈춘다. 아, '죽었다.'라. 그 말을 들은 직후로는 아무 생각도 들지 않았다. 슬픔도 분노도 실성도 아무런 감정 또한 느껴지지 않는다. 너무 당황하면 오히려 아무 생각도 안 난다던데. 지금 내가 그런 건가?

"네, 뭐⋯⋯. 그런 것 같네요. 비행기가 추락한 걸로 보여요. 멀쩡한 걸 보아하니 여기는⋯⋯."

한 사람의 목소리가 들린다. 이 장소에 대한 의문이 들어 있는 목소리다.

"저승 대충 그런 덴가요?"

"그러게요. 아프지도 않고, 방금 전까지만 해도⋯⋯."

나를 제외한 다른 사람들이 대화하는 게 들린다. 자신들이 죽었다는 걸 아무렇지 않게 받아들이는 모양이다. 어떻게 저럴 수 있을까. 자신의 인생에 매달리는 게 정상 아닌가? 이해할 수가 없다. 적어도 나는 내 인생을 쉽게 버릴 수 없다. 내 인생은 이제야 행복해지던, 드디어 내가 원하던 삶을 살던 참이었다. 서서히 기억들이 돌아오기 시작하는 게 느껴진다. 내가 비행기를 탄 이유, 그 뒤로 있었던 일이 기억이 났다.

"아⋯⋯. 기분이 왜 이렇게 안 좋지⋯⋯."

중얼거리면서 얼굴을 찡그렸다. 기분이 좋지 않았다. 고뇌하여 이전의 기억들을 되짚어 본다. 그리고 그건 결코 기분이 좋아질 기억들이 아니었기에 기분이 더욱 안 좋아진다. 내가 절대 잊으면 안 될 사람들을.

　당연했다. 내 인생에서 모든 걸 바꾸게 한 사람들. 내 부모님, 정확히는 내 양부모님. 없어서는 안 될 사람들. 그 사람들이 위독하다는 걸 들었었다. 꽤 급한 상황이었다. 위급한 수술을 감수해야 하는 상황이라 들었다. 수술을 성공할 확률이 많이 높다고 듣긴 들었다. 그렇지만 나는 내가 하던 일을 중단하고 가지 않을 수가 없었다. 당연했지. 그 사람들은 나에게 그만큼 소중했던 사람들이었고, 소중한 사람이 위독하다는 걸 듣고 찾아가지 않는 사람은 없으니깐······.

　시간이 조금 지나자 내가 죽었다는 걸 받아들이긴 했다. 하지만 인정하긴 힘들었다. 왜 하필이면 지금 죽는 건지, 납득도 안 가고 이해할 수도 없다. 난 지금 당장 죽을 운명이 아니다. 그래선 안 된다. 아직 나는 해야 할 일들도 많다. 놓으면 안 되는 사람들도 많다. 내 부모님, 친구, 그리고······ 내 연인. 이렇게 허무하게 작별을 받아들여야 되는 것이 믿기지 않는다. 하필이면 나일까······.

　그때 방금 전 말을 꺼낸 사람이 헛기침을 하는 소리가 들렸다. 고개를 살짝 돌려 주변을 봤다. 나에게 무언가를 설명하라는 약간의 눈치가 느껴졌다. 아마 자기소개 같은 걸 하던 모양이다. 감성팔이는 그만하고 내 소개나 하려고 했다.

　차분하게 말을 하려고 했지만 이미 감정적으로 격해진 상태였고, 눈치 없게 눈물이 흘러나왔다. 오열은 아니었다. 내 눈에서 눈물이 나는 걸 보고 짜증이 났다. 죽었다는 걸 인식하고도 나 혼자서 이런 모습을 보인다는 것이 조금 수치스럽기도 했다.

그때 옆에서 어떤 여자가 말을 걸었다. 연갈색 머리를 가진, 눈은 초록색에 한눈에 봐도 그다지 달가워 보이진 않은 사람이었다. 그 째진 눈은 나를 쳐다보고 있었다. 마음에 들지 않는다는 눈치로 입을 열며 말했다.

"이해를 할 수가 없네. 지금 이 상황에서 뭐가 그렇게 슬프다고 우는 건데? 그렇게 울기만 하면 상황이 바뀌기라도 하나?"

짜증나는 얼굴과 그 말은 정확하게 일치하였다. 그 눈은 정말로 내가 왜 우는지에 대한 의문만이 가득해 보였다.

머리가 멍해진다. 왜 저런 말을 나에게 하는 거지? 너무 갑작스럽게 말을 들어서 그런 건지, 머리로 이해하는 데 시간이 걸린다. 내가 다른 이들에 비해 감성적인 건 맞지만 굳이 저런 식으로? 사람이 죽는 걸 인식하는 과정에서 눈물을 흘리는 건 당연하지 않나?

"무슨 말을 그렇게 하십니까? 사람이 죽으면 슬픈 게 당연한 거 아닌가요?"

그런 게 아닌가? 대부분의 사람들은 자기가 죽은 걸 인지하면 다 이러는 게 정상이라고 적어도 나는 생각했다. 그래서 이 분위기에 적응하지 못하는 것도 맞다. 근데 이걸 고작 그렇게 말하는 이 사람에게 나는 더욱 이해할 수가 없다.

"하! 그렇게 애처럼 징징대지 말지? 죽으면 슬픈 게 당연하다고? 나는 전혀 안 그래서 잘 모르겠네."

비아냥거리는 말투로 내게 말을 이어간다. 캐시라는 사람은 나를 그런 식으로 대했다.

"저는 이렇게 죽을 수 없는 사람이라 그런 거예요. 아직 제가 해야 할 일도, 만나야 할 사람들도 많고요……."

우선 침착하게 말을 이어갔다. 최대한 캐시가 불쾌해하지 않게 노력하면서 말을 이었다.

"아, 그래? 근데 내가 네 사정까지 고려해 줘야 되나? 나는 네가 살았을 때 얼마나 대단한 사람이었는지 하나도 안 궁금해. 아니 이제 다 죽었는데 그런 거 말해 봤자 쓸모가 있어? 왜 그렇게 살아 있을 때 그렇게 미련하게 굴어?"

"뭐요?"

"내 말 맞잖아. 비행기 타고 잘 가고 있다가 갑자기 어딘지도 모르겠는 흰 방으로 이동됐다. 그리고 마지막으로 기억나는 게 비행기 사고다. 그럼 답은 빤하잖아? 우린 죽었다고. 그걸 인정 못해? 무슨 미련이 많다고 그렇게 애같이 굴어?"

"죄송하지만 슬슬 기분이 나빠지는데 그만해 주세요. 제가 감성적으로 구는 것도 있지만 그렇게까지 말할 필요는 없지 않나요?"

얘기를 들어주고 이해해 주려고 했지만 점점 비아냥거리는 말투에 화가 났다. 나 혼자서 울고 있고, 나 혼자 감성적으로 굴긴 했다. 모두가 이성적으로 침착하게 행동하고 있고 저 사람은 그런 내가 마음에 안 들었겠지. 하지만 나는 저 사람이 더욱 이해가 가지 않는다.

조금만 더 있으면 싸울 분위기 속에서 갑자기 한 사람이 불쑥 끼어들었다. 방 안에서 처음 눈을 떴을 때, 제일 먼저 말을 꺼낸 아만다라는 사람이었다. 이 난리에도 당황하긴커녕, 오히려 더 여유로워진 듯한 느낌이었다. 그 사람은 어깨를 한 번 으쓱인 채 다른 이들과 눈을 마주치며 말을 꺼냈다.

"음, 저기 요한 씨? 잠시 질문 하나만 해도 괜찮을까요?"

아만다, 그녀의 얼굴에는 여전히 미소가 가득했고, 여유로운 분위기도 잃지 않은 모습이었다.

"아…… 네, 뭐. 하고 싶으시면 하셔도 돼요."

"다른 건 아니고, 당신은 살았을 때 어떤 삶을 살아왔는지 궁금해서요. 더 자세히 말하자면 어떤 삶을 살아왔기에 그렇게 슬퍼하는 건가요? 뭐, 갑작스러운 일이니 슬퍼하시는 게 충분히 이해가 가지만, 뭔가 중요한 일이 있으신 건가요?"

아만다라는 사람은 한 치의 당황함 없이 나를 쳐다보며 여유롭게 미소를 보였다. 죽었다는 걸 잘 인지했으면서 어떻게 저렇게 평온할 수 있는 거지, 라는 생각을 한 뒤 주변을 둘러봤다.

다른 사람들도 내가 왜 살았을 때의 일을 꺼내면서 복잡한 감정을 느끼는지 궁금해 하는 눈치였다. 아니, 궁금하기보단 그냥 말을 꺼내라는 분위기인 것 같다. 그럼 이제 내 얘기를 하면 되는 거겠지. 내가 살았을 때에 미련을 가지는 이유를. 잠시 헛기침을 하고 입을 뗀다.

"…… 그래요. 그럼 제가 살았을 때의 일을 말하면 되겠죠? 말해 드릴게요. 제가 왜 죽은 걸 쉽게 인정 못 하고 살았을 때의 일을 계속 말하는지."

\* \* \*

대부분 자신의 인생에 대해 말할 때 자신의 부모를 빼두는 경우는 거의 없겠지. 그것이 좋은 경우이건 나쁜 경우이건 대부분은 그렇다. 나 또한 그렇다. 내 인생에서 뺄둘 수 없는 게 친부모님이지. 아마 그때부터 내 인생은 빠르게 바뀌었을지도 모른다. 미세하지만 고요하고 빠르게.

쌀쌀한 가을바람이 불던 날이었다. 아무도 없는 집에서 멍하니 장난감을 가지고 놀던 나는 엄마 아빠는 언제 올지, 또 오늘은 그들이 어떻게 싸울지 생각하고 있었다. 그때 내 나이가 고작 초등학교 2학년이었던 걸로 기억하는데 그때도 그런 생각을 할 만큼 친부모들은 그렇게 좋은 사람들도 아니었다. 혼자서 노는 것에 익숙할 만큼 나는 그런 것에 익숙했고 그렇기에 내 부모님을 좋다고 생각하진 않는다.

그렇게 한 시간……, 두 시간이 지나고 다섯 시간이 지났을 때 갑자기 사람들이 집으로 들어왔다. 그때 나는 놀라서 소파 밑으로 숨었는데, 그래 봤자 어린아이였기에 금방 발견되어 그 사람들 손에 이끌려 나갔다. 얼굴을 자세히 보니 명절 때 얼굴 볼까 말까 한 친척들이었다. 사람들의 얼굴은 뭔가 다급해 보였고, 전화를 하면서 소리를 지르기도 해서 혼란스럽고 정신이 없었다. 정신을 차려보니 난 차에 타고 있었고 앞에서 운전을 하던 이모부가 나에게 말을 걸며 상황을 설명했다. 그래 봤자 나는 너무 혼란스러워서 그 말들이 들리지도 않아 소용은 없었지만.

그렇게 한 30분이 지나고 나는 어느 건물에 도착했다. 사람들은 나를 데리고 엘리베이터를 탔다. 어느 층에 도착하고 나는 주변을 둘러보았다. 모두가 이상하게 시커먼 옷들을 입고 다들 슬픈 표정을 하고 울고 있었다. 지금에서는 그곳이 장례식장이라는 걸 알아차릴 수 있었겠지만, 그때의 나는 아직 상황을 인지하지 못했다.

그리고 나를 이끌고 간 곳에서 부모님의 웃는 사진들이 있고, 그 앞에서 한 사람이 절하는 걸 보고 그제서야 알았다. 부모님이 죽었다고. 머리가 멍해지고 아무 생각도 들지 않았다. 친척들은 날 안고 울거나 동정했다. 그렇지만 나는 그때도 멍했기에 그런 동정들에 대해 아무 생각도 안 들었다.

두 친척이 내게 가까이 다가와 나의 어깨를 잡으며 말했다.

"요한아 잘 들어. 너희 부모님은 말이지. 큰일을 하셔야 돼서 멀리 여행을 간 거야, 응?"

잘 보지도 않았던 친척 한 분이 와서 나에게 말을 해주셨다. 아마 그저 좋게 보이고 싶어서 그랬을지도 모른다.

"굳이 그렇게 말하진 말자. 애도 알 건 다 알 거 같은데."

또 누군지도 모르겠는 친척이 와서 옆에서 시비를 건다. 별생각 없었다. 시비를 걸든지 말든지.

"아니 그래도! 애 앞에서 할 말이 있고 못 할 말이 있는 거지. 너는……."

친척들이 내 앞에서 저런 말을 했다. 별생각은 안 들었다. 그냥 너무 충격 받아서 뭐라 말할 기력이 없었나? 이 모든 일이 몇 시간 안에 진행되고 있었고, 그걸 어린 애였던 내가 이해하는 데는 더욱더 오랜 시간이 걸려야 했다.

어느 정도의 시간이 흐른 뒤에서야 나는 비로소 혼자 있을 수가 있었다. 드디어. 눈을 감고 잠시 생각에 잠겼다. 그리고 방금 친척에게 들은 말을 대충 정리해 본다. 교통사고로 죽었다라. 정확히는 본인들끼리 말다툼을 하다가 사고가 난 거라고 말해주진 않았지만, 건너건너 들었다. 그걸 듣고 슬프고 비정하기보단, 그저 한심하다는 생각이 들었다. 뭐, 그렇지 않나. 어차피 사이가 그렇게 좋진 않았지만 그래도 그렇게 어이없는 이유로 그렇게 허무하게 갈 사람들일 줄은 몰랐는데.

혼자서 생각을 하는 내 앞에 여러 명의 어른들이 왔었다. 전부 다 나를 불쌍하게 여기며 손을 잡고, 눈물을 흘리면서 나를 동정하는 말투로 말을 걸었다.

"애는 불쌍해서 어떡해. 아직 너무 어리잖아."

내가 어리긴 했다. 내 나이가 초등학교 2학년이었으니 저 말을 할 순 있다. 하지만 그저 불쌍하다고 여기기만 할 뿐, 데려갈 의지는 하나도 없는 말이었다.

"그러게 말이야. 이제 어떻게 사니 애는."

그러게요. 전 어떻게 살죠. 그렇다고 당신이 데려갈 거 같아 보이진 않네요. 참 그러게. 그럼, 나는 어디로 가는 거지?

어차피 데려가지도 않을 사람들은 내게 불쌍하다면서 동정의 말을 보냈다. 그 위로가 크게 와 닿진 않았다. 난 그 사람들이 크게 불쌍하다 생각하지도 않았고 내가 불쌍하다고 생각하지도 않았다.

계속 앉아 있기 힘들었던 나는 자리를 떠나 주변을 돌아다녔다. 자식인 내가 부모의 사고에 대해 좀 더 잘 알기 위해서 어른들이 많은 곳에 몰래 숨어서 지켜 들었다. 교통사고라더라, 자기들끼리 싸움을 했네, 재산은 얼마일까, 같은 얘기들을 하고 있었다.

보통은 부모 욕들은 자식들이 화를 내는 이미지가 먼저 연상되겠지만, 나는 오히려 맞는 말이라고 수긍하고 고개를 끄덕인 뒤 뒤돌아서 제자리로 돌아갔다.

맞아……. 자기들끼리 싸우다 교통사고를 일으켜서 그렇게 어이없게 죽었다, 내 친부모는. 싸운 이유들도 정말 어이없던 이유였다. 그저 서로에게 배려를 조금만 했더라도 그렇게 허망하게 죽는 일은 없었을 건데 말이다. 나이도 먹을 만큼 먹은 사람들이 그렇게 어이없게 서로 싸우다 죽는 게 얼마나 하찮은지는 말하지 않는다.

그렇게 멍 때리다 문득 걱정되는 게 있었다, 부모가 죽었는데 그럼 나는 어디로 가는 거지? 이런 어린애를 그 커다란 집에 혼자 둘 리는 없을 것이고, 그럼 나는 고아원이나 친척들의 집으로 갈 것이다. 고아원으로 가긴 정말 싫었다. 운이 나빠서 질 나쁜 고아원이나 엄격한 곳은 딱 질색이었다. 굳이 그런 곳으로 가긴 싫었다. 그렇다고 친척들의 집으로 가는 것도 싫었다. 굳이 내가 그래야 되나 싶었다. 어차피 얼굴도 자주 안 보던 사이였는데 그렇게 집으로 들어가서 살기도 싫고, 거기서 들어야 될 말들을 생각해 보고 그건 정말 아니라는 판단이 들었다.

나는 그 생각을 하며 천장을 올려다봤다. 새하얀 조명들이 눈부시게 빛나고 있었다. 고개를 내려서 다른 사람들을 구경했다. 오열하는 사람, 호탕하게 웃으면서 술을 마시는 사람들도 있었고, 장례식장에 온 게 아니라 그냥 놀러 온 것 같은 사람도 보였다.

그러다 이 생각을 하는 걸 부모님이 알면 어떨까, 라는 생각이 스쳐 지나갔다. 부모를 잃은 어린애가 머릿속으로는 자기 미래만 챙기고 있다는 걸 알면? 그렇지만 그렇게 한심하게 죽고 자기 자식한테 무관심했으니 그런 생각을 해도 신경도 안 썼을 거다. 아니면 오히려 먼저 화를 낼지도 모르고.

그렇게 나는 내 미래에 대해서 우울한 생각들뿐이었다. 친척들 집으로 가거나 고아원으로 갈 거라고 생각했다. 그 사람들 표정에서 보았듯 다들 나를 데려가는 걸 원하지 않는 듯했다. 그럼 뭐 답은 고아원이었지만 거기서 잘 적응할 수 있을 거란 생각은 하지 않았다. 차라리 질 나쁜 곳은 아니었음 하는 소원을 가지고 기도를 하고 있었다. 그때 내가 생각하던 계획에서 전혀 없던 사람들이 다가왔다.

"반가워. 네가 요한이니?"

낯선 사람은 사람 좋은 미소를 지으며 나에게 말을 걸었다. 푸근해 보이고 다정해 보이는…… 꼭 만화에서나 나올 법한 아저씨가 나에게 친절하게 인사를 권해 줬던 것이다.

"어……, 네. 제가 요한이에요. 근데 실례가 아니라면 누구신가요?"

나는 조심스럽게 소매를 꼭 잡고 그 아저씨에게 질문을 던졌다. 솔직히 무서웠다. 또 다른 친척일까 하고 말이다.

그 아저씨는 다시 해맑게 웃으면서 다시 말을 건넸다.

"만나서 반가워, 요한. 자, 여기 악수. 아저씨는 팔 톤이라고 해. 아저씨가 너한테 왜 왔냐면, 이제부터 네가 아저씨 집으로 갈 거라서 그래. 아저씨는 친척은 아니고 그냥 모르는 아저씨!"

어안이 벙벙해졌다. 눈을 몇 번 깜빡거리다 다시 말을 이어 간다. 내 목소리는 꽤 당황스럽다는 걸 잘 나타내고 있었다. 침착하게 생각하며 아저씨에게 질문을 했다.

"어……, 그러니까 저를 입양하실 거라는 말씀이세요?"

"응, 네 말이 정확하게 맞아."

정신을 차리니 나는 그 아저씨 차 뒷좌석에 타고 있었다.

"하지만 집에 도착해서 부모님들과 대화를 해보니 고아원을 선택
하지 않은 걸 다행으로 여겼어요. 양부모님들은 두 분 다 착하시고
저에 대한 배려심도 많으신 분이셨어요. 저에게 그 흔한 잔소리도 거
의 안 하시고 두 분의 사이도 신혼처럼 좋았고 저에 대한 사랑을 아
낌없이 퍼부어 주셨어요, 부모님은 제가 진짜 친자식인 것처럼 대해
주시고 제 꿈도 응원해 주면서 지원해 주셨죠. 양부모님과 지내면서
여러 가지 얘기를 들을 수 있었어요. 어릴 때 죽어버린 자신들의 자
식이랑 제가 비슷해 보였는지 절 입양한 거라고 하시더라고요. 저야
뭐 고맙죠. 그렇게 거둬주시고, 정말 좋은 분들이셨어요."

* * *

"그래도 양부모님들은 정말 좋으신 분이셨다. 내 인생을 행복하게
만들어주시기도 하신 분들이었고."

"아……, 네 그런 편이에요."

갑자기 치고 들어온 목소리에 고개를 들어 그 근원지를 보니 빅토
르라는 사람이 말을 건넨 것이었다. 잠깐 대화를 한 것이었지만 괜찮
은 느낌이 나는 사람 같았다. 양부모님은 좋으신 분들이었다.

"음……. 네 맞아요. 정말 좋은 분들이셨어요. 지금 떠올려 봐도 좋은 기억들만 가득하네요."

＊＊＊

그래, 내 양부모님. 친부모가 기억나지 않을 정도로 나에게 잘 대해 주셨지. 내가 여태껏 만나온 사람들 중 가장 배려심 깊고 착하시고 여린 사람들이었지……. 내가 죽은 지금까지도 정말 그립고 한 번만 다시 가서 만나고 싶은…… 그런 분들이었는데. 이제 다시는 못 보겠지? 그런 생각을 하니 다시 서글퍼진다.

아직도 생생하다. 두렵고 겁에 질린 나를 데려간 곳은 다름 아닌 따뜻하고 온화한 가정집이었고. 그 안에서는 사람 좋아 보이는 아주머니도 한 분 나오셨다. 이분은 어머니라고 아저씨가 설명해 주셨고, 얼떨결에 나는 고개를 끄덕이고 두 분을 번갈아 봤다. 그리고 약간의 미소를 머금었다. 적어도 이 집에서의 내 생활이 괜찮을 것 같다는 생각이 들었기 때문이었다.

조금 나중에 알게 된 사실이었는데, 두 분은 그 당시의 나 정도 나이의 어린 자식이 있었는데 사고를 당해서 안타깝게도 죽었다는 걸 들었다. 아마 나를 데려온 것도 그 아이와 내가 겹쳐 보여서 그런 걸지도 모른다. 그렇지 않고선 나를 이렇게 데려올 이유는 없을 거니깐.

두 분은 정말 다정하신 분들이었다. 정말로 다신 놓치고 싶지 않았지. 다정하게 나를 불러주시고, 늘 따뜻한 미소를 머금은 두 분은 나를 정말로 사랑하신 것 같았다. 그래서 나는 두 분이 모르게 나 스스로를 억압하면서 살았다. 두 분께 좋은 모습만을 보여주고 싶었다. 부모님이 더 이상 슬퍼하시지 않았으면 했다.

난 그 사람들에게 잘 보이고 싶었고 그 사람들과 같이 행복하고 싶었다. 그 결과 정말로 행복했다. 그 사람들은 내게 너무나 과분할 정도의 행복을 나누어 주고 잘 대해 줬다. 지금도 가장 기억에 남는 사람들이고, 가장 그립기도 하고 걱정도 많이 되는 사람들이기도 하고.

부모님을 떠올리자 예전 기억들 또한 같이 생각난다. 학교를 다닐 시절에 그때도 나는 부모님한테 굴던 것처럼 굴었다. 내 의견보단 다른 사람들을 먼저 존중하고 그런 거에 순응했었다. 그랬더니 주변에 사람들이 늘어났고 학창 시절도 나름 보낼 만했다. 친구들도 다 재미있고 활기찬 애들이었으니 자연스럽게 나도 걔네가 좋아지고 친해졌다. 지금 내가 이러고 있는 걸 알면 걔네는 뭐라고 할까. 궁금해진다.

그런 생각을 집에서 계속하다 보니까 학교에서도 친구들이랑 다닐 때도 그게 당연하게 느껴졌다. 내 의견보단 타인의 의견을 먼저 들어보고 조금이라도 괜찮으면 그냥 찬성하고 다녔다. 그렇다고 너무 억압돼서 자유롭지 못했던 건 아니라고 생각한다. 친구들도 좋은 애들이었고, 선생님도 좋으신 분이셨고. 그런 사람들 사이에선 감정을 억압해도 별로 힘들다든가 그런 건 없었다. 뭐, 반 분위기도 괜찮았다. 몇 명이 목소리 크긴 했지만 그래도 대부분이 착한 아이들밖에 없었고 서로의 의견을 존중하면서 난 너무나도 행복했었다.

"요한은 정말 착한 것 같네, 친구들하고도 잘 지내는 것 같고 말이야. 선생님이 굳이 걱정할 필요는 없을 것 같아."

선생님이 미소를 지으며 나에게 말을 건네셨다. 참 따뜻하고 좋으신 분이셨다.

"네, 선생님. 정말 고맙습니다."

그래서 나도 무조건적으로 찬성하고 존중하며 타인을 대했다. 내 감정을 강제로 억압하며 살려고 했기에 그랬던 것도 있지만, 그렇게 하는 게 예의라고도 생각해서 그렇게 행동했다.

그랬더니 점점 사람들이 제 주변에 먼저 다가왔다. 난 분명 가만히 있는데 왜 오는 거지? 라는 생각했지만 모두가 웃으면서 와주고 제 얘기도 좋은 쪽으로 흘러가니 계속 그렇게 살기로 했다. 사회적인 편이 앞으로도 더 좋을 거니깐, 이라고 생각하고 말이다. 시간이 지나면서 난 더욱 더 행복해졌고 사는 것도 더 편해졌다.

"반가워. 네가 요한이야?"

얼굴도 잘 모르는 애가 말을 걸어왔다. 그 얼굴에는 호기심이 가득해 보였다.

"응? 맞는데 왜?"

"아니, 많이 들어본 이름이라서 말이야."

"아, 그래?"

대부분은 이런 식이었다. 다들 내 소문을 들었다던가, 이름을 들었다던가, 뭐 그렇게 다가와서 나에게 말을 걸고 다시 친해지는 그런 일상을 살았다. 나는 좋았다. 사람이 다가오는데 그게 나쁠 이유도 없고 말이다.

* * *

"그렇게까지 답답하게 살았다니, 네 인생이 어떨지 훤히 보이네."

"…… 그런 생각을 가질 수도 있죠."

"하지만 난 이해 못해, 그렇게 사는 게 뭐가 좋다고."

캐시는 날선 목소리로 말을 걸어왔다. 날카로운 말이었지만, 침착하게 받아주려고 했다. 저 사람의 눈에는 내가 많이 답답해 보이나 보다 싶다. 물론 나 또한 그녀를 이해하지 못한다. 이런 걸 이상하게 여기는 그녀가. 나랑은 정말로 다른 삶을 살아온 것 같다.

* * *

난 여태껏 그러고 살았다. 남의 의견을 무조건 적으로 수용하고 받아들이는 그런…… 삶. 난 그랬기에 많은 사람들과 친하게 지내고 안목이 넓어질 수 있었고, 그 덕에 잘 살았다. 하지만 지금 와서 되짚어보면 그렇게 기쁘진 않다. 내 삶은 결과적으로 좋았는데 왜 무언가가 허망한 기분이 드는 건지 아직은 잘 모르겠다. 이런 잡생각은 애써 무시한 채 얘기를 이어가기 위해 과거를 더 떠올려본다.

그렇게 남들 눈치 못 채게 혼자서 억압하고 살다 보니 어느새 대학교에 갔다. 그래도 나름 성적이 좋던 나는 아주 뛰어나진 못해도 꽤 좋은 대학교에 입학했다. 다행히 내가 원하던 진로로 갔고 원하던 일을 마음껏 할 수 있겠구나 하는 마음으로 신입생 환영회에 갔다. 거기서 학창 시절보다 훨씬 다양한 사람들을 만나게 되었고 억지로 억누르던 내 감정을 여기선 조금만 풀어도 괜찮을까 하는 생각도 조금 들었다.

"안녕, 난 줄리아야. 넌 이름이 뭐야?"

줄리아라는 애가 웃으면서 나에게 이름을 물었다. 그때와 마찬가지로 호기심이 가득한 얼굴이었다.

"응, 반가워. 난 요한이라고 해."

손을 내밀면서 악수를 하고 대답을 해줬다.

"아, 그래? 만나서 반가워. 너 정말 친절한 것 같다. 그리고 잘생긴 것 같기도 해!"

"그래, 고마워."

나도 약간 웃으면서 대답해 준다. 남에게 칭찬을 들을 때 굳이 안 받아주는 건 또 예의가 아닌 것 같아 적당히 답변을 해주고 자리를 뜬다.

대학교에 와서도 나는 좋은 평가를 받으면서 지냈다. 나야 그렇게 생각하진 않았지만, 남들이 말하길 첫인상이 외모 때문에 좋아 보였다고 말하면서 오는 사람들이 많았다. 학교 다닐 때도 그런 소리는 안 들었는데. 좀 의외였다. 뭐 사람들한테 좋은 인상으로 생각되니 신경 쓰진 않았다. 칭찬받아서 안 좋을 건 없으니깐.

대학교에 들어갔을 때도 마찬가지였다. 학교 다닐 때와 마찬가지로 사람들을 대하고 살았다. 물론 좋았다. 그 또한 행복했다. 사람들은 내게 좋은 반응을 보였고 살가웠다. 나 또한 사람들에게 친절하고 호의적으로 보이려고 했다. 큰 문제도 없었고 무난하게 대학교 생활을 잘 보냈다.

다만 대학교에서는 사람들이 많다 보니 내 얼굴만 보고 다가오는 사람들이 많았다. 난 내 외모에 대해 딱히 자부심도 없고 그렇게 생각도 안 해봤기에 그런 소리를 들어도 별생각도 안 들었고 그냥 다 거절하고 다녔다. 좋은 사람들도 많이 왔지만 그래도 연애 같은 곳에선 조금 신중하게 사귀고 싶었던 것 같았다. 하지만 지금 돌이켜 생각해 보면 그때 아무나 붙잡고 만나는 게 더 좋았을지도 모른다.

그 뒤로 같은 학과에서 친구들도 많이 사귀고 같이 놀러 다니면서, 학교 다닐 때보다는 좀 더 활발하게 다녔다. 흠, 그래. 적당히 이상적인 관계라고 하면 되겠지? 과분할 정도로 좋은 사람들만 내게 와주고, 분위기도 좋고 공부도 잘되고 좋았다, 그래. 좋았긴 했지만 뭐가 부족하다는 기분은 계속 들었다.

"요한, 근데 너는 연애 안 해?"

친구가 나에게 말을 걸었다.

"응? 연애?"

친구의 얼굴을 보며 대답을 한다. 연애라, 그때까지 그건 내 생각의 외에 있었던 것이었다.

"응, 저기 제임스는 며칠 전부터 사귄다더라. 나도 여자 친구 생기면 좋겠더라."

제임스가 부럽다는 듯이 나에게 말을 건다. 제임스와 나는 둘 다 사람을 사귀어 본 적도 없었으니 저런 반응은 당연했다.

"애인……."

골똘히 생각해 본다. 살면서 누굴 만날 거라는 생각은 거의 해보지도 않아서 그런 생각은 처음이었던 것 같았다. 그리고 그건 내게 새로운 기분을 주었다.

"그러게, 나도 누구 만나면 좋을 것 같다."

"너도 그렇지?"

제임스가 웃으면서 대답을 했다. 나도 덩달아 웃어주었다.

이기적이긴 하지만 사랑이라는 걸 알고 싶었다. 좋은 부모님, 친구들 모든 게 다 좋았지만 나한테 사랑이라는 기분이 뭔지 알게 해줄 사람은 없었고, 티는 안 냈지만 서로가 깊게 사랑하는 사람들을 보면 내심 부러웠다. 저게 뭐 기에 저렇게 좋은 걸까, 정말 부럽다……, 하고요. 한 번은 소원도 빌어봤다. 진심으로 사랑받고 사랑해 줄 사람을 만나게 해달라고.

* * *

"사랑을 원하는 게 이기적이라고요?"

빅토르가 나에게 질문을 건넸다. 사랑에 대해 우호적으로 보이는 사람이었다.

"음, 적어도 저는 그렇게 생각해요. 모든 걸 다 가졌는데 제가 굳이 사랑까지 가져야 되나 싶기도 하고요. 지금은…… 약간 복잡하지만요."

* * *

정말 바보같이 그런 소원을 빌었었지. 다시 돌아간다면 멱살이라도 잡고 그러지 말라고까지 하고 싶다. 그러지 말라고, 그래 봤자 넌 죽어서까지 후회하고 괴로워할 거라고. 제발 그러지 말라고……. 하지만 지금 죽었는데 그게 무슨 소용일까. 그때 난 참 이기적이었던 것 같네. 그렇게 잘 살면서 무슨 사랑 하나에 그렇게 목매면서 살아왔던 거지. 아니 지금도 똑같잖아. 만족스러워하지만 그까짓 사랑을 원하면서 살아왔잖아. 그리고 지금까지도.

그렇게 생각하니 신이 정말 제 소원을 들어주신 건지 정말 저를 사랑하는 사람이 오긴 했다. 아니 사랑했다고 말하긴……. 아무튼 저에게 사랑을 알려준 사람이 왔다. 그 사람은…… 내 대학교 선배였다. 좋은 쪽으로 소문 많이 나서 나도 어렴풋이 알고 있긴 했고, MT에서나 우연찮게 만났다. 참 운 나쁘게도 거기서 눈이 맞아서 그 이후로는 내 연인이 되었어요. 그게 제 인생의 최대의 실수라고 말해도 과언이 아닐 거다. 진심으로.

"반가워, 네가 요한이야?"

한 여자가 나에게 다가오더니 내 이름을 물었다. 어디선가 본 것 같고 꽤 매력적인 사람이었다.

"네?"

그 사람이 누구였는지에 대해 생각하느라 당황스럽게 답변을 건넸다. 어디선가 정말로 본 것 같은데 기억나지 나지 않았다. 그 생각이 얼굴에 대놓고 적혀 있을 정도로.

"저번에 왜, 우리 MT 갔을 때 만났는데. 기억나?"

그 사람은 사람 좋게 웃으면서 내 앞에 서서 대답을 했다. 그때 무언가의 호감을 느낀 것 같았다. 물론 그건 정말로 좋지 않은 호감이었다.

그때까지도 나는 감정을 억압하면서 살았고 좋은 사람들은 주변에 많았지만 친구들 사이의 우정, 부모님에게 받는 사랑이 아닌 사람 대 사람으로 주고받는 성애적 사랑을 느껴보고 싶었고, 그때 나에게 다가온 사람이라는 게 하필 그 인간이었다. 운도 안 좋게, 그 사람은 사람을 잘 끌어들였다.

자신을 시엘이라고 소개하였다. 회색 머리칼에 진한 검은색 눈동자를 가진 그 특유의 분위기를 가졌고 꽤 매력 있고 시원시원했던 사람이었다. 얼마 지나지 않아 나는 그 사람과 연인 관계로 발전했다. 그 사람은 내가 바랐던 사람과도 같았다. 비록 그것은 내 착각이었지만, 아주 잠깐 동안은 정말 달콤한 시간이었다. 주변 사람들도 나를 축하해 주었고, 나도 그걸 기분 좋게 받아들였다.

그 사람은 내 곁에 있어줬고, 날 사랑해 주고 아껴줬다. 지금 생각해보면 그건 가식에 분명했지만 그때는 정말 새롭고 행복했다. 정말로 좋았다. 행복하고…… 따뜻했고. 가식이라 해도 그 시간은 정말 좋았다.

나에게 먼저 다가와서 다정한 말을 실컷 하면서 부드럽게 나를 대해 줬다. 그때는 뭣도 모르고 그 사람이 말하는 말을 받아들이기만 했다. 그 사람이 날 정말 사랑하지만 그렇게 대한 건지 아니면 그냥 개수작인지는 아직도 잘 모르겠지만. 얼마 안 지나서 그 사람이 먼저 고백했고, 저는 그 당시 기쁘게 받아들이고 사귀게 되었다. 시작은 굉장히 좋았던 걸로 기억한다. 뒤가 문제였지.

나를 굉장히 배려하고 다정하게 대해 줬다. 늘 내 의사를 먼저 물어봐 주고 내 칭찬도 많이 해주면서…… 흔히 말하는 다정한 애인이었다. 그때 나는 멍청하게도 이 사람한테는 내 사정을 털어봐도 괜찮지 않을까라는 생각을 했다. 그래서 그때 멍청했던 나는 이 사람에게 고민을 조금 털어놨다. 정말 잘 살고 싶지만 사랑을 몰라서 알고 싶다는 고민. 그리고 그걸 제 인생에서 가장 후회하고 있다. 그러더니 그 사람은 사랑을 원했던 나에게 사랑을 알려 주겠다고 했어요. 바보 같던 난 기뻐하면서 그걸 받아들였다. 그걸 받아들이면 안 됐는데, 그때 나는 몰랐다. 사람이 알려준 사랑이 나를 얼마나 괴롭힐지.

아, 머리가 점점 아파진다. 다시는 생각하기도 싫었는데. 그걸 생각할 때마다 온몸이 뒤틀리고 지금 당장이라도 도망가야 될 것 같은 압박감이 밀려온다. 나는 말을 꺼내다 잠시 말을 멈췄다. 지끈거리는 머리를 잡는다. 그리고 그 사람을 생각해 본다. 정말 끔찍했다. 다시는 기억하고 싶지 않은 기억들이었다. 하지만 설명을 위해서는 내가 억지로 기억해 내야 된다. 그 기억들을 곱씹어 본다. 그 사람……, 정말 끔찍하고 그가 준 사랑은 같잖을 뿐이었다. 고작 그런 걸 원하려고 난 그렇게 살아왔던 것이 아닌데…….

그 인간은 사랑이라는 이름하에 나를 괴롭히고, 고통스럽게 만들고, 인격을 깎아 먹으면서 날 사랑한다고 했다. 하하, 그냥 그때 들은 말을 그대로 말한 것뿐인데, 정말 역겹다.

정신적으로도 신체적으로도 날 괴롭히며 짓밟으면서……. 그러면서도 나한테는 늘 사랑한다고, 너는 이러는 게 당연한 거라고 말했다.

\* \* \*

"잠깐, 보통은 그걸 사랑하는 사람이라고는 표현하지 않지. 안 그래?"

캐시가 갑작스레 말을 걸어왔다. 꽤 불편해 보이는 듯해 보였다.

"저도 지금은 당신과 같은 생각이에요, 하지만 그때는…… 그게 사랑이라고 생각했죠. 그냥 그랬어요."

대답을 한 뒤 고개를 살짝 들어 정면을 본다. 아만다는 여전히 아름다운 미소를 지으며 나의 얘기와 다른 사람들의 대화를 듣고 있었다. 그 표정을 본 뒤 나는 다시 고개를 살짝 숙이고 약간의 생각에 잠긴다. 캐시가 한 말을 다시 생각해 본다. 사랑이라 표현하지 않는다, 그걸.

참, 지금 생각해 보면 그저 역겹고 도망가고 싶다는 생각뿐인데, 어리석게도 그때의 나는 그게 맞다 생각해, 그 사람을 순순히 따랐다.

나는 그때 사랑에 무지했고 그게 무엇인지도 잘 몰라서 나도 그걸 사랑이라고 받아들이고 그 인간에게 나를 그냥 맡겼다. 그때는 그것마저도 행복했거든. 무지했지.

점점 내 몸에 상처가 늘어났지만 그냥 원래 이런가 보다……, 하고 넘어갔죠. 점점 상처가 늘어나니 주변인들은 내게 무슨 일이 있냐고 물었고 그때 나는 순순히 그 사람하고 있었던 일을 다 털어놨어요. 그 뒤로 반응은 뻔했죠, 미쳤냐고, 그런 인간하고 왜 만나냐고, 그거 사랑하는 사람이 할 짓이 아니라고. 당연한 반응이죠, 지금 저라도 그렇게 말했을 거다.

* * *

"그 사람이 당신에게 폭력도 가했나요?"

낯선 목소리가 들려와 시선을 돌리니 아테가 말을 걸었다. 걱정되는 말투는 아니지만 그렇다고 날 비웃는 말투도 아닌 말투로 말을 걸었다.

"아……. 음, 아주 조금이지만 그랬다고 하는 게 좋겠네요. 빈도는 그렇게 잦은 건 아니었지만……. 그래요. 내가 어디로 가는 게 늘 불안하다고 한 적이 많았어요."

그 사람은 늘 내게 사랑한다고 말하면서 나를 괴롭혔다. 꽤 고통스러웠다. 어떤 정신 나간 사람이 그걸 계속 당하냐고 하지만 그때 나는 그만큼 사랑에 무지했고 그걸 계속 당하고만 살았다. 그 상황에서 내 주변 사람들이 나를 말리고 걱정하는 건 당연한 일이었다. 하지만 나는 그게 잘못된지도 몰랐고 오히려 친구들이 나를 걱정하는 걸 당황스러워했다. 그만큼 멍청하게 군 것도 없을 거다.

그땐 그런 말들을 들으니 좀 머리가 띵했다. 이게 잘못된 거라고? 수만 가지 생각이 머릿속에서 맴돌았다. 내가 어떻게 받게 된 사랑인데, 이게 정상적이지 않은 거라고? 내가 지금까지 받아왔던 것들, 내가 당연하게 여겨 왔던 것들이 제대로 된 것이 아니라는 걸, 아마 인정하고 싶지 않았던 것 같다. 그때 나는 그 사람만이 내 사랑이라고 착각하면서 지냈으니깐 바보같이.

"그래. 정말 바보 같네. 그런 짓을 당하고도 그걸 사랑으로 착각하다니."

캐시였다. 여전히 똑같은 말투로 나에게 말을 건넨다. 이제는 그녀의 그 말투가 익숙해진 것 같기도 하다. 큰 타격도 없고 아무렇지도 않게 받아들여지는 걸 보면.

"하하, 그런 편이긴 하죠."

그녀를 잠시 동안 쳐다보고 다시 말을 이어간다. 고개를 살짝 돌려 모두에게 눈을 둔 뒤 말을 이어간다.

* * *

주변인들은 내게 그건 잘못된 거라고 늘 말했지만 안 들으려고 했다. 내가 잘못된 사람을 만나고 있다는 걸 인정하기도 싫었고 처음으로 저에게 먼저 다가와 다정했던 사람이어서 그 사람을 쉽게 놓을 수도 없고 그러기도 싫어서 애매한 상태로 계속 연애했다. 그 인간은 늘 내게 똑같이 대했다. 다정하게 굴어주는 듯했지만 늘 똑같이 나를 속박하고 고통스럽게 만들었다. 나도 평소처럼 그걸 받아들였다.

하지만 그 사람과 같이 있는 시간에 주변인들이 말했던 것들이 내 머릿속에서 맴돌았다. 머리가 깨질 것 같았다. 그 사람이 잘못된 인간이라는 정말 작은 의심 하나가 내 머리를 아프게 만들었죠. 그러는 시간이 점점 길어지다 보니 처음으로 그 사람을 제대로 생각해 봤다. 누군가를 사랑해 본다는 것도 그 사람이 처음이었고 사랑을 그 사람이 알려줬는데 만일 그 사람이 잘못된 인간이라면? 지금까지 내가 잘못된 걸 받아온 게 아닐까? 하는 의문이 처음으로 들었다.

"나 아무래도 사람 잘못 만났나 봐, 얘들아."

친구들 앞에서 나는 실토했다. 내 입에서 나올 만한 말이 아닌 걸 안 친구들은 모두가 당황하며 나에게 말을 걸었다.

"응? 왜 그래? 무슨 일 있어? 시엘 선배, 사람 좋기로 유명하잖아. 너한테 뭐 이상한 거 요구했어?"

나를 걱정하면서 나에게 질문들을 던졌고 나는 그에 대한 답변을 다 해주었다. 반응은 다른 친구들과 마찬가지였다. 미쳤다고 네가 그 사람을 왜 만나냐고 당장 헤어지라는 말들을 열심히도 들었다. 정말로 그 사람은 잘못된 게 맞구나, 하는 생각이 들었다.

그때부터였다. 그 뒤로 내가 그 사람과의 모든 것이 지루해지고 흥미가 없어지는 것이, 난 더 이상 그 사람에게서 느낄 수 있는 것이 없었고 그 사람을 사랑한다는 기분이 들었다. 참 이상했었다, 그때는. 지금 생각하면 그마저도 너무 늦은 것 같지만. 그때는 그것이 내 진정한 사랑이라고 믿었기에.

"요한, 내 말 듣고 있어?"

정신을 차리자 그 사람이 내 앞에 있었다. 무언가 마음에 들지 않는 눈치였다. 눈치가 빠르니 내가 평소와 조금 다르다는 걸 그 사람은 빨리 눈치챘다.

"아……, 응. 듣고 있어."

멍하니 대답을 했다. 내 머릿속은 그 당시 너무 복잡해서 결국에는 멍한 상태였고 대답도 좀 이상했던 것 같다.

"요즘 이상한 거 같다, 너?"

"내가 무슨. 난 평소대로야."

이상한 기분이 들었다. 그 사람을 봐도 더 이상 좋은 기분이 들지 않았다. 그 사람과 같이 있으면 달콤한 시간만 흘렀는데 점점 그런 시간은 없었다. 그리고 그제야 나는 그게 잘못되었다는 걸 느꼈다. 사랑한다고 말해도 더 이상 아무 느낌도 생각도 들지 않았고, 그 사람에 대한 의심과 의문만 들 뿐 더 이상 예전 같은 감정이 안 들었다.

그때 내가 이상하다는 건 그 사람도 알았다. 묘하게 나를 도망가지 못하게 하고, 멀어지는 걸 극도로 말렸다. 그렇게 하면 내가 고분고분 곁에 있고 말을 잘 들을 거라고 생각했나 보다. 그 시점에서 나는 더 이상 예전처럼 지낼 수 없다는 걸 알게 되었고, 나는 결국 그 사람에게 이별을 통보했다. 최대한 덤덤하게, 적어도 마지막은 조용하게 끝내고 싶었다. 제 할 말을 다 한 뒤에 뒤를 돌고 전화도 받지 않은 채 그렇게 헤어지게 되는 건 줄 알았다.

그 사람이 단순 미련이 많다고 생각한 나는 술에 취해 밤마다 전화를 걸고 소리를 지르는 그 모습이 그저 미련 많다고만 생각했다. 그날 밤도 그저 술에 취한 사람의 말을 들어주고 있을 뿐이었다.

"…… 미안한데, 이제 더 이상은 너랑 못 만날 것 같아. 그러니까 이렇게 계속 전화하는 것도 그만해 주면 좋겠다."

최대한 침착하게 말을 꺼내고 전화가 끊기기를 기다렸다.

"무슨 소리야, 네가 어떻게 그래. 너 지금 창문 밖을 봐."

"뭐?"

어느 날 창밖을 보니까 그 사람이 와 있었다. 굳이 집 근처까지 온 걸 봐선 나를 만나러 온 게 분명했고, 내키지는 않았지만 내려가서 그 사람과 대화를 했다. 말은 길게 했지만 대화 내용은 다시 돌아 와 달라는 내용들뿐이었다. 나는 정중하게 거절했다. 이제 더 이상 예전 같이 사랑할 수 없을 거라고 말을 하고 집으로 들어갔다. 그제야 이 관계가 끊어질 거라는 착각을 해버렸다. 그 사람은 그렇게 쉽게 떨어져 나가지 않을 거라는 걸 내가 몰랐던 거다.

그때 진즉에 눈치챘어야 했다. 험한 말을 하더라도 내가 그 사람을 끊어내고 살아야 했었다. 그렇게 착하게 말하면 그 사람이 동화같이 아름답게 헤어져 완벽한 추억으로 남을 일이 될 거라고 엄청난 착각을 한 탓에 그런 끔찍한 일이 일어나버렸다. 그럼 안 됐었는데, 그 일 이후로는 꽤 무서운 일들이 연속으로 일어났다. 기억하는 것도 괴로울 만큼의 일들이.

그 사람은 나를 그렇게 쉽게 놔줄 인간이 아니었다. 애초에 비정상적으로 사람을 사랑하려고 했던 인간에게 그런 식으로 말해 봤자 오히려 더 제정신 아니게 만들 뿐이었다. 그 뒤로 자꾸만 나를 쫓아오거나 사람들 많은 곳에서 은근슬쩍 따라오거나 친구와 지나가는데 사이에 껴서 자꾸 나한테 말을 한다던가…… 처음에는 우연이라고 치부하고 넘어가려고 했지만 그게 점점 선을 넘어가기 시작했고 주변인들에게 부탁해서 저 사람이 안 오게 부탁했다. 그렇게 하니 한동안은 내 주변에 없기에 안심했다. 주변 친구들이 그 사람한테 뭐라고 말도 해 주고 단둘이 있는 것 같으면 그를 찾아와서 데려가고 그렇게 해줘서 굉장히 고마웠다.

"야, 넌 진짜 어쩌다가 저런 사람한테 걸려? 진짜 운도 없다 운도 없어. 그래도 다시 저러면 말해라?"

정말 좋은 친구들이었다. 내 곁에 늘 든든했고 장난도 많이 쳤지만 이럴 때는 정말 좋았다.

"당연히 말하지. 고마워, 그리고. 정말로."

지금 생각해도 친구들이 정말 고맙다. 내가 그 미친 사람과의 관계를 끊어내는 데에 있어서 곁에서 많이 도와주고 위로해 주고 공감해 주었다. 곁에 오면 뭐라고 해주기도 하고……. 나도 모르게 그 사람이 곁에 오지 못하게도 했다고 들었다. 정말 고맙다. 지금 이 순간에도 친구들의 얼굴 하나하나가 떠오를 만큼 여전히 기억에 남는다. 지금 걔네는 뭐하고 지낼까…….라는 생각에 잠기면서 얘기를 이어나간다.

그러다 어느 날에는 운 나쁘게도 혼자 있을 때, 그 사람하고 마주쳤었다. 그것도 사람이 별로 안 지나다니는 컴컴한 골목길에서. 순간적으로 몸이 안 움직였다. 머릿속으로는 어서 도망가야 되는데, 라는 생각으로 가득 찼는데 막상 둘만 있으니까 공포감에 휩싸였다. 아, 맞아 죽으려나. 차라리 눈이라도 감고 있자 했는데, 그 사람은 천천히 다가와서 나에게 말을 걸었다. 욕 들어서 화나서 나한테 화풀이하려던 게 아니었나? 하고 눈을 천천히 떴다. 의외로 그 사람은 나를 슬픔이 담긴 눈으로 바라보고 있었다. 생각보다 침착한 목소리로 나한테 말을 걸었다.

"요한, 네가 어떻게 그럴 수가 있어."

차분하지만 그 목소리 안에는 여러 가지 복잡한 감정들이 들어 있다는 걸 알아챘다. 과연 내게 무슨 말이 하고 싶은 걸까.

"…… 무슨 소리 하는 거예요?"

"어떻게 날 버리고 그렇게 그냥 가? 내가 그렇게, 그렇게까지 싫었어? 내게 했던 말들은 전부 다 거짓말이었어?"

당연하지. 라고 말하려던 걸 삼키고 그저 듣고 있었다. 싫은 건 맞았다. 그 행동들이, 나를 억압하는 그 행동들이 내가 널 싫어하게 된 거라는 걸 눈앞의 사람 빼고 다 알 거다.

"…… 그런 행동들이 내가 당신을 싫어하게 만든 거예요. 난 그런 행동을 한 당신이 정말 싫었어요."

솔직하게 털어놓았다. 연애 당시의 그 사람의 행동들 하나하나 곱씹고 말해 주며 내가 왜 싫어졌는지 하나하나 다 말을 했다. 최대한 이 사람도 납득이 가게, 적어도 다시는 나에게 붙지 않게.

"그렇다고 그렇게 그냥 떠나? 나한테 말도 안 하고? 내가 너한테 그렇게 의미 없던 사람이었어? 난 그냥 네가 좋아서 곁에 계속 있으면 좋을 것 같아서 그랬는데 그렇게 그냥 떠난다고? 제발 가지 마. 그냥 내 곁에 있어줘."

그 사람은 고개를 저으며 나에게 한 걸음씩 다가왔다. 제발……. 점점 더 빨리 다가오기 시작했고 나는 뒷걸음질 치기 시작했다.

"오지 마세요. 그냥 저기로 가세요. 굳이 그렇게 가까이 올 필요 없잖아요."

"아냐. 그럴 필요 있어. 충분히 많아. 난 널 사랑하는데 자꾸 네가 도망치잖아. 어딜 가려고 하는 거야? 넌 내 곁에 있어야 되는 게 맞잖아. 제발 그냥 가지 말고 여기 있어달라고!"

그녀는 그동안 내가 다른 사람들과 같이 있는 걸 보고, 나를 계속 따라다녔다. 왜 자기와 헤어졌느냐, 나는 네가 좋아 그런 건데 그냥 가만히 받아주면 안 되는 거냐고 따지기 시작했다. 그때 나는 이 사람은 나를 괴롭혔던 인간이야 저 말도 거짓말일 거야, 라고 계속 생각했지만 마음 한편으로는 저게 정말 진심이면 어쩌지, 이런 생각으로 머리가 복잡했다

여전히 그 눈이 잊히질 않는다. 늘 나를 똑같이 보던 그 연둣빛 눈

이 처음으로 슬픔을 담고 나를 쳐다보았다. 날 회유하기 위해서 일부러 그런 것이라고 생각해 왔지만 마음 한편에서는 정말로 슬펐던 게 아닐까 라는 바보 같은 생각도 해본다. 왜일까? 그 사람이 나에게 한 짓들은 정말로 기억하기도 힘든 일들뿐인데 왜 나는 묘하게 그리움이 남은 건지 아직도 모르겠다. 내가 원래 이렇게 미련한 사람이었나? 아니면 그저 그 사람이 미련을 남게 만들게 한 강렬한 사람이었나.

"…… 미안하지만 전 이만 가볼게요. 안녕히 계세요."

그 말을 끝으로 나는 뒷걸음질 치던 내 몸을 뒤로 돌려 집으로 달려가기 시작했다. 더 이상 이 사람과 대화를 하는 건 내겐 무리였다.

결국에는 그 사람이 하는 말을 다 듣지 못하고 그 자리에서 도망갔었다. 한번 뒤를 돌아보자 그 사람은 화가 난 건지 슬픈 건지 당황한 건지 알 수 없는 얼굴로 쫓아왔다. 처음에는 내 이름을 불러대면서 쫓아오기만 했지만 점점 뒤에서 욕설들이 세게 들리더니 발소리가 점점 빨라지기 시작했다. 속으로 온갖 욕을 하면서 빨리 집으로 가야지 하면서 무작정 달려갔다. 점점 다리에 힘이 풀리고 눈앞이 어지러워지기 시작했을 때 갑자기 크게 무언가에 부딪히는 소리가 들리더니 주변은 조용해졌다. 천천히 뒤를 돌아봤다. 발은 쉽게 떼지지 않았고 내 머리도 굳었다. 내가 생각하던 모든 것이 더 이상 떠오르지 않았다.

일어날 수 있던 일들 중 가장 최악의 일이 그때 펼쳐졌다. 어둡던 밤, 좁은 골목길에서 뛰어가던 중이었고, 뒤에선 차 경적 소리가 울렸기에 상황 유추는 가능했다. 하지만 뒤를 도는 것이 무서웠다. 그 사람이 어떤 상태일지 상상하는 것은 그렇게 두렵지 않을 수가 없었다. 발은 더 이상 움직이지 않았다. 식은땀이 등을 타고 흐르고 손은 떨렸다. 뒤에선 사람들이 모이는 소리가 들렸고 나는 천천히 고개를 돌려 뒤를 바라봤다.

정신없이 달리던 다리를 겨우 멈추게 하고 그 자리에 가만히 서 있었다. 뒤를 돌아보는 게 무서웠다. 내가 생각하는 최악만은 아니길 바라면서 제발 제가 생각하는 그거만은 아니길 바라며 뒤로 돌아봤어요. 하지만 그 최악은 너무 비참하게 맞아떨어졌지. 정말 그러질 않길 바랐는데, 아무리 싫어도 그렇게 돼버린다면 평생 내 기억에 남을 텐데…….

그 사람은, 나를 사랑한다면서 나에게 온갖 괴롭힘을 다 한 사람은 그렇게 허무하게 내 눈앞에서 죽었다. 아직도 생생하다. 그 사람이 죽어가던 모습을 그 자리에서 다 봤다. 손가락이 미세하게 움직이다 더 이상 움직이지 않을 때즈음 그제야 정신이 들었고 주변을 보자 사람들이 몰려들어서 살리려고 애를 썼다. 구급차가 그 사람을 싣고 가는 걸 그저 멍하니 쳐다보다, 뭐에 홀린 듯이 저는 그 구급차를 따라갔어요.

내가 할 수 있는 최대한으로 달려간 기억이 난다. 달려가면서도 내가 무슨 생각을 했는지는 모르겠다. 그저 정신없이 구급차로 쫓아가기만 했다. 그 짧은 시간 동안 발생한 일들을 내가 다 감당하기가 힘들었고 현실에 대해서 생각하는 것이 짧아져 그 사람이 죽었다는 걸 인지하는 데에 조금 오래 걸린 것 같았다.

병원에 도착해서 그 사람이 있는 병실로 갔다. 머릿속으로는 이미 죽었다는 걸 알고 있었지만, 정말 조금은 살아 있기를. 그렇게 빌며 들어갔었다. 하지만 괜한 희망이었다. 그 사람의 얼굴은커녕 그 사람의 몸은 흰 천으로 덮여 있었고 주변에는 부모로 추정되는 사람들이 있었다. 순간 죄책감이 들어 병실에 들어가려던 몸을 방향을 바꿔 밖으로 나갔다. 밖에서도 부모로 추정되는 사람들이 우는 소리가 크게 들렸다. 묘한 죄책감이 들었다. 내가 저 사람을 죽인 것도 아닌데, 죄책감과 죄악감이 들었죠. 그곳에 계속 서 있기가 너무 버거워서 병원 밖으로 나와 버렸다. 그리고 내가 저 사람 얘기를 조금이라도 들었다면 괜찮았을까? 하는 생각이 머릿속에 맴돌았고 그대로 도망치듯이 집으로 들어가 나오지 않으려고 했다.

＊＊＊

고개를 살짝 들어 주변을 살펴본다. 가장 눈에 들어온 것은 빅토르였다. 그의 얼굴은 정말로 슬퍼 보였고 나에게 위로의 말을 건네주었다.
"그건 정말…… 안 된 일이네요."
빅토르가 슬픈 눈으로 나를 쳐다보며 말을 한다.
"위로해 주셔서 고마워요. 하지만 지금은 정말 괜찮아요."
그렇게 대답하며 그의 눈을 응시하며 살짝 웃어준다. 약간 울컥한 마음을 다잡고 그날의 기억을 되짚어 본다. 그 사람 또한 나와 같은 마음인 것 같이 반응을 해준다.

＊＊＊

구역질 날 것 같다. 아직도 생생하지. 그래, 피로 범벅이 된 얼굴부터, 다리랑 팔은 부러졌고, 발목은 완전히 돌아간데다, 신발도 벗겨졌고……. 그것보다 더 끔찍한 게 있긴 했지. 사람들이 몰려왔을 땐 이미 죽은 것 같았지만, 그 사람은 날 쳐다보면서 뭐라고 말했던 것 같이 보였다. 정말 아직도 안 잊힌다. 그 말이 나를 향한 원망일까 아니면 자신의 죄에 대한 반성일까? 아직도 모르겠지만 적어도 그 모습은 너무 끔찍해서 기억할 때마다 소름 끼치게 선명해서 눈물이 다 나올 것 같다. 그렇게 마지막까지 나를 괴롭히고 싶었던 건가, 아니면 그저 나를 잡고 싶었을 뿐이었을까. 여전히 나는 알 수가 없다.

며칠 뒤에, 그 사람의 장례식에 갔다. 너무 갑작스럽게 일어난 사건이 일어난 지 7일도 안 돼서 그 사람의 죽음을 기리는 곳으로 가니 아무 생각이 안 들었다. 머리가 오히려 새하얘지고 터벅터벅 걸어가기만 했다. 안으로 들어가서 그 사람의 이름이 적힌 곳으로 갔다. 안에 들어가 보니 그 사람의 부모님, 친구, 주변 지인들이 와서 대성통곡하거나 화를 내거나 하는 모습을 지켜봤다. 그이가 이상했다고 욕하는 사람들도 조금 봤지만 대부분이 그 사람을 좋게 이야기하기에 조금은 떨떠름했다. 이질감도 많이 들었고. 나를 사랑이라며 괴롭혔던 인간이 다른 사람들한테는 이렇게 소중한 사람이었구나, 하는 생각도 들고 좀 복잡했다.

조금, 아니 아주 많이 최악이었다. 나도 그런 식으로 그 사람을 끝내고 보내고 싶진 않았다. 그렇게 끔찍한 형태로 나의 첫사랑을 보내고 싶지도 않았고 그로 인한 죄책감을 내가 가지고 싶은 것도 아니었다. 그 사람은 정말로 마지막까지 나에게 최악의 무언가를 남겨만 가는구나 하고 생각했다. 애초에 내가 그 사람을 만나지 않았다면, 내가 그 사람을 받지만 않았더라면, 내가 그 사람에게 내 고민을 털어놓지만 않았더라면…….

그러면서 이 모든 일의 근원이 뭔지 생각해 봤다. 내가 사랑이라는 감정을 내가 원하지 않았다면 적어도 내가 지금 이런 기분을 안 느껴을지 모르는데, 좋은 부모님, 친구들, 환경에서 자랐으면서 내가 욕심으로 사랑을 붙잡은 게 아닐까 하고. 고민이 들었다. 내가 이기적으로 굴지만 않았더라도…… 머리가 꽤 복잡해졌다.

어차피 사랑이 없어도 나는 괜찮게 살 수 있지 않을까? 주변 사람들, 부모님, 지인들, 내 능력도 어느 정도 괜찮은데 굳이 사랑에 목매면서 살아야 될까? 굳이 날 사랑하는 사람을 찾으려고 모든 신경을 쏟아 붓지 않아도 괜찮았을 텐데…….

그래서 거길 나오면서 결심했다. 뭐, 이젠 사랑을 가지지도 신경 쓰지도 않고 살기로 다짐했다. 그렇게 생각하고 난 뒤 장례식장을 나오니 속이 꽤 후련했다. 예전에는 사랑이 뭔지 많이 고민하면서 살았다. 진지하게 심각하게 고민했다. 내 인생의 전반적인 문제였고. 그걸 고치고 싶었고 어떻게 해서든 해결하고 싶었다.

건물에서 나와서 많은 것들에 대해 생각을 했었다. 그러다 자연스럽게 내 인생에 대부분의 것들에 대한 것들로 옮겨져 갔고 내 인생을 돌이켜 보았다. 굵직한 사건들은 충분히 있었다. 친부모의 부재, 전 애인의 사고 같은 것들. 하지만 내게는 그런 것들을 대체할 것이 충분히 넘쳐났고 그것도 모자라서 내 곁에는 좋은 사람들이 수도 없이 있었다. 남부럽지 않은 인생에서 내가 굳이 사랑까지 헤매면서 그것에 목매고 살아야 됐나 싶었다. 언젠가 내게도 인연이 오거나 혹은 혼자서 조용히 살거나 모든 것은 운명인데 내가 굳이 그걸 억지로 바랐던 거 아닐까? 라는 생각이 펑 하고 들었다.

…… 하지만 머리가 터질 것 같이 복잡했던 그 일을 겪은 뒤로는 그냥 포기하면서 살았다. 좀 텅 빈 것 같은 느낌이 들긴 했지만 적어도 가슴 아플 일이 없었다. 그 뒤로 몇 년 동안은 내가 하고 싶은 대로 살았다. 대학교에 다니는 남은 시간 동안은 정말 열심히 공부하면서 진로에 대해 진지하게 고민했고. 어릴 때부터 조향사가 하고 싶었고 대학을 졸업하고 얼마 지나지 않아 나는 원하던 직업을 가지게 되고 좋은 회사에 취직도 하게 되었다. 주변 사람들은 나를 보고 부러워하고 부모님은 제 직업을 자랑스럽게 여기셨고 굉장히 뿌듯했다.

결국에는 다 포기하고 살았다. 사랑에 내 모든 것을 걸 만큼 난 헌신적이었지만 그렇게 해도 난 결국 완벽하게 행복해지지 못했다. 그렇지만 적어도 내 마음속의 무거운 짐을 내려놓은 후련한 기분이었다. 그제야 나는 모든 걸 놓고 나 스스로에 집중하여 살 수가 있었다. 남은 시간 동안은 적어도 후련했다. 그 사람을 잊는 것이 쉽지 않았지만 꾸준히 잊으려고 노력했다. 공부에 집중하고 내 미래와 주변 사람들에게 눈을 돌려 좋은 추억을 많이 쌓으면서 살았다.

새 회사에 들어갔다. 예전부터 향수 제작 쪽으로 진로를 정했고 그렇다 보니 내 직장도 그쪽 분야가 되었다. 긴장되고 설레기도 했다. 대학교에 들어가는 것보다 배로 새로운 기분이 들었다. 이제 내 스스로 일을 하고 돈을 벌면서 향수도 만들 생각에 들뜨기도 했지만 긴장을 놓을 수 없었다.

혹시 이 회사에도 그 사람 같은 사람이 있을지도 모르니 사람들에게 예의 바르게 굴며 직장 생활을 했다. 그런 내 긴장이 부질없었다는 걸 말해 주듯 직장 선배들, 동료들 또한 내 인생의 좋은 사람들과 같이 착하고 배려심 많은 사람들이었다.

회사 사람들도 좋은 사람들로 가득 찼다. 모두가 내 의견을 들어주고 내가 원하던 향수도 만들어보고 새로운 경험이었다. 그리고 조향사를 하면서 다양한 사람들도 만났다. 가족에게 선물을 주려는 사람, 연인에게 줄 선물을 사러 온 사람, 나처럼 향수를 좋아해서 여러 가지 향수를 사러 오는 사람들…… 그런 사람들이 제 향수를 받으면서 기뻐하는 걸 보니 굉장히 뿌듯해지고 행복했다. 좋았다. 사람들의 웃는 얼굴을 보는 것은 나에게도 좋은 일이었고 그것이 그 사람을 잊게 만드는 데에도 도움을 주었다.

그때는 아무리 일이 많아도 할 거리가 쌓여도 마냥 행복하던 시기였다. 그때부터 나는 내 향수를 만들면서 다른 사람들이 향수를 사가며 행복해하는 모습을 보고 나 또한 덩달아 행복했고 더 많은 제품을 만들고 싶어 했다. 주변 사람들이 나를 일벌레라고 부를 정도였으니 말 다 했다고 본다. 그렇지만 그때의 나는 뭘 해도 행복했으니 별수가 없었다. 그리고 그때 내 인생의 빛과 같은 사람 또한 만났고 말이다. 내 부모님을 제외하고 나에게 있어서 정말 소중한 사람을.

"아 저기, 이 향수 이름이 뭐예요?"

한 여성이 내게 다가왔다. 갈색 머리에, 아름다운 노란색 눈을 가진 여자가 나에게 말을 걸었다.

"아, 그건 블랙베리라는 향수입니다. 이거 맞으시죠?"

나는 그 이름을 가진 향수를 그녀에게 건네주고 말을 이어 갔다.

"네, 그거 맞아요. 그때 당신이 추천해 줘서 아직도 기억에 남았어요. 이 향수를 사고 일들이 잘 풀리는 기분이 들어서 다시 사러 왔는데 여기서도 당신을 만나네요. 이것도 다 운명일까요?"

"음……. 그런 걸지도 모르죠, 고객님?"

"네, 그런가 봐요. 나중에 저랑 커피라도 마실래요?"

그렇게 기막힌 우연으로 시작해서 생긴 인연이었다. 처음엔 꽤 경계심도 있었다. 그전 사람이 자꾸 생각났고 그 버릇들이 머리에 뿌리박혔기에 처음부터 쉽게 사귀는 건 불가능했다. 하지만 나는 이 사람이 그 인간과는 다르다는 걸 얼마 되지 않아서 알게 되었다.

"새 연인이 생겼어요, 그때쯤에. 예전의 그 사람과는 다르게 정말로 좋은 사람이었어요. 햇살같이 따스하고 곁에 있으면 기분이 좋아지는 그런 사람 말이에요. 제 연인은 그런 사람이었어요. 서로 마음을 열고 같이 사랑하고 지내면서 점점 더 가까워졌고 그렇게 서로 연인 사이가 된 거예요. 참……, 좋은 사람이었는데 말이에요."

\*\*\*

"새 연인? 그 따위 인간을 만나놓고 새로운 사람 만나는 게 쉬워?"

역시 그 말투는 캐시였다. 정말 이 말투는 살아선 들어본 적도 없지만 이젠 너무나 익숙하다.

"…… 그러게요. 보통 사람이면 쉽게 사귀진 못할 것 같은데요."

아테도 덧붙여 말을 걸었다. 나를 쉽게 이해해 주지 못하겠다는 듯한 눈치였다. 물론 내가 한 얘기를 들은 사람이니 저런 반응은 당연했다.

"물론 저도 처음엔 쉽지 않았어요. 그 사람과 같거나 더 심한 사람이면 어떡하지 하고요. 하지만 괜한 걱정이었어요. 에리카는 비교도 안 될 만큼 좋고 소중한 사람이었어요. 너무 소중해서 제게 과분하다 느낄 정도였죠."

"…… 그건 정말 잘 된 일이네요, 요한."

빅토르가 대답을 해줬다. 약간 목소리가 떨리는 듯했다. 의문점이 생겼지만 우선 무시하고 다시 말을 이어 갔다.

* * *

에리카, 내 연인의 이름이었다. 향수 제작에 관한 개인적인 일로 회사에 방문했다가 우연히 만난 걸 계기로 서로 연락도 하고 같이 있는 시간이 늘면서 연인이 된 그런 사이였다. 에리카는 정말 좋은 사람이었다. 다른 사람들과는 다르게 있는 그대로의 나를 봐주고 사랑해 주던 사람이었다. 따스하고 날 아끼는 게 그대로 느껴지던 사람이었고, 그래서 나 또한 그녀를 더욱 아끼고 사랑했다. 내가 다시는 사랑하지 않겠다는 다짐을 깰 정도로 그녀는 좋은 사람이었다.

그녀와 있으면 모든 것이 행복했다. 마치 내가 공중에 떠 있는 것마냥 기분 좋은 감정만이 내 모든 것을 차고 있는 듯한 느낌이 들었다. 진정으로 살아있는 기분이 들었고 나의 행복은 온전히 그녀에게 있었다. 서로가 소중하고 곁에 있으면 기분이 좋은 그 자체였다, 에리카는.

에리카는 지금 뭘 하고 있을까, 시간이 좀 지났으니 이 사건을 막 듣고 있을지도 모른다. 들으면 어떻게 반응할까? 약혼자를 잃었으니 그 슬픔은 내가 헤아릴 수도 없을 것 같다. 평생을 약속했으면서 곁에서 위로조차 해주지 못하는 내가 너무나 밉고 지금 이 상황이 야속하다. 이제 다신 볼 수 없다는 사실이 나를 옥죄여 온다.

고개를 잠시 들어 주변을 둘러본다. 유독 눈에 들어온 빅토르는 착잡해 보였다. 그 사람의 눈 안에는 꽤 복잡한 것들이 가득 차 있었다. 내 얘기가 기분을 불쾌하게 한 건지 혹은 슬픈 건지 알 수 없는 표정이었다. 저 사람도 나와 같은 상황을 겪은 걸까? 그의 손목을 살펴본다. 그의 왼손 약지에는 반지가 있었다. 저 사람도 결혼을 했구나. 혹은 나처럼 약혼을 했다던가, 그러니 내 얘기를 듣고 저런 표정을 짓는다는 걸 단번에 알아차렸다. 저 빅토르라는 사람도 나와 같은 심경이겠거니, 라고 생각하며 그에게 약간의 동질감이 생긴 것 같았다.

저 사람은 약혼녀와 어떤 관계였을까. 서로 미친 듯이 사랑하던 사이? 혹은 서로에게 무관심해서 관계가 많이 틀어졌을지도 모른다. 아니면 다시는 만나지 못하게 된 비극적인 사이였다던. 여러 가지 추측들을 해본다. 하지만 지금 저 사람과 나는 동일한 입장이다. 약혼자와의 사이가 어떻게 되었든 이제 다시는 볼 수가 없다. 말을 건넬 수도 여기 있다고 할 수도 없는 노릇이다.

* * *

그렇게 성공하다 보니 내가 맡은 일들도 많아서 출장도 자주 가는 탓에 고향에 있는 시간이 점점 줄어들었다. 부모님은 괜찮다고 말하셨지만 자주 찾아보지도 못하고 안부 인사도 잘 못했으니까 많이 섭섭했을 거다.

걱정도 많이 하셨다. 출장을 자주 가니 비행기 타고 다니는 일이 많았고 사고라도 있을까 자주 연락해 주셨다. 나도 나름 자주 연락하고 편지도 쓰고 열심히 부모님과 대화하려고 했다. 그리고 그렇게라도 해야 부모님이 나를 덜 그리워할 거라고 생각한 거도 있었고, 이제 나에게 가장 소중한 사람은 부모님이었거든.

부모님을 자주 뵙지 못했다. 내 일이 바쁘다는 핑계로 얼굴을 보지 못한 건 사실이다. 난 그만큼 열심히 일했고 그만큼 성공했으니 해야 할 일들도 훨씬 많아졌다. 그래도 난 행복했다. 사랑하는 사람과 좋아하는 일을 하는 건 전혀 힘들지 않았다. 하지만 그건, 부모님에게는 반가운 소식은 아니었을지도 모른다.

부모님은 내 전 애인이 죽은 날, 내 곁에서 위로해 주고 다독여주셨다. 당연하겠지만 많이 걱정하셨고 내가 더 이상 힘들지 않으셨으면 했을 것이다. 내가 늘 자신들의 옆에서 상처를 치유받으면서 살기를 원했을 것이다. 하지만 나는 그렇게 살기엔 하고 싶은 것도, 만나고 싶은 사람도 많았기 때문에 늘 곁에 있을 수 없었다. 그래서 나는 타지의 회사로 떠났고 그때까지만 해도 괜찮을 거라고 생각했다.

"…… 그러다 얼마 전에 어머니가 위독하다는 소식을 들었어요. 많이 위독하셨나 봐요 아버지 목소리가 굉장히 급박했거든요. 그때도 출장 중이었는데, 너무 급한 목소리로 말씀하시기에 하던 일도 다 때려 치우고 비행기 표를 끊었어요. 가장 가까운 시간의 비행기를 타고 얼른 도착하기를 바라며 초조하게 앉았죠. 근데…… 눈을 떠보니 여기에 있고, 상황을 들어보니 전 죽은 것 같은데……."

한숨을 내쉬고 말을 이어가기 위해 그때를 생각한다. 머리가 깨질 것 같지만 최대한 기억하려고 애를 쓴다. 눈물이 약간 고인 듯한 느낌이 들어 손으로 눈가를 살짝 닦는다. 아무 소리도 안 들리고 고요한 방이지만 내 귓가에는 그때 울리던 전화벨 소리를 당연하게 일에 관련된 전화라고 생각하고 나는 전화기를 든다.


"여보세요? 어……, 제가 요한인데 무슨 일이신가요. 혹시 다른 회사 직원분이신가요? 네? 부모님이요?"

전화기 너머에서 다급한 목소리가 들려왔다.

"네, 보호자 분. 지금 어머님께서 많이 위독하세요. 곧 큰 수술을 앞두고 계시거든요. 아들 분을 빨리 보고 싶다고 말씀하셨어요. 어서 오시길 바라고 있어요, 여기 병원 이름은……."

이내 전화기 너머에서는 시끄러운 소리만이 들렸다. 말을 하려고 했지만 너무 다급해 보였고 결국 통화는 그렇게 끊겼다. 나는 아무 말도 하지 못하고 멍하니 서 있다 핸드폰을 떨어트릴 뿐이었다.

내가 틀렸었다. 모든 게 괜찮을 거라는 생각은 나를 비웃기라도 하듯이 다르게 흘러갔고, 나는 그것에 당할 수밖에 없었다. 급한 출장을 하던 중 시끄럽게 울리던 폰을 들고 전화를 받았을 때, 그저 머리가 새하얘졌다. 부모님이 위독하다는 말이 그 짧은 시간 안에 내 머릿속으로 들어왔고 돌처럼 굳었다.

하던 일들을 할 여유가 없었다. 눈에서는 눈물이 쏟아졌다. 누구보다 감성적으로 굴던 나는 급하게 윗사람들에게 말을 한 뒤 비행기 표를 끊고 공항으로 달려갔다. 정신없이 뛰고 도착한 공항에서 비행기를 바로 타고 겨우 한숨을 돌렸지. 그런 뒤엔 창밖을 보면서 빨리 도착하길 기도했다. 기내식을 먹을 여유도 없었다. 물만 겨우 마시면서 그렇게 한숨 돌린 뒤 커다란 굉음과 함께…… 눈을 뜨니 지금 이곳에 온 것이었다. 정말 원하지도 않고 생각해 본 적도 없는 이런 방에.

**＊＊＊**

"…… 그래요. 그럼 이제 제가 왜 살아 있을 때 이야기를 하면서 돌아가고 싶어 하고 뭘 했는지……, 아시겠어요?"

눈을 뜨고 사람들을 바라보며 말을 끝낸다. 고개를 들고 더 이상 아무 말도 하지 않는다. 눈을 몇 번 깜빡이고 사람들을 본다. 빅토르의 목소리가 가장 먼저 들린다.

"조금은 이해할 수도 있을 것 같아요, 당신의 삶을요."

빅토르만이 대답을 해주었다. 캐시는 무언가 짜증난다는 듯한 얼굴로, 아테는 무표정으로, 아만다는 여전히 미소를 지으며 대답을 대체한 듯하다. 저 사람은 무슨 생각을 할까. 내 인생을 비웃을까, 동정해 줄까, 이해해 줄까. 그리 중요한 부분은 아니지만 약간의 궁금증은 생겼다.

"이해해 주셔서 고마워요, 빅토르."

우선 진심을 담아 그에게 고마움을 표한다. 이런 낯선 곳에서 남의 과거사를 듣고 공감해 주고 대답을 해주는 사람은 빅토르밖에 없을 것이다. 저 사람은 살았을 때 무슨 일을 하고 살았을까, 그의 손에 있는 반지는 과연 어떤 사람의 것이었을까. 나와 에리카 같은 그런 사이의 반지일까? 라는 궁금증이 들기도 했다.

내 모든 걸 털어놓으니 그제야 후련한 느낌이 들었다. 더불어 내 인생에 대한 모든 것을 다 떠올리며 곱씹어 본 것도 처음이어서 꽤 느낌이 이상했다. 내 인생 전반에 대해 돌아보면서 복잡했다. 과분할 정도로 너무나 좋고 행복했던 삶이었다. 그럼에도 조금은 슬프고 미련이 남았다.

내 친구들은 어떻게 지내고 있을까. 아마 슬퍼하겠지? 어쩌면 지금 내 장례식을 치르고 있을지도 모르고, 아니 내가 죽은 걸 알지 못할 수도 있고. 시간이 얼마나 흐른 거지? 여기선 그저 몇 분 정도가 흐른 건데, 밖은 몇 시간, 며칠, 어쩌면 한 달이 지났을지도 모르겠다. 그래도…… 내가 죽은 걸 안다면 다들 울겠지. 미안하다, 걔네들은 날 정말 소중히 여겼을 텐데.


살면서 거의 평생을 속박하듯이 지내왔다. 아무도 시키지 않았는데 나 혼자서 그게 올바른 거라고 생각하고 스스로 그렇게 살았다. 이렇게 굴면 모든 것이 행복하고 모두가 편해질 거라고 생각하고 늘 그렇게 살았다. 난 적어도 행복했다. 정말로 그렇지만 그 사람의 만남과 그 끝을 생각해 보면 꼭 그런 건 아닌 것 같기도 하다. 어쩌면 내가 일에 모든 걸 쏟아부어 내 과거를 보지 못한 건 아닐까?

복잡하다. 살았을 때 만났던 사람들, 절대로 못 잊는 연인, 친구들,

직장, 부모님, 내가 살아온 방식들을 다시 되새겨 본다. 나는 모든 사람들에게 잘 보이고 싶었고 잘 지내고 싶었기에 나 자신을 억압하며 살아왔다. 겉으론 완벽했다. 난 행복했고 그건 주변 사람들도 마찬가지였으니 모든 게 좋았다고 볼 수 있을 것이다. 그럼 미련 없이 떠날 수 있을 건데 왜 이렇게 돌아가고 싶은 걸까.

눈을 잠시 감는다. 모든 것이 보이지 않고 어둡기만 하다. 그 속에서 나는 생각한다. 내가 돌아가야 하는 이유를……. 친구들 그 사람들과 너무 행복한 시간을 보내서 그런 걸까? 그래서 내가 이렇게 떠나지 못하고 미련한 걸까? 아니면 그 사람 때문인 걸까? 나도 모르게 나는 그 사람과의 기억에 잡혀 있을지도 모른다. 그래서 내가 헤어 나오지 못하고 이윽고 죽었음에도 다시 돌아가고 싶다는 생각을 하는 걸지도 모른다. 이렇게 죽어서까지 괴로우면서 행복한 걸까?

난 죽었겠지. 그 비행기 폭파 속에서, 여기가 죽은 사람들이 모이는 곳이라면 그 사람도 여기에 있을까? 눈을 뜨고 주변을 둘러본다. 아무리 봐도 새하얀 벽만이 보인다, 혹시 저 너머에서 그 사람이 있을까? 혹은 내 친부모님? 벽을 바라보며 온갖 생각을 해본다. 멍하니 벽을 본다. 그 사람들은 나를 보면 무슨 말을 하고 싶을까. 그때 자신을 잡아주지 않은 나에 대한 원망? 자신들이 죽었는데 슬픔은커녕 자신만을 걱정하는 자식에 대한 분노? 나는 잘 모르겠다.

이제 뭘 들어도 괜찮을 것 같다. 그래도 그 사람들과 행복했던 기억이 더 크니… 아마도. 막상 만나면 달라질까? 아니 애초에 만날 수는 있을까? 있다 하더라도 그 사람들이 나를 보는 걸 원할 확률은?

여러 가지 생각을 하며 다시 눈을 감는다. 아무 소리도 들리지 않고 혼자서 이 공간에 존재하는 이 느낌이 좋다. 내 앞의 4명의 사람들과 같은 입장이지만 서로 너무나 다른 인생을 살아온 느낌이 들기 때문에 깊게 대화를 하고 싶은 생각이 처음엔 들지 않았다.

캐시라는 사람과의 대화에서도 많이 이질적인 느낌이 들기도 했고 다른 사람들도 매우 달갑게 느껴지진 않으니 더더욱. 그러니 혼자서 이런 생각들에 잠겨 있는 것이 더 편하다. 내 모든 걸 돌아보고 후회도 하고많은 생각을 했다. 이제 그 생각들에서 벗어나 눈을 뜨기로 한다.

눈을 뜨니 눈이 멀 정도로 새하얀 방이 다시 보인다. 눈을 두 어 번 깜빡이자 그리 달갑지 않은 4명의 사람들도 눈에 보인다. 표정은 아직 잘 보이지 않는다. 아마 무표정이겠지. 주변을 두리번거리고 다시 문을 찾아본다. 다시 생겨났을지도 모른다는 생각을 했지만 헛수고였다. 여전히 존재하지 않는다는 듯이 그저 벽만이 있었다.

고개를 살짝 들어 앞을 봤다. 모든 것이 새하얗고, 문도 없는 이 공허한 공간을 바라본다. 내가 죽었다는 건 여긴 천국, 아니면 지옥일 텐데. 아무리 봐도 이승이라는 생각은 안 들었다. 과연 나는 어디로 갈까? 눈을 잠시 감다가 다시 뜨고 눈을 돌린다. 벽만을 바라보다 내 눈이 멀 것 같았고 계속 이 공간에 있다간 정신병이라도 들 것 같은 기분이었다. 하지만 그런 기분은 내가 살아 있을 때나 느끼겠지. 이제 더 이상은 그런 느낌이 들지 못한다.

"하……."

한숨을 살짝 내쉰다. 이제 더 이상 어떤 생각도 들지 않고 내 머릿속이 깨끗하게 정리된 느낌이다. 드디어 조금은 편하다 아주 좋진 않다. 사람이 죽었는데 그 기분이 좋을 리는 없다.

지금은…… 썩 좋다고는 말 못하겠지만 그렇다고 싫은 기분은 아니었다. 죽으면 원래 다 이런 건가? 천장을 올려다봤다. 천장에도 아무것도 없구나. 그저 텅 빈 공간이라. 살면서 늘 내 주변에는 사람들이 잔뜩 있었는데, 이렇게 생판 모르는 사람들과 아무것도 없는 공간에 서 있으니 기분이 묘했다. 여기서 더 있으면 누군가가 와서 나를 데려가려나? 한숨을 내쉬었다. 다 내려놔도 기분이 좋지 않네. 라는 생각이 든다. 내가 삶에 미련하지 않으면 지금 기분이 좋을까라는 바보 같은 생각도 했다.

내 이야기가 끝나고 잠깐의 정적이 있었다. 처음 여기에 도착했을 때부터 지금까지 나는 나에게만 너무 신경을 써 다른 사람들을 자세히 보지 못했는데, 이제야 다른 사람들의 표정을 볼 수가 있었다. 하나하나 둘러보며 서로의 표정을 살펴보았다. 내 인생을 어떻게 느꼈는지 얼굴에 보이는 사람도. 그렇지 않은 사람도 있었다.

각자의 얼굴을 자세히 보자 각각의 표정들이 보이기 시작했다. 아만다라고 한 여자는 여전히 여유로워 보이고, 침착해 보이는 웃음을 입에 머금고 있었다. 나에게 무슨 생각을 지닌 건지 도통 알 수가 없을 정도로 신비로운 사람이었다.

빅토르라는 사람은 아직 생각에 잠긴 것 같았다. 그의 얼굴은 여전히 슬퍼 보였고 나 또한 그것에 수긍한다. 다 듣진 못했지만 저 사람도 나와 비슷한 상처가 있는 것 같았고 그걸 굳이 입 밖으로 꺼내서 저 사람의 얼굴에 슬픔을 더 만들고 싶진 않았다. 잘 알진 못하지만 저 사람은 좋은 사람 같았고 그런 사람의 얼굴에 슬픔이 드러나게 하고 싶지 않은 것이 내 바람이었기에 나는 그저 가만히 그의 얼굴을 보다 고개를 돌릴 뿐이었다.

아테라는 사람은 처음 왔을 때부터 큰 대화를 해보지도 잘 보지도 않았기에 자세히 본 적은 처음이었지만 그저 굳은 표정이었다. 저게 슬픈 건지 동정하는 건지, 도저히 알 수가 없었다. 저 사람이 날 어떻게 생각하는지조차 나는 잘 모르겠다. 저 사람은 도대체 무슨 생각을 하는 걸까. 그녀의 얼굴을 살짝 보고 다시 눈을 돌린다. 내게 처음으로 말을 걸었던 그녀에게로.

그리고 마지막으로⋯⋯. 캐시의 얼굴을 보았다. 그녀의 얼굴 또한 많이 복잡해 보였다. 무엇을 생각하는 걸까. 또 나에게 화를 낼까? 방금의 언행에 대한 사과일지도 모르고, 혹은 자신의 이야기를 하면서 나와 자신을 비교한다던가 아니면 그래도 그게 무슨 문제냐는 듯한 말을 할지도 모른다.

그 초록색 눈은 나를 쳐다본다. 무엇을 말하려는지는 알 수가 없다. 그걸 알기 위해서 나도 그녀의 눈을 쳐다본다. 그녀의 입이 떼어지고 이내 그녀의 말소리가 들린다. 과연 나에게 있어 무슨 말을 하고자 하는 걸까. 나는 주의 깊게 들으려고 한다.

"어때요, 캐시. 제 이야기를 들으시고 뭔가 하실 말씀이라도 있나요?"

그녀의 대답을 바라며 내가 먼저 말을 꺼낸다. 이제 저 사람의 인생을 말해 주려나? 나와는 어떻게 다른 삶을 살았을지 약간은 궁금해진다. 그녀의 얼굴을 쳐다보며 나의 이야기를 끝냈다. 새하얀 벽만이 가득한 방에서 인생을 이야기한 나는 덩그러니 남았다.

# part 2

# 분노

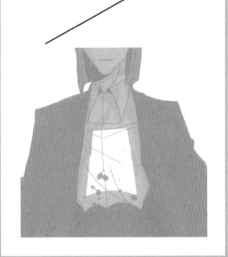

"파탈리테, 나는 너를 따라 어디든 가리
새장 속에 갇혀 노래하던 나를
꺾인 날개 펼쳐 달의 어깨 위를 날게 해
이젠 눈이 멀어도 좋아"

- 심규선 "Fatalité" 中

이름: 캐시 딜리스 서브리나

성별: 여성

생년월일: 1992. 06.12

국적: 미국

신장: 171cm

직업: 소기업 직원

사망 원인: 비행기 추락사

탑승 목적: 장례식 참석

"······ 이유가 뭘까?"

읊조리듯 뱉은 한 마디였다. 습기 하나 없는 건조한, 메마른 목소리. 고요한 세상에 내 말이 울려 더욱 크게 들렸다. 썩 듣기 좋진 않았다. 아니면 이 또한 나의 착각인가. 나를 제대로 보지 못하는 저주에 걸려 알 수가 없다. 내가 정확히 무엇을 궁금해 하는지도 헷갈리기 시작했다.

그래서 그에게 던진 건 아주 원초적인 질문이었다. 이유의 대상조차 없어 답을 할 수 있는 질문도 아니었다. 아, 나는 무엇을 알고 싶어 하는 거지? 무엇이 궁금한 걸까? 아무것도 정리할 수 없다. 그가 겪은 인생이 나의 지난날들과 비슷한 듯 달라서 머리가 복잡했다. 싫다. 이런 까다로운 건 좋아하지 않는다. 이 까다로운 것에 대응 하나 못하는 나는 더 싫다. 아름다운 죽음 끝에 나는 왜 이런 수고를 겪고 있는가?

떠오르는 수많은 생각 가운데 선명한 색채가 보였다. 강렬한 붉은색. 그에게 알고 싶은 것들 중에서도 그건 아주 강렬한 붉은색을 띠고 있었다. 흰 종이에 손가락을 베였을 때, 종이에 묻은 그런 빨간색 말이다. 시간이 지나 검붉은색으로 변하면 더욱 비참하게 보이는 그 색. 그 빨갛고도 차가운 색이었다. 유일하게 명백히 보이는 생각은 그런 색을 갖고 있었다. 붉은색으로 감춰진 질문들을 들여다보았다.

그것들은 온통 자유의 진위에 대한 것들이었다. 정말 자유로웠어? 정말로, 진실로, 그 모든 억압이 자유를 해치진 않았어?

무엇인가 다르다고 생각했다. 그가 진실로 자유롭다고 느꼈다면, 그가 제 감정도 모를 만큼 아둔하거나, 정말 자유로웠거나, 둘 중 하나라고. 그러나 그는 그것도 모를 정도로 멍청하지는 않아 보였다. 거짓의 감정에 속아 평생의 삶을 헛되게 보낸 거 같진 않았다. 아니, 애초에 자신의 죽음에 눈물을 흘릴 수 있다면, 그것만으로도 그는 행복했단 것을 알 수 있지 않는가. 이리 꼬아 생각하지 않아도. 그 뜨거운 눈물 한 방울만 보아도 알 수 있는 것이었다. 죽음에 행복해하는 나와는 달랐다. 그는 죽음에 미련하게도 슬퍼하고 있었다.

그래, 그게 달랐다. 똑같은 압박이었는데도. 그 압박같이 나 또한 욕심을 품을 희망도 없었고, 그럴 시간도, 욕구도, 지원 따위도 없었다. 나는 철저히 혼자였기에 그런 시답잖은 것보단 당장의 생존에 의지해야 했다. 자유를 느낄 사치도 부리지 못했고, 그래서 해방이 뭔지조차 모르고 꾸역꾸역 살아가야 했다. 그게 너무 싫어 죽어보려고도 했지만 운명이란 건 절대적인 것이라 한낱 미물이었던 나는 바꾸지를 못했다. 그 운명의 끝이 이런 것이라니.

그렇지만, 사실은, 실은 말이다. 이 시원함에 취해 몇 마디 더 뱉어보자면, 나는 그 끝을 사랑한다. 죽을 듯이 살아온 나의 삶보다 숨이 가득 차듯이 죽은 지금 이 순간이 더욱 아름답다. 내가 죽었다는 것에 강한 안도를 느꼈다. 일찍 맞이한 죽음에 대한 후회감은 전혀 들지 않았다. 원하지 않던 삶은 잔인하게 고통스러웠다. 나를 옭아매던 인생의 속박에서 벗어나 이제야 진정한 석방을 맞이해서, 살면서 느끼지 못했던 최고의 행복을 누리며 죽을 자신이 있었다. 날 죽이려 했던 억압은 더 이상 나에게 명령하지 못했다. 그건 정말이지 짜릿해서 평생을 느끼며 살고 싶었다.

해방감은 참으로 아름다운 것이었지. 나는 늘 이 더러운 삶에서 벗어나고 싶었다. 나에게 인생이란 원치 않은 처벌이었고, 짊어져야 할 죄였으며, 책임져야 했던 과제였다. 그 누가 이런 수식어들을 좋아하겠는가. 그런데 불행하게도 나한테 그것은 인생이었고, 그래서 시작을 피하지 못했고, 내 손으로 끝내기에는 나는 용기가 없는 멍청이라 그것 또한 성공하지 못했다.

그런데 내가 죽었다. 그토록 원할 때는 한 번을 성공 못했는데, 존재조차도 불투명한 신에게 매일 같이 죽여달라 빌어도 끝맺지를 못했는데, 이렇게 갑자기 나는 죽었다. 시뻘건 화염에 휩싸여 아름다운 고통을 느끼며 타들어가는 살갗에 기쁨의 눈물을 흘리곤 죽었다. 아, 행복해라. 삶 이후의 죽음은 이리 편안하구나. 이 후련함은 너무나도 아름답구나. 속박에 대한 해방은 자유롭구나.

그런데 왜 너는, 왜 똑같은 속박을 느낀 너는 그렇지 않은 걸까. 왜 나와 달리 이 해방을 만끽하지 않고, 지나간 것에 미련을 품고, 행복했던 삶의 구속을 그리워하는 걸까. 무엇이 다르기에. 날 죄어오던 목줄의 갑갑함을 똑같았을 텐데. 왜 너는 삶을 사랑하고 죽음을 받아들이지 못했어, 왜 나는 삶을 증오하고 죽음을 사랑해야 했어? 그 이유가 뭐야? 알고 싶어. 왜 우리는 달라야 했는지.

아!

이미 멎은 숨이 다시 멎는 기분이 들었다. 죽음은 사람을 멍청하게 만드는 것이 틀림없었다. 이 간단한 사실을 이제야 깨닫다니. 죽음에 기뻐 단순한 눈치를 전부 팔아 버렸나 보다. 나는 이런 행복이 처음이라 제정신을 차릴 수 없어서, 행복에 겨워 소위 말하는 평범한 이들처럼 사랑스러움에 푹 빠져서 그런 당연한 사실을 늦게 깨달을 수밖에 없었다. 그가 나와 달라 보이는 이유는 명확하고 단순했다. 그가 죽음을 즐기지 못하는 이유가 눈에 보였다. 눈을 돌려 그를 쳐다보았다. 이야기를 끝마친 그는 입을 다물곤 앞을 빤히 바라보고 있었다. 그의 그 파란 눈을 보며 말했다.

"그건…… 너 스스로가 행한 거였지? 네가 말했던 억압 말이야. 감정을 숨기고, 순응하고, 또 무조건 받아들였던 것들."

그는 꽤나 당황스러워 보였다. 이해하지 못하는 건 아니었다. 생각해 보면 그건 오히려 당연한 것이었다. 온갖 비아냥을 일삼던 사람이 갑자기 그런 질문을 묻는 건 당혹스러울 수 있었다. 그렇지만 유감이게도 나는 딱히 미안함을 느끼진 않았다. 평생을 배려심 속에 살지를 못해서, 제대로 된 배려라는 것을 받아본 지가 너무 오래돼서 나 또한 그런 예의 발린 말은 입에서 나오지 않았고, 이미 죽은 마당에 예의를 차리고 싶지도 않았다.

"아……, 네. 뭐, 굳이 고르자면 제가 결정한 거죠. 폐 끼치고 싶지 않았으니까요. 그거 하나 참는다고 큰일 날 거 같지도 않았고요. 저, 그런데 그런 건 왜 묻는 겁니까?"

그는 눈을 두어 번 깜빡이더니 입을 떼어 말했다. 내 추측은 확실해졌다. 뻔한 정답이 너무나 웃겨서 실소가 터져 나왔다. 아, 어쩜 이리 눈에 빤히 보일 수가 있는 건지. 저 자는 나와 그토록 다른 환경에서 그토록 같은 것을 느끼고 결국 완벽히 다른 결말을 맞았구나. 한참을 바닥을 보며 미친놈처럼 웃던 나는 다시 그와 눈을 마주쳤다.

"알고 싶어? 좋아, 어차피 할 말도 없으니 말해 줄게. 넌 속박을 느꼈다고 했어, 그치? 니가 그랬잖아. 감정을 억압하면서 살았다면서. 뭐, 그건 중요한 게 아니고, 제일 재밌는 건 나도 그랬다는 거지, 억압. 난 그걸 하루하루 뼈저리게 느끼면서 살았어. 어제보다 더한 날은 있어도 덜한 날은 없었지. 내일이 오기를 두려워하면서 새장 속에 평생을 갇혀 살았어. 철조망 사이로 빠져나가려는 노력도 한두 번 해봤지만, 세상에는 절대 노력으로 될 수 없는 게 아주 많아. 내 경우에는 도저히 가망 없는 내 인생이 그랬고. 그래서 난 일찍이 포기하고 되는 대로 살아왔는데, 그러니까 죽음이 참 기다려지더라. 어떻게 보면 동경이라고도 할 수 있겠지. 죽음을 동경했다라, 이렇게 들으면 뭔 미친 말인가 싶겠지만, 적어도 나는 그랬어. 그리고…… 너도 그럴 줄 알았지."

나는 그의 눈을 똑바로 쳐다보았다. 그 또한 더 이상 별로 당황스럽지 않은 건지 내 눈을 마주치며 답했다.

"…… 왜 제가 당신과 똑같을 거라 생각했는지 물어봐도 되겠습니까?"

그를 보며 헛웃음을 내뱉었다.

"착각, 동질감, 쉽게 말하면 그런 것들. 뭐랄까, 틀에 박힌 생각만 했다고 해야 하나. 니가 이해해, 내 인생 자체가 틀에 박혀 있었는데 어떻게 다른 걸 떠올렸겠어. 그런데, 생각해 봐. 넌 나랑 다르잖아. 넌 죽음을 회피했잖아. 네가 그렇게 울 수 있던 건 결국 미련이 남았다는 뜻인데. 왜일까? 너도 그 답답한 억압을 느꼈을 텐데, 이제 그 속박에서 벗어난 나는 이렇게도 기쁜데 왜 너는 그렇게도 슬퍼할까. 고민해 봤어. 난 어중간한 답은 싫어해서. 그리고 그렇게 생각해 보니까…… 알 거 같더라. 오히려 왜 이제 알았나 싶을 만큼 단순했지."

그 말을 끝으로 잠시 아무 말도 하지 않자, 자신을 아만다라고 소개했던 매력적인 여자가 나를 보는 것이 느껴졌다. 그녀는 나를 흥미로운 눈빛으로 쳐다보더니 작게 웃으며 물었다. 그녀의 미소는 친숙하게 찬란했고 환상적이게 다채로웠으며, 아만다가 웃는 모습이 꼭 사랑했던 그녀가 떠올라 순간 기분이 더러워졌다. 아만다는 여전히 나를 바라보았다. 목이 죄어지는 기분이 들었다. 그때의 속박과 비슷한 기분이었다.

"뭐가 달랐나요? 차이점이 뭐였기에 당신들이 생각하던 죽음은 아주 다른 거죠? 난 죽음이 재밌다는 생각 정도는 해봤어도 캐시, 당신만큼 너무나 행복할 것 같다는 생각은 한 번도 해본 적이 없어요. 그런데 당신 말을 들으니까 조금 궁금해지네요. 뭐가 당신을 그렇게 만들었는지요."

이번이 그녀와 처음 말을 섞는 때인 것 같았다. 그녀는 생긴 것만큼, 흩날리는 검은 머리칼만큼, 나를 꿰뚫어보는 것 같은 저 미소만큼 고운 목소리를 갖고 있었다. 그녀의 눈을 피했다. 깊은 갈색 눈동자가 나를 옭아매는 것 같아 그래야만 했다.

"…… 자의와 타의. 그 차이 정도. 자살과 타살이 다른 거처럼 말이야. 쟤는 본인이 스스로 결정한 거잖아. 그런데…… 나는 아니거든. 단 한 번도 그런 걸 바라지 않았어. 억압 같은 건 별로 느끼고 싶지도 않았다고. 아, 이걸 설명하려면 내 이야기를 해야 할 것 같은데……."

주위를 둘러보았다. 반론의 여지가 보이진 않았다.

"…… 다들 상관없어 보이네. 좋아, 이야기할게. 내가 왜 이렇게 죽음을 사랑하는지 말이야."

* * *

불행. 이 불행의 시작은 그날이 시작점이었으리라. 숨이 막힐 만큼 그날만은 생생하다. 아직도 눈을 감으면 그날의 공기 하나마저도 피부 사이에 스며든다. 차가웠다. 그 공기의 숨결들은 뾰족하기 그지없었다. 폐 한 쪽에, 잘 보이지 않는 구석에 그날의 온도가 저장돼있다. 숨을 쉴 때마다 그 온도가 느껴졌다. 들이쉴 때마다, 내뱉을 때마다, 이 삶에 힘겨워 숨을 참으려 할 때도 그 온도가 온몸을 적셨다. 그것 또한 나의 죽음에 행복을 가져다준 것이겠지. 더 이상 그 온도를 알 수가 없으니.

평범할 수 있던 늦가을의 날이었다. 비가 세차게 내리긴 했어도. 예보에 없던 장대비가 아플 만큼 내려와 세상을 어지럽혔다. 고작 낮이었음에도 밖은 깜깜했다. 아직 이 세상에 대해 1할도 알지 못했던 9살의 나는, 그 세찬 비가 만드는 소리를 반주 삼아 즐겁게 노래를 불렀다. 학교가 끝나고, 갑작스러운 비에 학부모들이 우산과 함께 아이들을 데려가고, 그렇게 교문 앞에는 점점 학생들이 사라질 때, 나 혼자. 무엇이 심각한지 알지도 못한 채 아름다운 노래를 불렀다. 엄마든, 아빠든, 그 둘 중 하나는 날 데리러 올 것이라는 강한 믿음이 있었다.

그렇게 꽤 많은 시간이 흘렀다. 더 이상 내 곁에 아무런 친구들도 남지 않았고, 고학년의 선배들도 하교를 마친 뒤였다. 소나기일 거라 생각했으나 비는 멈출 기미가 보이질 않았다. 점점 추워졌다. 얇은 원피스 하나는 나를 따뜻이 해주지 못했다. 분명, 분명 조금만 기다리면 엄마나 아빠가 와야 하는데. 한 손에는 내가 제일 좋아하던 하늘색 우산을 들고, 내 손을 잡고, 오늘 있었던 일을 물어보며 즐겁게 집에 가야 하는데. 그런데 아무도 오지 않았다. 참으로 이상한 일이었다.

시간이 흐를수록 나는 더 불안해졌다. 어린 내 기억 속 엄마와 아빠는 화목했고, 서로를 사랑했고, 또 그만큼 나를 사랑했고, 그걸 누구보다도 잘 알고 있었지만 이상하게도 그때의 나는 초조함이 느껴졌다. 동물적 감각, 육감, 뭐 그런 것들. 교문 앞에 서서 떨어지는 비를 보는데 꼭 내가 맞는 것마냥 아팠다. 지금 당장 돌아가지 않으면 내리는 비에 세상이 잠겨 모두가 똑같이 죽을 것 같다는 생각이 들었다. 가슴이 미친 듯이 쿵쾅댔고 내가 비에 맞은 것처럼 땀이 흐르기 시작했다. 꼭 무언가에 쫓기는 듯 숨이 가빠져왔다. 그래서 달렸다. 아닐 거라고, 이 이상한 기분은 그냥 내 착각일 거라고. 그렇게 믿으면서 집으로 향해 뛰어갔다. 머릿속에서 불안감이 아우성을 치는데 무시하고 또 달려야 했다.

숨을 헐떡이며 도착한 집의 광경은 가히 충격적이지 않을 수가 없었다. 엄마는, 내가 그토록 사랑했던 그녀는, 매번 나의 눈을 보며 아빠와 닮았다며 얘기해 주던 그 사람은 없었다. 도저히 엄마, 하며 부를 수가 없었다. 늘 빛나던 그녀의 눈에선 더 이상의 반짝임이 보이지 않았다. 사랑한다, 예쁘다, 나밖에 없다며 속삭여준 그녀는 어디에 있는가. 왜 내 눈앞에는 분노에 사로잡혀 반쯤 정신이 나간 사람이 있는 것인가?

그렇게 생각할 수밖에 없었다. 엄마는, 그래, 그토록 아름답던 그 사람은 깨진 화분 조각들을 밟고 서 있었다. 손에는 유리 조각을 깊게 쥔 채, 손에서 피가 떨어지는 것조차도 모르고 그리 서 있었다. 미친 듯이 울면서, 웃으면서, 괴성을 내지르며 몸을 가누지도 못했다. 엄마의 앞에는 아빠가 무릎을 꿇고 있었다. 기이했다. 엄마와 아빠 주변에는 온통 깨지고, 부서지고, 망가진 물건들이 가득했다. 엄마가 정신이 나간 채 뭐라 소리를 지르는데 아빠는 말리지도 않았다. 무릎 위에 떨어지는 유리 조각들을 가만히 보면서 침묵을 지킬 뿐이었다. 내가 무엇을 보는 건지, 우리 집이 맞는지, 나의 부모가 맞는지도 헷갈렸다.

엄마가 뒤에 있던 빈 어항을 잡으려는 찰나, 그제야 정신을 차렸다. 진흙이 묻은 신발을 털지도 않고 엄마에게 달려가 말리려는데 엄마는 나를 본 체도 하지 않았다. 아무리 아빠의 앞을 막아서고, 엄마의 팔을 붙잡고, 그만해라 소리쳐도 엄마는 나를 신경 쓰지 않았다. 내가 보이지도 않는 것처럼, 그저 그렇게.

연극. 따지자면 그런 것이었다. 그 연극에 있어 주인공은 엄마와 아빠였다. 잔뜩 화가 난 엄마와, 아무 말도 하지 않고 용서를 빌어야 했던 아빠. 그 둘의 비극. 주연은 오직 둘뿐이었기에 한낱 소품이었던 나는 끼어들 수가 없었다. 소품은 소품의 역할을 해야지. 겨우 자식이라는 명분으로 주인공의 클라이맥스에 끼어들어선 안 돼. 아무리, 아무리 그들을 사랑해도, 그들만의 관계에서 나는 뒷전이라, 그 사랑하는 마음이 꺼져가는 순간이었단 걸 너무 뼈저리게 느꼈던 터라, 아무것도 할 수 없었다. 이 시간이 끝나기를 비는 것밖에 하지 못했다. 연극이 끝나고, 박수를 치면서, 정말 아름다웠다고. 꼭 진짜 같아서 현실인 줄 알겠다고 말하기 위해서.

그러나 나는 그럴 용기가 없었다. 현실일지도 모른다는 불안감에 휩싸인 연극 따위는 보고 싶지 않았다. 어항이 쨍그랑하며 깨지는 소리가 들릴 때, 바닥 위로 파편이 쌓이는 소리가 들릴 때 집 밖으로 도망쳤다. 더 이상 볼 수가 없었다. 엄마와 아빠의 비극이 정말이라면, 그들이 나를 소품으로만 본다면, 이 모든 게 진실로 나의 상황이라면. 그러면 내가 뭘 할 수 있어. 나를 보지도 않고, 듣지도 않고, 무시하기만 하는데, 굴러다니는 돌 하나에 지나치지 않는 소품이 뭘 할 수가 있냐고. 도망칠 수밖에 없었다. 9살의 내가 택했던 가장 좋은 방법이었다. 그래서 달렸다. 내리는 비에 온몸이 젖고 아무 생각도 나지 않을 때까지 달렸다.

그렇게 달리다 지쳐 여느 한 벤치에 앉았다. 어느새 어둠이 내리기 시작했고, 여전히 빗소리가 귀를 강타했다. 아무것도 보이지 않았다. 그저 그 어둠이, 그 새카만 어둠이 나를 집어먹고 있단 것만 알수 있었다. 어쩌면 그날은 그리 깜깜한 밤이 아니었을지도 모른다.

평소와 같은 밝기였지만, 늘 그렇듯 똑같은 밤 일곱 시였지만 내 불안이 눈앞을 가렸던 걸지도 모른다. 이제 와서 그게 무슨 상관일까? 아무도 나를 도와주지 않았고, 그 누구도 조그마한 여자아이가 비를 맞으며 꼼짝 않고 있는데 손수건 하나도 건네주지를 않았고, 길을 잃은 거냐며 다정하게 물어주지도 않았다. 나는 현실을 빨리 깨달을 수밖에 없었다. 생각보다 이 세상은 잔혹하며 차갑다는 것을 알아차릴 수밖에 없었다.

멍하니 밑을 바라보며 가만히 비를 맞는 것 말고는 할 수 있는 게 없었다. 주변 어른에게 물어보면 집을 찾을 순 있었겠지만 그리하고 싶지 않았다. 그 연극 안에 가기 싫었다. 나는 주연도, 소품도, 관객도 되지 않은 채, 그저 저런 연극이 있구나, 하며 지나치는 행인이 되고 싶었다.

그때 눈앞이 그림자로 가려지는 게 느껴졌다. 무엇인가 하고 고개를 드니 엄마가 있었다. 처음 보는 낡은 우산을 들고선. 여전히 손에는 피가 묻어 있고, 머리는 엉망이고, 정리도 안 된 옷을 입고선, 조용히 나에게 우산을 씌워주었다.

아, 엄마는 그때 무슨 생각이었을까? 평생을 사랑하기를 약속한 사람이 자신을 배신했단 걸 알았을 때, 굳게 견뎌온 믿음이 한순간에 그 빈 어항처럼 부서졌다는 걸 느꼈을 때 무슨 생각이 머리를 장악했을까. 엄마는 사랑받는 걸 좋아했다. 나에게 늘 사랑한다는 말을 해주고, 그래서 내가 엄마에게 웃으며 나도 그렇다고 답하면, 우리 엄마는 세상에서 제일 아름다웠던 그 미소를 지어주었다. 그 미소는 너무나 예뻐서 모든 빛이 엄마의 웃음으로 건너간 것 같았다. 아빠가 엄마를 사랑했던 이유가 보였다.

그리고 그런 아빠의 사랑이 깨졌을 때, 평생 다시는 그에게서 예전의 사랑을 되찾을 수 없었단 걸 느꼈을 때 엄마는 무슨 말을 하고 싶었을까, 하고 궁금했지만 못난 나는 감히 추측조차 할 수 없었다. 아, 그날 엄마가 내게 건네주던 우산은 무슨 색이었을까? 엄마의 눈물을 닮은 붉은색이었을까. 겁이 났던 나는 그저 이런 것들밖에 생각하지 못했다.

* * *

밑을 바라보았다. 엄마의 머리 색깔과 똑 닮은 연갈색 머리카락이 흘러내려 옆에 힐긋 보였다. 되짚다 보니 그토록 혐오했던 엄마의 아픔이 느껴져 가슴 안쪽이 시큰거렸다. 입술을 깨물었다. 엄마의 아픔은 슬펐지만 그녀가 내게 주었던 고통은 거짓이 아니었으니 동정은 그만두기로 했다. 입술의 아픔에 가슴 안쪽은 더 이상 아릿하지 않았다.

"…… 왜였나요?"

말을 꺼낸 건 빅토르였다. 그의 말에는 주어도, 목적어도 없었지만 무엇을 궁금해 하는지는 확연했다. 그 비극은 왜 일어나야 했던 거였어, 왜 나는 달아나야만 했어? 왜 나는, 그 어렸던 소녀는, 그 모든 상황을 알았어야 했어.

한숨을 내쉬었다. 모든 상황이 그저 지겨웠다.

"뻔하지, 뭐. 이혼 때문이었어. 아빠한테 새로운 여자가 생겨서, 그날 엄마한테 헤어지자고 말했거든. 엄마는 화가 나서 그랬던 거고.

나는 완벽하게 잊고선 둘이서."

　요한이 잠시 움찔대는 것이 보였다. 따질 명분도 힘도 없어 그의 눈을 잠깐 쳐다보다가 말을 이어갔다.

＊＊＊

　그 날 이후에 아빠는 한동안 집에 오지 않았다. 혹시나 하고 기대하며 집에 들어오면 메마른 엄마만 집에 있을 뿐이었다. 밤늦게, 내가 자고 있을 때 몰래 오는 걸지도 모른다는 마음에 밤을 새도 현관문이 열리는 일은 없었다. 남은 건 나와 엄마뿐이었다. 열외자. 그래, 엄마와 나는 열외자였고 패배자였다. 그의 마음 하나 얻지 못했던 사람들. 잠깐의 맹세에 속아 그에게 매달렸던 멍청이들. 아, 어찌 그럴 수가 있는가. 어찌 사랑이 그리 쉽게 변할 수가 있는가?

　그런 생각이 마음속에 맴돌아도 부정할 수는 없었다. 나는 그를 보고 싶어 한다. 나도, 엄마도, 이 열외자들은 아직 그를 잊지 못해서 다시 그 사랑을 느끼고 싶어 한다. 혹시나 하는 마음에 종종 밤을 새는 일을 멈출 수도 없다.

　그러던 어느 날에, 학교를 마치고 현관문을 여니 아빠가 거실에 짐을 챙기고 서 있었다. 수척해지고 볼품없어진 엄마와는 달리 아주 잘 지낸 듯한 모습이었다. 그마저도 나는 너무나 반가워서, 그리운 마음을 숨길 수가 없어서 마냥 좋았다. 어쩌면, 이제 그 연극이 끝나고, 모든 게 완벽했던 연기라면서, 그렇게 박수를 치면서 막을 내리는 것일 거라 생각했다. 이젠 모든 게 끝나고 원래대로 돌아올 때라고, 나의 바람이 가득 섞인 착각이었다. 연극 따윈 없었다. 모든 게 현실이었다.

아빠는 짐을 끌고 현관문으로 오기 시작했다. 그제야 불안감이 스멀스멀 올라왔다. 원래대로 돌아올 것이라면 왜 아빠 옆엔 캐리어가 있는 걸까. 왜 그 많던 아빠의 흔적들은 하나도 보이지를 않는 걸까. 왜, 아빠는, 왜 그는, 나에게 반가운 기색 하나 없이 안쓰러운 표정을 짓는 걸까.

본능적으로 이상함을 느꼈다. 나를 지나치고 현관문을 열려는 아빠의 소매를 잡았다. 심장이 빨리 뛰었다. 이상하잖아, 정말 그가 나를 사랑했다면 눈길 한 번이라도 주었을 텐데.

"다시…… 돌아오신 거 아니었어요?"

당혹함에 겨우 울음을 참고 건넨 말이었다. 여기서 울음이 터지면 정말로 아빠가 떠날 것 같았다. 그 몇 달간의 후유증이 끝나고, 다시 아름답게 살 수 있으리라 생각했던 믿음이 깨질 것 같았다.

아빠는 천천히 뒤를 돌아보았다. 나를 보는 그의 모습에서 재회의 기쁨 따위는 보이지 않았다.

"캐시, 사랑하는 우리 캐시……. 걱정 마렴, 자주 연락하마. 종종 만나러 올 테니까 걱정하지 마."

아빠는 그 말을 하고선 내 손을 뿌리친 채 문을 열었다. 아빠, 하며 소리쳤지만 그는 내 말을 듣지 않았다. 문이 열리고, 그가 사라지고, 남은 건 나 혼자였다. 기약 없는 말 한마디가 공기 속에 맴돌았다.

그리고 아빠는 그 한마디를 단 한 번도 지키지 않았다. 그게 다였다. 모두가 꿈꿨던 아름다운 반전 따위는 없었다. 들러붙는 짐 하나 내려놓듯 날 떠난 아빠는 그렇게 가버렸다.

현실은 짙은 파란색을 갖고 있었다. 하늘처럼 푸르지도, 바다처럼 시원하지도, 사파이어처럼 빛나지도 않았다. 탁하고 어두워서 아무것도 보이지 않는데 끝없는 차가움만 느껴지는 짙은 파란색이었다. 나는 파란색의 수렁에 갇혀 있었다. 숨 한 번 편히 내쉬지 못하고 입 안으로 들어오는 파란색에 잠겨 살아야 했다. 그 색은 역했다. 시린 외로움이 살갗에 들어오면 내가 파란색에 녹아 사라진 것 같았다.

그 뒤로 엄마의 빛나던 파란색 눈은 짙은 파란색으로 변해 단 하나의 생기도 돌지 않았다. 엄마도 나처럼 짙은 파란색에 잠긴 걸까? 밑도 끝도 없이 그가 흩뿌리고 간 짙은 파란 물감에 빠져들어서, 늪처럼 잡아당기는 끈적한 물감이 엄마의 머리카락까지 모두 삼킬 때도 반항 한 번, 저항 한 번 못하고선 그렇게 사랑받던 엄마는 죽어버렸을까. 남은 건 빛이 꺼진 엄마였다. 인생의 의미를 잃어버린 그녀였다.

그리고 나는, 그래, 그들의 관계에 대한 증거였다. 그게 나의 전부였다. 그들이 나를 진심으로 아꼈다면 미안하다는 말 한마디는 해주지 않았을까. 나를 두고 가버려도 연락 한 번은 남겨주고, 진정으로 미안하다는 눈길 한 번은 주고, 사랑하는 내가 남았으니 그래도 다시 살아보자 의지 한 번은 다지지 않았을까. 그런데 그들은 그러지 않았다. 나는 그저 관계의 증거품이라서, 그만큼 서로를 사랑한다는 신뢰의 대체재라서, 깨져버린 그들의 사이에는 내가 필요 없었다. 사랑도 신뢰도 모두 사라져서 나의 의미도 전부 사라져버렸다.

**＊＊＊**

"충격 받았던 거 같아. 난 엄마랑 아빠가 정말, 정말로…… 서로를 사랑한다고 생각했거든. 사랑할 수 있는 것보다 더. 그런데 아니었던 거지. 그냥 보기 좋은 거짓이었던 거야."

유리구슬 같은 관계. 반짝이고 아름다워 누구의 시선이라도 모두 사로잡아버리지만, 실은 언제 깨질지 모르는 유리구슬 같은 관계였다.

"그 뒤로는 어떻게 됐나요? 많이 힘들었을 거 같은데."

질문의 주인공은 아만다였다. 고가의 옷을 걸치고 있는 아만다가, 척 봐도 누구보다 아름답게 인생을 살았을 것만 같은 그녀가, 내가 이리 말해도 내 고통의 절반이나마 느낄까. 정말로 그 짙은 파란색을 그녀가 볼 수나 있을까?

잠깐 그런 생각이 들었지만 곧 무시했다. 어차피 모두 죽은 마냥에 그런 건 중요하지 않았다. 내가 해야 하는 것은 그녀의 말에 대답하는 것. 그뿐이었다.

**＊＊＊**

엄마와 아빠의 이혼 후 내 인생은 모조리 암담해져버렸다. 이모가 보내 주는 돈 덕분에 굶어 죽진 않았지만 그뿐이었다. 분명 감사했으나 가끔은 짜증나기도 했다. 엄마와 아빠가 이혼하고 난 뒤 이모는 연락을 끊었고, 엄마가 빌붙으며 눈물을 흘린 끝에 온갖 생색을 내며 죽지 않을 정도의 돈을 겨우 주곤 투덜거렸다. 나는 엄마가 얼마나 이모를 좋아했는지 알았다. 엄마는 이혼하기 전 하나뿐인 여동생이 그토록 소중했던 건지 이모가 좋아하는 비싼 것들을 늘 보내 주었다. 분명히 그때의 이모는 엄마를 사랑한 것 같았는데, 그건 나의 바보 같은 착각이었던 것마냥 그녀는 나와 엄마를 내치려다 실패하고 말았다. 거짓된 호의가 얼마나 간단한지 알게 되었다.

그가 떠나간 뒤 한동안 나는 그의 사랑에 대해 밤을 지새우며 생각했다. 아빠, 나를 사랑한다며. 나를 가장 아낀다며. 우리 딸이 세상에서 제일 예쁘다고, 평생 함께 있어야 한다고 그랬잖아. 그런데 그런 아빠가 떠나면 나는 어떡해? 나와 한 약속을 완벽히 잊은 그에, 나는 그의 말이 거짓이란 것을 깨달을 수밖에 없었다. 그 후에 그리운 마음이 증오로 바뀌는 것은 순식간이었다. 나는 그래서 아빠를 증오했다. 기약 없는 약속을 하고선 나를 버린 아빠를 혐오했다. 엄마에 대한 마음도 사랑의 동정에서 곧 분노로 짙어져갔다. 이유는 간단했다. 그녀는 너무나도 무능했고 사랑에 목말라 있었다.

멍청하게도 아빠에게 모든 걸 바쳤던 엄마는 남은 것이 없었다. 이 힘겨운 세상에 대적할 용기도, 능력도, 재정도 없었다. 어리석은 우리 엄마는 아빠가 뭐가 그리 좋은지, 그 평범한 남자가 뭐가 그리 좋았던 건지 그에게 모든 걸 넘겼다. 직장도 포기하곤 아빠가 벌어오는 돈으로 삶을 연명해갔다. 그런데 그런 아빠가 사라졌다. 모든 걸 바쳐서 엄마의 사랑을 앗아간 아빠가 한순간에 곁에서 없어져 버렸다. 엄마의 웃음을 사랑했던, 엄마의 말 한마디를 소중하게 여겼던, 엄마의 그 걸음걸이를 좋아했던 아빠는 어느새 없어지고 말았다. 그 뒤 엄마가 무너지는 건 시간문제였다. 엄마는 어쩌면, 어쩌면 아빠를 잃은 슬픔보다 그 무의미한 시간에 쏟았던 노력이 허무해서 더 아팠던 걸지도 모른다. 정신 차려보니 엄마에게 남은 건 그저 짐 덩어리인 나뿐이라 더 아팠던 걸지도 모른다. 자신이 너무 몹쓸어서 감당하지 못했던 걸지도 모른다. 그 때문이었나? 엄마가 앓아누운 건 그것 때문인가. 감정이 보내는 허탈함이 온몸을 장악해서 마음의 병이 현실로 바뀌어버린 건가.

아빠를 미워하고, 엄마를 미워하고, 남은 건 나뿐이었다. 나는 나도 증오했다. 내가 싫었다. 거지같은 집안에서 살아가야 하는 내 현실이, 더 이상 온전히 행복을 누릴 수 없는 내 세상이, 이제는 사랑한다 속삭여줄 상대도 없는 내 관계가 싫었다. 그리고 그 무엇도 고치지 못하는 내가 가장 한심했다. 체념하고 살아가려는, 현실에 굴복하려는 나를 용서할 수가 없었다. 나는 점점 무너져갔다. 아름답고, 빛나고, 찬연하던 나의 빛깔은 퇴색해갔다. 나를 사랑해 줄 수가 없어서, 도무지 나에게 괜찮다며 의지를 다져줄 수도 없는 상황이라서, 고작 중학생도 안 된 아주 어리고 여린 소녀에게 스스로 손 한 번 내밀어 줄 수가 없었다. 사랑하는 사람이 없으니 기댈 곳도 없었다.

바다 속에 뚝 떨어진 것 같았다. 아래로 몸이 가라앉는데 디딜 곳도 올라갈 곳도 없었다. 숨을 쉬려고 하면 짠 바닷물이 온몸으로 들어왔다. 눈도 뜰 수가 없어 꼭 감고선 죽어가며 가라앉는 것밖에는 하지 못했다. 허우적대려는 노력조차 하지 않았다. 힘은 더 빠질 텐데 구조 당할 가능성은 희박해 보였다. 나는 아무 노력도 하지 않은 채 죽어가고 있었다. 그런 내가 싫은데 나를 살리려고 애쓰기도 싫었다. 가만히 죽는 게 최선일 것 같았다. 아무도 나를 사랑하지 않으니. 나는 아무도 사랑하지 못하니.

그런 생각으로 몇 년을 살아왔다. 더럽고 퀴퀴한, 환기도 잘 안 되는 누추한 집에서 살아가면서, 가끔씩은 아주 깨끗하고 쾌적했던 그때의 집을 그리워도 하면서, 그렇게 나름 살아왔다. 그래, 잘 살아보려는 노력은 하지 않았어도, 아빠 없이도 찬란하게 살 수 있단 걸 보여주는 노력은 하지 않았어도, 나름 버텼단 말이야. 그 비참한 환경에서 어떻게든 살아보려 악착같이 견뎠단 말이야.

그것마저도 중학교에 입학할 때쯤 반 놓아버렸다. 안 그래도 몸이 약했던 엄마는, 부족한 생활비에 무리하게 일을 하려다 결국 병이 나버렸다. 심각한 병은 아니더라도 꾸준한 관리가 필요했다. 그 길로 엄마는 병원에 입원했고 나는 또다시 불행에 직면해야 했다.

신이 나를 가지고 게임을 하는 것 같았다. 내게 불행을 주고, 내가 버티면, 또 다른 고통을 선사하는 사소한 게임. 어디까지 내가 버티나 시험해보는 것 같았다. 할 수만 있다면 소리치고 싶었다. 당신이 이겼으니 그만하라며. 아무리 내가 나를 놓으려 해도 아직 인생을 살아볼 힘은 남았었는데. 적어도 그런 마음은 유지하고 있었는데 왜 자꾸 내게서 모든 가능성을 앗아가는 건지. 억울하고 답답했다.

그 게임 덕에 중학교의 추억 따위는 만들 수가 없었다. 내가 가야 했던 건 친구의 집이나, 학교 근처 상가도 아니었다. 그 망할 병실만이 내가 갈 수 있는 곳이었다. 그곳은 햇빛이 잘 들어오고 통풍도 잘 됐지만 이상하게도 내 숨을 자꾸만 조였다. 병실 문을 열고 엄마의 침대 옆에 앉으면 날카로운 바람이 들어왔다. 그 바람이 들어와서 나를 찔렀다. 아프다고 속에서 울어보아도 소용없었다. 나는 또 버텨야

했다. 이유도 모른 채 그렇게 살아야만 했다.

그 병실에서 하는 일이라곤 종이를 들고, 펜을 쥐고, 그날 학교에서 배운 것들을 모조리 써 내려가는 게 끝이었다. 엄마는 웬만하면 말이 없었다. 들어오는 바람에 머리를 휘날리며 가만히 누워 있는 것밖에는 없었다. 눈을 힘겹게 뜨고, 밖에 서 있는 나무들을 지켜보면서, 그렇게 시간을 보냈다. 내가 오든 말든 별 상관도 없어 보였다. 그저 그리 보여서 도대체 나는 왜 그녀의 곁을 지켜야 하는지도 의문이었다. 그럼에도 그녀는 내가 자리를 뜨려 할 때마다 내일도 와 달라고 애원했다. 한 마디 말도 없다가 꼭 집에 가려고 할 때 내게 말을 건넸다. 어쩌면 그건, 혼자 있으면 정말로 그녀의 편에 아무도 없단 걸 뼈저리게 느낄 수도 있으니 그런 게 아닐까, 하고 생각했다. 이미 내가 그녀를 아주 미워하고 있는 걸 알아도 부정하기 위해 날 잡아두는 게 아닐까. 나는 그녀의 애원을 들어주었다. 어차피 그런 집에 있는 건 더 싫었다.

엄마는 그렇게 말이 없다가도 가끔씩 악에 받쳐 소리를 지르기도 했다. 아주 가끔씩, 내게 아빠의 퇴근 시간을 묻더니, 내 초등학교 담임 선생님에 대해 묻더니, 내가 아무 말도 하지 않으면 온 난리를 치며 소리를 질렀다. 내 손에 있던 샤프를 빼앗아 자신의 목에 가져다 대면서, 이제 너까지 나를 무시하냐며 고함을 질렀다. 그러면 간호사들이 내게 돌아가라 일렀고 나는 찢긴 종이를 쥔 채로 집에 가야만 했다.

하루는 엄마에게 말하고 싶었다. 그 병실에서, 갈색 잎사귀들이 창틀에 쌓여가고, 여전히 아픈 바람이 나를 찌르는 그날에, 엄마에게 그냥 한번 말해 보고 싶었다. 언제나 생각했는데 아무에게도 기댈 수가 없어서 삼켰던 말을 한번 해보고 싶었다. 어차피 그녀는 나를 신경 쓰지도 않는데. 어차피 나를 사랑하지도 않을 텐데.

"엄마."

그게 병실에서 처음 뱉은 말이었다. 그 많은 시간 동안, 한 마디도 하지 않던 내가 처음으로 뱉은 말. 엄마는 내 말을 듣곤 천천히 고개를 돌렸다. 별로 놀란 눈치도 아니었다. 이미 알고 있었어, 엄마는? 내가 무슨 말을 꺼낼지도 알겠어?

엄마, 나 살기 싫어.

그 말을 하고 싶었다. 그 일곱 글자를. 슬픔 하나하나 전부 서려있는 그 말을 토해내고 싶었다. 엄마, 나 살기 싫어. 정말 싫어. 아침에 눈을 뜨는 것도, 떠서 숨을 쉬어야 하는 것도, 몸을 움직여서 일어나는 것도 도무지 이젠 할 의욕이 생기지가 않아. 그냥 잠들어서 죽기 직전에 깨고 싶어. 엄마도, 아빠도, 그냥 모든 게 끝난 채, 죽기 직전에 깨서 내가 있던 세상을 눈으로 한 번 보고 그렇게 죽고 싶어, 엄마. 모든 게 다 질려. 이게 사는 건지도 너무 궁금해. 엄마, 엄마. 나좀 구해줘. 구하지 못하겠다면 나를 더 죽이지라도 말아. 나 말이야, 내딛는 걸음마다 늪에 빠지는 것 같아. 좀 빠져나가려 해도 그럴 수가 없어. 자꾸 나를 잡아당기잖아. 한발 내디디면 빠지고, 겨우 한 발 또 내디디면 다시 빠져. 이게 살아가는 거야? 이건 살아가는 게 아니라 살아남는 것에 더 가깝지 않아?

나는 그렇게 말하고 싶었는데. 엄마가 뭐라 하든, 어떻게 행동하든, 그저 그렇게 말하고 의지의 무게를 좀 덜어보려 했는데. 그런데 그럴 수가 없었다. 그 말을 꺼내려 하는 순간에 엄마는 내 손을 잡았다. 언제 마지막으로 잡았던 건지 기억이 나지 않을 만큼 오래였는데 갑자기 내 손을 잡고선, 어루만지고, 또다시 꽉 잡았다. 내 온기가 모두 엄마에게 건너갈 만큼 그리 꼭 잡았다.

아, 언젠가, 우리 엄마는, 내가 행복에 젖어 엄마와 아빠의 존재를 당연시했던 그쯤에, 내 손을 잡으며 꼭 아빠 손을 빼닮았다고 말하곤 했다. 또래보다 가늘고 긴 그 예쁜 손가락이 아빠랑 참 똑같다고 좋아했다. 그래서 나는 내 손을 가장 싫어했다. 남들은 참 예쁘다고 칭찬을 해준 그 손가락을 하나하나 뽑아버리고 싶었다.

그 순간에 내 손을 잡았던 것도 그 때문일까. 내 눈에서 보이는 빛깔이 더 이상 푸른 연두색이 아닌 짙은 파란색으로 보여서 그렇게 한 번 잡아보고 싶었던 걸까. 그래, 내 손이 아빠와 닮아서, 꼭 찬란했던 그때의 엄마가 생각나서, 그래서 내 손을 한 번 쓰다듬어보고 싶었던 걸지도 모른다. 내 입에서 나올 말이 두려워서 마지막으로나마 그리 잡아보고 싶었던 걸지도 모른다.

덕분에 꺼내려던 말은 다시 들어갔다. 그때 내가 살기 싫다 말하면 바람이 들어와 나랑 엄마를 둘 다 죽일 것 같았다. 내 손을 만지는 엄마의 손길이 야위어서 도무지 말을 할 수가 없었다.

그런 나날들의 반복이었다. 학교라고 달라질 것도 없었다. 말도 없고 돈도 없고 재미도 없어서 친구도 없던 학생 하나. 그게 나였다. 아이들은 교묘하다. 절대로 어른들이 알아채지 못하게 완벽히 한 명을 고립시킨다. 그들에게 있어 나는 아주 좋은 먹잇감이었다. 그들은 단한 번도 대놓고 나를 싫어한 적 없었다. 따지기도 애매하게 나를 배척하곤, 내 존재는 깔끔히 지우고, 마치 내가 없는 것처럼. 캐시? 그게 누구야. 우리 학교에 그런 애가 있나?

등신들. 늘 그렇게 생각했다. 내게 상처를 주고 싶으면 나를 더 잘 알 것이지. 같이 어울려주지 않아서, 누가 봐도 나는 나약해 보여서, 그래서 그렇게 나를 따돌리는 건 내겐 오히려 좋은데. 번거롭게 설명할 일도, 맞춰줄 일도, 재밌는 척 연기하는 것도 필요 없으니 나는 좋은데. 걔네들은 전부 멍청했다. 본인들이 내 위에 있다고 생각했겠지만, 틀렸다. 나는 그들을 구경하고 있었다. 어떻게 내 존재를 지우고, 들키지 않게 처리하고, 내가 아닌 나를 창조하는지 하나하나 모조리 구경했다. 재밌었다. 동시에 웃겼다. 저럴 시간에 한 문제라도 더 푸는 게 정말로 내게 상처 주는 일일 텐데 그거 하나를 몰라서.

덕분에 더 수월했던 것 같다. 내 시간을 방해할 것들은 엄마로 충분했다. 차라리 의미도 가치도 없는 수다에 내 노력을 쏟기보다는 공부를 하는 게 마음이 편했다. 책상에 앉아 문제를 읽고, 풀고, 교과서가 닳도록 정의를 보고 또 보는 동안에는 아무 생각도 나지 않아서 좋았다. 잠깐의 자유였다. 그 시간만큼은, 그 순간만큼은 오직 나의 것이었다. 아무도 방해할 수 없었다. 그건 너무나 짜릿해서 틈이 날 때마다 하고 싶었고 그에 따른 결과가 오는 건 당연했다. 최상위권. 모든 선생님들의 관심을 받는 총명한 학생.

\* \* \*

"학창 시절 때 생각나는 건 공부밖에 없어. 돈도 없고, 친구도 없고, 가족도 없으니 학교에서 할 수 있는 게 그거밖에 없었지. 공부는

지식, 펜, 종이만 있으면 되는 거잖아. 내가 할 수 있던 것 중에는 그게 제일 간단했고 쉬웠어. 그래서 밥 먹듯이 공부를 했지. 즐겼다고 해도 과언은 아니야. 재밌었거든. 뭐, 너네도 겪어봐서 알겠지만, 어린애들은 무시를 잘해. 미래를 생각하지 않는 나이니까, 벌어먹을 수단을 생각하지 않아도 되니까 그런 거겠지. 그래서 걔들은 할 수 있는 모든 거로 남들을 험담했어. 나는 좋은 타깃이었지. 돈 없고, 재미도 없고, 친구도 없고 말도 용기도 없고. 그런데 딱 하나, 성적으로는 아무 말도 못하더라. 그게 좀 웃겨서 더 열심히 하기도 했어. 나에겐 너무 쉬운 게 걔네한텐 아닌 거, 웃기지 않아?"

　별 진심도 없는 웃음을 짓자 아만다가 따라 웃었다. 누가 보아도 절로 아름답다는 소리가 나오는 그녀의 웃음은 언제 봐도 익숙해지지가 않았다. 문득 온갖 명품을 입고 있는 그녀의 학창 시절은 어땠을까 하는 생각이 들었다. 분명 그녀는 좋은 학교에서, 많은 친구들과 함께 있었을 거고, 모든 인기를 한 몸에 받으며 할 수 있는 모든 즐거움을 누렸을 것이다. 내가 겪었던 것과는 정반대인 그런 삶. 학생들이 만든 비공식적인 먹이 사슬에서 그녀는 최상위였을 것이고, 나는 아마도 최하위였을 것이다. 그런 이들도 죽음 앞에선 똑같다는 게 재밌었다. 아만다가 말했던 흥미로운 죽음이 어떤 것인지 이해가 갔다. 곧이어 입을 뗐다. 한 글자도 담기 싫었지만 말해야 했다.

＊＊＊

"졸업 후엔 뭘 할 생각이니?"

학창 시설의 마지막 해였다. 아이들은 모두 미래에 대해 상담하기 위해 선생님께 불려갔고, 나도 예외는 아니었다. 아, 나는 그 상황을 피하고 싶었는데. 선생님의 입에서 이루지 못할 자그만 꿈이 하나 나올 거 같아서 이 상담만큼은 피하고 싶었는데.

"…… 돈부터 벌려고요. 알바를 하든, 뭘 하든……."

무미건조한 말이었지만 진심이었다. 내게는 별다른 선택지가 없었다. 내게 가장 필요했던 건 돈이었다. 뭐든지 그 녀석이 없어선 안 됐다. 엄마의 병원비 때문에 내가 쓸 생활비는 훨씬 더 줄어들었고, 이모의 욕은 훨씬 더 늘어났다. 그 지옥에서 벗어날 방법은 눈에 선했다. 내가 돈을 벌면 된다.

선생님은 내 대답을 듣곤 예상했다는 눈빛으로 나를 쳐다보았다. 그 눈빛에는 분명 동정 어린 무언가가 섞여 있었다.

"대학교는…… 포기하고? 네 성적이면 충분할 텐데."

아, 나는, 이래서 이런 상담 같은 건 하기 싫었던 건데. 이 말을 줄곧 듣기 싫었다. 대학교, 그 대학교에 가지 못하는 나를 향한 아쉬운 말들. 능력이 안 돼서 가지 못하는 게 아니다. 가기 싫은 것도, 달리 대단한 목표가 있어서도 아니다. 그 교육을 받을 형편이 되지 않아 가지 못한다. 그게 끝이다.

그리고 그 끝이란 게 나를 괴롭힌다.

나는 가고 싶지 않던 게 아니었어. 가고 싶었어. 누구보다, 그 누구보다 뜨겁게 그 자리를 갈망하고, 열망하고, 갈구했어. 정말 가고 싶었어. 처음으로 자유를 느낀 학문이 얼마나 더 아름다운지 알고 싶었단 말이야. 온통 멍청한 놈들밖에 없는 이런 쓰레기 학교 말고, 그곳에 가서 공부하기를 바랐다고. 내가 제일 잘 알고 있었다. 선생님도, 엄마도, 책도 아니고 내가. 얼마나 그 자리가 내게 잘 어울리는지. 내가 가서 얼마나 잘 해낼지. 더 큰 세상이 얼마나 버거우면서도 찬란할지 내가 가장 잘 알고 있었다. 아, 그 세계는 얼마나 빛이 날까! 나를 옭아매는 이 모든 속박에서 벗어나 그 짜릿함을 조금이라도 더 맛볼 수 있다면, 그렇다면 나는 영혼이라도 팔겠다. 단 한순간이라도 그곳에서 머물다 죽겠다.

그러나 내 욕망은 채워지지 않았다. 채워지지 못했다. 현실은 나를 가만 놔두지 않았다. 짙은 파란색이 속에서 올라왔다.

"…… 왜 못 가는지 선생님도 잘 아시잖아요."

겨우 뱉어낸 웃음에는 쓴맛이 잔뜩 서려 있었다. 선생님은 날 보며 아무 말도 하지 않더니 나가라 손짓했고, 나는 힘없이 나가 문을 닫았다. 쾅 하는 소리가 처량했다. 소리 뒤의 적막이 나를 괴롭혔다.

그날은 새벽에야 집에 갔다. 퇴원하고 집에만 머물던 엄마를 피해 가고 싶었다. 하교 후에 아이들이 잘 오지 않던 공터 구석에 앉아서, 그 차가운 바닥에 앉아서 무릎에 얼굴을 파묻곤, 그리 한참 울었다. 손이 젖고 바닥에 물 자국이 새겨질 때까지 뜨거운 눈물을 쏟아냈다. 아, 나는 왜. 나는 왜 늘 참아야만 하는가. 나는 왜 늘 나를 미워해야만 하는가. 갈 곳 잃은 증오의 화살은 항상 나였다. 이 집도, 엄마도, 아빠도, 학교 아이들까지 모조리 증오해도 분이 풀리지 않으면 나는 나를 밀쳐 죽였다. 결국 내 탓이 아니던가? 그들을 말리지 못하고, 엄마를 바로 세우지 못하고, 돈도 못 벌고. 결국, 결국 모든 게 다 나의 탓이 아니었나? 내가 태어난 것이 죄가 아닌가. 그저 그들 관계의 증

거품으로 소모되고, 그리 죽으면 이럴 일도 없었을 것이다. 그저 그
렇게 소품으로 남겨져서 연극의 무대 어딘가에 나뒹굴었으면 이런
비참함도 느끼지 않았을 것이다! 아, 나는 대체 왜, 대체 왜 살기 싫
다는 말 한마디 뱉을 용기도 없어서 또다시 나를 희생해야 하는가!

억울함을 느낄 새도 없이 울었다. 그들은 얼마나 빛이 날까? 능력
도, 욕구도, 재정도 전부 만족해서 나보다 더 넓은 세상에 갈 그들은
얼마나 찬연할까. 그 빛이, 그 햇살이 내게는 올 수 없는가. 나는 태
양이 아니었다. 달도 되지 못했다. 스스로 빛을 낼 수도, 그 빛에 반
사되어 모조품의 빛도 내지 못했다. 그저 암흑이었다. 한 줄기 빛도
없이 보이지도 않는데 겨우 살아가야 하는 암흑이었다!

눈물이 보인다. 내 눈에서 땅으로 떨어져가는 눈물방울 하나하나
전부 잘 보인다. 그들 또한 짙은 파란색이었다. 너무나도, 너무나도
불투명해서 아무것도 보이지 않았다. 내 눈에는 짙은 파란색이 가득
차올랐다. 그래서 아무것도 볼 수 없었다.

* * *

"아쉬웠겠네요."

그건 빅토르였다.

"한편으로는 대단하기도 하고요. 정말이에요, 캐시. 놀리거나 동정
하는 게 아니라. 원했던 걸…… 포기하는 건 쉬운 일이 아니잖아요.
게다가 대학이면 사소한 문제도 아니고."

그 말을 듣곤 그의 얼굴을 가만히 쳐다보았다. 그래, 거짓을 말하

는 눈은 아니었다. 오히려 두 눈에 진심이 가득 차 있었다. 순간 그의 검은 눈이 주황색으로 빛나는 것 같았다.

"대단해? 왜? 한심하지 않아? 나는 내가 한심했어. 그렇게 원했으면서 한 건 없었거든. 결말이 너무 뻔해서 소용없을 거라 생각했고, 그래서 설득하려는 노력조차도 하지 않았어. 그저 이렇게 저항 한 번 못해 보고 혼자서 욕만 하다 끝난 건데, 그게 대단하다고?"

진심을 말했으니 나는 진실을 말하기로 했다. 거짓 하나 없는 사실이었다.

"왜요, 대단한데. 무언가를 포기하는 건 어려운 일이에요. 사람들 참 웃겨요, 그렇죠. 보다 보면 다들 성취에만 집중하잖아요. 해낸 것들, 성공한 것들, 잘한 것들 말이에요. 사실 그거보다 더 힘든 건 포기하는 건데. 마냥 하기 싫고 두려워서 포기하는 건 비난받아도 제가 뭐라 할 수 있는 게 아니지만, 당신 같은 상황이라면 조금 다르죠. 따지고 보면 당신이 희생을 택한 거잖아요. 그런 마음은 충분히 칭송받아 마땅하다고 생각하거든요, 저는."

칭송. 칭송이라.

처음이었다. 그런 반응은. 나를 응원해 준 사람은 아무도 없었다. 엄마와 이모는 그저 당연하다는 듯 나를 바라보았고, 선생님은 아쉽다는 말로 응원을 흉내내고 있었다. 아무도, 정말 아무도, 내게 잘했다고 말해 준 적 없었다. 그거 정말 대단한 거라고. 수고했다고. 내 결정을 믿어준다고, 그 누구도 그리 말해 주지 않았다. 나 자신도 말하지 않았다. 그 현실에 이를 갈며 비참해졌을 뿐, 내게 괜찮다고 말해주지 않았다. 오히려 나를 벼랑 끝으로 몰았다. 결국 다 내 탓이 아니

나며 끝까지 나를 몰아세웠다. 그래서 생각할 수밖에 없었다. 내 최후는 얼마나 비탄하고 멍청한가.

그런데 아니었구나, 내 결정은 어려웠고, 힘들었고, 그래서 좋은 말도 들을 수 있는 거였구나. 욕망은 인간이라면 한 번쯤 느껴보게 되는 것이었다. 그리고 나는 그 가장 큰 욕망을 이룰 수 있는 방법을 포기했고, 때문에 눈물을 흘리며 아파했다. 죽을 만큼 아파하면서 죽을 만큼 비참해했다. 나의 현실에 통곡하며 지나간 욕망에 미련을 가졌다.

살면서 이런 생각은 해본 적이 없었다. 미련의 아픔에 대한 보상도 받아본 적 없었다. 그저 나는 아파했고, 눈물을 흘렸고, 나 자신을 스스로 죽이면서 끝냈을 뿐이었다. 그런데 이제야 그 보상을 받는 듯한 기분이었다. 아, 나는 대단한 거였다고. 그 아픔의 꽃은 누구보다도 아름다웠다고.

빅토르를 올려다보았다. 그는 여전히 미소를 짓고 있었다, 헛웃음을 지으며 눈을 마주치자 그는 어깨를 으쓱했다. 괜찮은 반응이라고 생각했다.

"그럼, 그 뒤로는 뭘 했는데요? 대학 대신 했던 게 있을 거 아니에요."

이번에는 자신을 아테라 했던 여자가 아무런 감정이 없어 보이는 표정으로 입을 뗐다. 그녀는 나와 비슷한 나이대로 보였고, 행색이 부유해 보이지 않았다. 갑자기 그녀에게서 내 모습이 잠깐 보이는 것 같아 눈을 깜빡이니 그런 느낌은 금세 사라졌다.

"돈을 벌 궁리를 했지. 아르바이트도 많이 하고, 직업도 구하고……. 학력이 이 모양이니 쉽지는 않았지만, 겨우 어떻게 해서 취직에 성공했어. 뭐, 운이 좋다고 봐도 되겠지. 직업 얻는 게 쉬운 일은 아니잖아. 처음 합격 통지를 받았을 때 기분은 나쁘지 않았어. 아니, 솔직해져 볼까? 기뻤어. 정말 행복했어. 아무리 내가 이 꼴이어도 행복을 느낀 적이 있었거든. 그게 그때야. 대학교도 포기하고, 아르바이트도 지쳐 가고, 그런데 나이는 먹어가고. 엄마 병원비는 빠져나가는데 이대로 있다간 굶어죽는 거 아닌가 싶어서 불안해졌어. 그런데 운 좋게도 성공했으니까, 기뻤지. 딱히 축하해 줄 사람은 없었지만 꽤 짜릿했어."

* * *

별생각 없이 낸 이력서가 통과되고, 아무 감흥 없이 치렀던 면접에 합격하고, 그래서 합격이라는 말을 들었을 때, 현실감이 들지 않아 잠시 꿈인가 생각했다. 정말로 현실이 맞는가, 결국 내가 미쳐 환상을 보는 것은 아닌가? 합격 문자를 보고 또 봤다. 문장 부호 하나 하나 다 외울 정도로, 질릴 정도로 계속. 그럼에도 현실감에 젖어들지 못했다. 합격 문자에 박혀 있는 캐시 딜리스 서브리나에 오탈자 하나 없는지 수시로 확인했다.

그제야 확신이 들었다. 그래, 합격이다. 믿기지 않지만, 믿기 어렵지만, 합격이었다. 직업이 생겼다. 안정적으로 돈을 벌 수 있는 환경이 주어진 것이다. 별 같잖은 놈들을 상대하며 몇 시간씩 서 있을 필요도 없었고, 이리저리 옮겨 다니며 일을 할 필요도 없었다. 언제까지 갈지 몰랐지만 그런 상상만으로도 희열이 느껴졌다.

동시에 해방감이 온몸을 타고 흘렀다. 그저 그 내용이 사실이란 걸

인지하자마자, 그 사소한 행동 하나에 해방감이 혈관을 타고 머리끝까지 전달됐다. 아, 해방이다. 이 지긋지긋한 굴레에서 해방이다. 완벽히 벗어날 수는 없어도 나를 죄던 올가미의 족쇄를 하나 풀 수 있었다. 그럼에도 나는 현실에 짓이겨 아래로 추락했지만 그 무게는 덜수 있었다. 그것만으로도 아름다웠다. 별반 달라질 것 없단 걸 한편에서는 뼈저리게 느껴도 그저 그것만으로 행복했다.

순간에 세상이 달리 보였다. 그저 모든 게 짙은 파란색에 잠겨 있었는데, 그 문자 하나만큼은 주홍색으로 빛났다. 그 문자가, 회사의건물이, 나의 자리가, 주홍색으로 아름답게 빛나고 있었다. 그것밖에보이지 않았다. 질리도록 느껴온 짙은 파란색에서 보이는 주홍색은반가울 수밖에 없었다. 아니, 반가운 걸 넘어 그들은 소중했다. 잃지않고 싶다 생각했다. 돈을 넘어서, 직업을 넘어서, 그저 내가 필요할일을 할 수는 있구나 싶은 마음에 행복했다. 바람이 다르게 불었다.매서운 바람이 한순간에 살랑거리는 봄바람으로 변했다.

머리 쓰는 일은 그렇게 좋을 수가 없었다. 재밌었다. 처음 경험해보는 세계의 시스템이, 새로운 계급이, 학교에서는 상상도 할 수 없는 짜릿한 세상이었다. 잘나가는 회사도 아닌, 딱히 좋다고 할 수도없는 아주 작은 회사였지만 아무래도 상관없었다. 자리에서 키보드자판을 두들겨 대기만 해도 좋았다. 그래, 그만큼 행복했다. 처음 보는 주홍색에 아름답게 춤을 추었다.

위태로운 줄 위에서. 언제든지 떨어질 수 있고, 아래로 추락해서다시는 위로 올라오지 못할 아주 위태로운 줄 위에서 나는 그렇게춤을 췄다.

***

"좋은 회사였나요? 임금이라던가, 근로 환경 같은 거요."

아만다가 나를 보며 물었다. 본디 아름답던 그녀의 눈에 더 큰 생기가 돌기 시작했다. 저 눈은, 그래. 흥미다. 그녀는 나의 직장에 흥미를 느끼고 있었다. 이유는 불분명했으나 그것 하나만은 확실했다. 저리 묻는데 모를 수가 없었다.

"글쎄, 어땠을 거 같니. 결론부터 빠르게 말해 주자면 쓰레기였어. 야근을 밥 먹듯이 시키고, 추가 업무는 당연시되어 있었지. 그만큼 돈을 줬다면 아무 말도 안 했을 거야. 그런데 그럴 리가 없지, 월급도 쥐꼬리였어. 절대 좋다고는…… 할 수 없었지. 그래, 그랬어. 그게 다였어."

내 말을 듣곤 아만다는 무엇인가 마음에 들지 않는 듯 표정을 찡그렸다. 어쩌면 그녀가 한번도 겪어본 적 없는 세상의 현실이라 그런 걸까? 척 봐도 귀하고 행복하게 자란 것처럼 보이는 그녀가, 도무지 이해할 수 없어서 그러는 걸까. 몇 가지 생각이 떠올랐지만 나로서는 알 수 없었다. 그저 그렇게 작은 생각으로 흘려보내는 게 최선이었다.

***

주홍빛은 얼마 가지 않고 꺼져가기 시작했다. 일은 재밌었으나 나에게 필요 이상의 관심을 가지는 몇몇 사람들이 짜증났고, 쉬는 시간 하나 없이 일해야 겨우 끝나는 방대한 양의 업무도 결코 쉽지는 않았다. 아무리 재밌다 해도, 좋다고 해도, 적정량이라는 게 있는 건데. 이 회사는 그런 걸 몰랐다. 최소한의 임금으로 최대한의 노동을 뽑기 위해 최선을 다하는 것 같았다.

입사하고 몇 년 후에 그 빛은 완전히 꺼졌다. 더 이상 회사는 내게 재미도 뭣도 아니었다. 돈을 벌기 위한 수단, 그 이상 그 이하도 되지 않았다. 그저 그 수단이 내게는 너무나 중요해서 아무런 불만도 하지 않은 것이었다. 이 회사의 체계가 잘못됨을 넘어 엉망이란 걸 알고 있었지만 모른 척했다. 알아서 내가 할 수 있는 것도 없었다. 어차피 내가 뭘 하든 해결될 게 없었다. 굳이 되지 않는 일에 열정을 쏟기보다는 체념하고 사는 게 편했다. 모니터 속의 짙은 파란색은 늘 내 눈앞에서 어른거렸다.

결국 또 이런 결말인 걸까? 그 아릿했던 행복은, 달콤했던 기쁨은 내 마음 어딘가에 처박힌 채 짜증에 뒤섞이고 있었다. 분명 존재한다는 건 알 수 있었는데 찾을 수가 없었다. 행복을 느끼고 싶어도 더 이상 느낄 수가 없었다. 포기하고 살아갈 수밖에 없었다.

다른 사람이었다면 회사를 나왔을지도 모르는 일이었다. 그러나 나는 아니었다. 그럴 수 없었다. 내게 있어 돈은 가장 중요한 것이었고, 그 돈을 벌려면 결국 이 자리가 가장 안정적이었다. 회사를 나가 다른 직장을 알아보는 건 상당한 도박이었다. 그런 위험한 확률에 맡겨 모든 걸 잃고 싶진 않았다. 병원비를 감당하기 위해선 조용히 일을 하는 수밖에 없었다.

엄마의 병은 완치될 기미가 보이지 않았다. 학생 때처럼 더 이상 병원에만 있는 건 아니었지만 엄마는 일을 나가지 않았고, 수시로 병원에 들렀으며 약을 매 차례 먹어야 했다. 망할 병원비는 아주 비싸서 나는 여유 따위는 즐기지 못했다.

짜증이 났다. 가슴 한구석이 답답해서 끓어올랐다. 휴일도 없이 더 일했고, 돈을 벌 수만 있다면 아파도 참으면서 일했고, 번 돈은 모조리 엄마를 위해 썼다. 뭣 하러 그랬지? 우리 엄마가 뭐가 그리 좋다고? 낳아준 은혜가 뭐가 그리 감사하다고 그랬을까. 죽일 용기도 죽을 용기도 없었으면 쥐 죽은 듯이 집에서만 있을 걸 그랬다. 지옥 같은 삶을 연명하지 말걸 그랬다. 그런 후회는 늘 자기 전에 파도처럼 밀려왔다. 그저 항상 몰아치는 파도였다. 어느 날은 세기도 했고, 또 어느 날은 약하기도 했다. 그럼에도 단순한 파도일 뿐이라 아무것도 덮치지 못했다. 철썩거리는 소리만 귓가를 강타할 뿐이었다.

＊＊＊

"그래서 난…… 한 번은 엄마를 죽여 보려고도 했어."

내가 말을 꺼내자 모두가 놀란 듯 나를 쳐다보았다. 아테의 눈에서 묘한 기시감이 들기에 애써 무시했다.

"왜 놀라, 당연히 그런 마음이 드는 거 아니겠어? 우리 엄마는 이혼하고 나서 한 번도 나를 자식 대하듯 돌봐준 적이 없었어. 오히려 내가 엄마를 돌봐줘야 했지. 엄마한테 현실을 깨우치게 해줘야 했고, 입원 뒤에는 항상 보러 가야 했고, 퇴원한다고 병이 완치가 되는 건 아니라서 갈 때마다 빠져나가는 병원비를 책임져야 했어. 그러니까 조금 억울해지더라. 남들은 엄마랑 여행도 가고, 용돈도 받고, 온갖 사랑을 다 받으면서 지내는데 나는 그런 추억이 손에 꼽았단 말이야. 심지어 그것들도 다 이혼하기 전에 했던 것들이었어. 그래서 한 번은, 엄마가 병원에 갔다 오고 또 내 돈이 빠져나갔을 때, 확 죽여버릴까 하는 욕망이 들었어. 나는 자제력 있는 사람이었지만 이상하게도 그때는 그딴 마음이 안 들더라. 웃기지."

* * *

죽이고 싶다는 마음은 생각보다 아주 간단한 것이었다. 엄마가 죽으면, 그 망할 여자가 죽으면, 내 인생은 너무나 아름답고 행복해질 것만 같다는 착각이 들었다. 내 인생에서 가장 나를 아프게 한 건 그녀였기에 엄마가 사라진다면 나도 비로소 그녀를 아름답게 보내줄 수 있을 것 같다고 생각했다. 그리고 그 마음에 죄책감 따위는 들지 않았다. 지난날들 동안 나는 인간으로서 받아야 할 모든 사랑을 배제한 채 살았으니 그 원인 정도는 내 손으로 처리해도 되지 않을까, 하는 생각만 머릿속에 맴돌았다.

그래서 그날 나는 눈을 감고 칼을 들었다. 부엌에 가서 날이 가장 날카로운 작은 칼을 꽉 쥐고선 텅 빈 머릿속을 가만히 두었다. 가슴속에서 무슨 아우성이 들렸는데 듣고 싶지 않아서 귀 기울이지 않았다. 한순간의 소망. 저 여자만 죽는다면 참 편안해질 것 같다는 근거 있는 착각. 그건 일종의 복수였다. 나는 이미 엄마에게 살해당했다고 생각했다. 그녀는 내 모든 행복을 무참히 죽였다고. 내가 받아야 했던 모든 사랑을 전부 무시했다고. 나에게 있어 그것은 죄였고 때문에 처벌을 내려야 했다.

날이 서린 칼을 들고선 엄마가 있던 방의 문을 열었다. 환기가 되지 않아 퀴퀴하고 관리하지 않아 엉망이었던 방 한가운데서 엄마는 죽은 사람처럼 고요히 누워 있었다. 그녀 옆에 서자 눈을 감은 아름다운 모습이 보였다. 메마른 몸과 푸석해진 머리카락, 짙어진 다크서클과 깊은 주름이 눈에 띄었다. 칼을 더 꽉 쥐었다. 그 순간에 언젠가 내가 사랑했던 엄마의 모습이 떠올라 그래야만 한다는 생각이 들었다. 엄마는 숨소리가 들리지 않을 만큼 조용히 눈을 감고 있었고 세상은 고요했다. 침을 한 번 꿀깍 삼키고 칼을 들어 그녀를 찌르려 팔을 움직였다. 심장이 터질 것 같이 빨리 뛰고 지체할 수 없다 생각하여 내리꽂으려 하는데 갑자기 그녀의 말소리가 들렸다. 마냥 잠들어 있던 줄 알았던 나는 당황해서 황급히 칼을 뒤에 숨겼다.

"엄마가 밉지?"

그녀는 여전히 눈을 감고선 그리 말했다. 제대로 된 대화라고는 손톱만큼도 나누지 않았던 딸에게 건넨 정신 박힌 말이 그 다섯 글자였다. 어딘가 이상하다고는 생각했지만 그딴 걸 신경 쓰기에는 내가 힘들었기 때문에 마음에 두지 않았다. 내가 그때 느꼈던 건 마음속에서 꺼져가는 살인의 욕망뿐이었다. 아무 말도 하지 않았다. 지금 내 머릿속에서 펼쳐지는 감정들이 도대체 무엇인지 구별이 가지 않아서 어떠한 말도 내뱉을 수 없었다. 확실한 건 당연하다는 말은 나오지 않는 것이었다. 그녀를 할 수 있는 만큼 미워했고 증오했지만 이상하게도 그 말이 입 밖으로는 기어 나오지가 않아서 말을 꺼낼 수 없었다. 난 그저, 뒤에 더 이상 소용이 없어진 칼을 꼭 쥐고선, 그러고선 입을 다물고 엄마를 지켜보는 것밖에는 하지 못했다.

어쩌면 동질감 때문일지도 모른다. 엄마를 미워한 만큼 나를 미워해서 아무 말 못 한 것일지도 모른다.

"밉겠지, 엄마가 너무 밉겠지, 우리 딸. 엄마가 병원비나 축내면서 꾸역꾸역 살아가는 게 너무 싫지? 그냥 편하게 죽으면 좋았을 텐데. 응? 캐시. 그렇게 생각했잖아."

그녀는 이제 눈을 뜨고 있었다. 짙은 파란색의 그 깊은 눈이 무언가가 떠올라 계속 쳐다보게 만들었다. 언젠가 아빠가 사랑했다던 그 크고 아름다운 눈이 나를 빤히 쳐다보았는데 숨이 잘 쉬어지지 않았다. 그녀가 내 눈을 보니 모든 게 다 간파 당하는 기분이라 눈을 피했다. 나는 여전히 말을 꺼낼 자신이 생기지 않았다.

"캐시, 우리 딸, 엄마도 양심이 있는지라 도저히 미안하다는 말은 못 꺼내겠다. 어떻게 내가 미안하다고 하겠니. 내가 평생 너한테 저지른 죄는 그걸로 무마되는 게 아닌데, 네가 겪어온 것들은 그걸로 해결되는 게 아닐 텐데……."

엄마가 말하는 것들이 전부 뇌리에 꽂혔다. 가만히 바닥을 쳐다 보는데 눈물은 나지 않았고 헛웃음조차도 나지 않았다. 그저, 그저 숨을 죽이고 가만히 듣고 있어야 했다. 평생 내 노력 따위는 절대 모를 거라 생각했던 존재가 뱉어내는 말들이 예상과는 달라서 심장이 뛰었다.

차라리 엄마가 나에게 미안함을 느끼지 않았으면 했다. 그러면 엄마를 미워하기 쉬웠다. 내 이야기 속 엄마는 아무런 보탬도 되지 않은 무능력의 극치였고, 가장 악한 존재였고, 겨우 남자에게 버림받았다고 매일 같이 울어대는 짜증나는 어린 새였다. 그래서 나는 그녀가 미안함을 느끼지 않길 바랐다. 아무런 죄책감도 느끼지 않고, 일

말의 양심도 더 이상 존재하지 않아서 나에게 저지른 과오들은 모두 무시한 채 내 미움을 한껏 받다가 일찍이 죽기를 바랐다. 그 편이 나에겐 쉬웠고 좋았으며 내 행동에 대한 괜찮은 변명거리가 될 수 있었다. 내 이야기에 오점이 생겨 화가 났다.

"딸, 이제 와서 미안하다느니 용서해달라느니, 사랑한다는 말을 건네주기에는 그간 했던 나날들이 있으니까 그런 말은 하지 않을게. 엄마는 네 마음 다 알고 있어. 네가 나를 얼마나 싫어하는지도 너무 잘 알고 있단다. 그냥, 엄마가 네 생각들을 다 느끼고 있다는 것만 네가 알고 있으면 좋겠어. 이런 말 꺼내기에도 안타까워서 어렵지만 엄마는 그래. 그냥 그거만 생각해 줘……."

엄마는 이제 나를 바라보고 있었다. 어릴 적 엄마가 내게 늘 보여주었던 그 인자한 미소로, 세상의 모든 빛이 들어가 있던 그 웃음으로 나를 가만히 보았다. 그 웃음마저도 나를 천천히 죄는 느낌이라 숨이 잘 쉬어지지 않았다. 엄마를 내려다보고 선 무거운 공기에 자리를 뜨는 것을 선택했다. 그저 그 자리에서 벗어나고 싶었다. 엄마는 내 이야기 속에서 철저한 악인으로 남아 있어야 했다. 그곳에서 계속 있다가는 절대로 허용되지 않는 동정심이 들 것만 같아서 피했다.

칼을 든 손을 숨기지도 않고 방문을 열려 하는데 뒤에서 또다시 말소리가 들려왔다. 고개를 돌리지는 않았지만 막힌 목소리에 엄마가 눈물을 참고 있다는 것은 알 수 있었다.

"…… 그리고, 엄마가 너무 미우면, 너무 싫으면 네 마음대로 나를 죽이든지 해. 엄마는 이제 별 미련도 남지 않아서 네 손에 죽는 거라면 마음 편히 갈 수 있을 것 같아. 그냥, 그렇게 네 기분이 풀릴 수 있다면 그렇게 하렴. 나한텐 이제 너밖에 없잖니."

…… 아, 나는 또 어떤 망상에 빠져 허우적대고 있었을까?

그 말을 듣자 이루 표현할 수 없는 허망함과 분노가 차올랐다. 그래, 사람은 바뀌지 않았다. 바뀌는 법이 없었다. 엄마, 어떻게 그리 한결같아? 나 깜빡 속을 뻔했잖아. 엄마가 하는 말이 진심인 줄 알았어. 그럴 리가 없는데, 나 혼자 또 착각해서, 순간 정말 내게 하는 말인 줄 알았어. 그럴 사람이 아닌데. 내 앞에 있는 당신은 철저히 자기 생각만 하는 사람이었는데 찰나에 그걸 잊어서.

웃음이 새어 나왔다. 그 당연한 걸 잊었던 내가 웃겼다. 아주 자그만 기대라도 했던 게 우스웠다. 한참을 웃다 엄마를 가만히 쳐다보았다. 당황한 기색이 역력했다.

"어쩜 그리 끝까지 이기적이야, 엄마는? 죽여달라고? 그게 엄마가 바라던 거라고? 잘 들어, 난 당신 절대 내 손으로 안 죽일 거야. 아까까지만 해도 너무 화가 나서 확 죽이려고 했는데 참 고맙네, 내가 당신 바라던 대로 하지를 않아서. 엄마는…… 엄마는, 자기가 무슨 말을 하는 건지도 모르지? 마냥 미안하다고, 내 기분 풀릴 때까지 죽이라고 하면 내가 좋아할 거 같았어? 틀렸어. 자기 잘못을 알면 그냥 닥치고 죽은 듯이 있었어야지. 책임 없이 낳아놓곤 자기는 아픈 채로 있을 거면 끝까지 그랬어야지."

엄마의 눈에서 차오르는 눈물이 보였다. 그마저도 더러워서 화가 났다. 아, 지금 그녀의 눈물이 나를 향한 건 맞을까? 어쩌면, 그 책임에는 자기가 아니라 아빠의 잘못이 더 크다고, 그런 변명을 하고 있는 건 아닐까? 엄마, 나 이제 아무것도 못 믿겠어. 엄마가 지어내는 말 하나, 눈물 하나까지 모두 거짓으로만 보여.

"내가 지금 와서 엄마가 이러는 이유를 모를 줄 알아? 엄마는 죄책감이 드는 거야, 그치? 이대로 뒤지면 엄마 인생에 그런 찝찝함이 들까 봐 그러는 거지? 엄마, 진짜 미안하면, 나한테 너무 미안하면, 그런 말 못해. 나였으면 나한테 너밖에 없다는 헛소리는 안 했을 거야. 나였으면 그런 말 꺼내기에도 미안해서, 그래서 일찍 죽거나 그게 너무 아까우면 그냥 쥐 죽은 듯이 있었을 거야. 그게 엄마가 나한테 해줄 수 있는 마지막 배려였어. 알아?"

입술을 꽉 깨물자 비릿한 쓴맛이 났다. 끊어질 것 같은 고통이 들었지만 그런 건 신경 쓰이지 않았다.

"모르지? 알 리가 없지. 끝까지 자기 생각만 하려는 이기적인 사람이 그걸 알 리가 있나. 엄마, 똑똑히 들어. 난 당신 죽이려고 내 손 안 더럽힐 거고, 살인자라는 오명도 안 들을 거고, 당신이 아파 뒤지든 늙어 뒤지든 그 끝을 내 손으로 맺으려는 시도는 절대 안 할 거야. 난 어떻게든 엄마가 바라는 건 해주기 싫거든. 엄마는 자살할 용기도 없어서 그러는 거잖아. 아냐?"

헛웃음이 나와서 숨을 뱉어냈다. 엄마의 길고 숱이 없는 머리카락은 그 빛깔을 잃은 채 엄마의 표정을 겨우 가리고 있었다. 엄마는 나에게 한 번도 보여주지 않던 표정을 하고 있었다. 무슨 뜻일까, 저건. 허무함, 해탈함, 분노? 아, 알겠다. 저건 외로움이다. 이제 완벽히 자신의 편이 남지 않았단 것에 대해 느끼는 외로움이다. 어쩜 저리 이기적일까.

"좋아, 난 이제 갈래. 더 이상 엄마에게 말하기에는 그럴 가치도 없으니까. 어차피 내가 이렇게 나불거려도 깨닫질 못할 텐데 별 노력 쏟기는 싫네. 엄마가 너무 혐오스럽지만 병원비는 내줄 테니 알아서 가든지 해. 어떻게든 엄마가 나 때문에 죽는 일은 만들기 싫으니까. 이제 갈게, 이게 우리가 대화하는 마지막이면 좋겠어, 제발."

그러곤 문을 닫고 나갔다. 그래서 내 이야기의 엄마는 완벽한 악인이 될 수 있었다. 잠시나마 그녀를 온전히 미워할 수 없겠다는 생각이 든 나 자신이 등신 같아서 우스웠다. 엄마가 원하는 것은 절대 해주지 않겠다는 강한 욕구가 들었고, 내 마지막 선의로 그녀가 살기 위해 필요한 것들은 대주기로 결심했다. 엄마에게 더 가혹한 것은 죽음이 아닌 삶이란 걸 깨달았다. 엄마는 제 편이 하나도 없는, 아주 아프고 외롭고 고독하며 어두운 인생을 느껴볼 필요가 있었다. 나는 그것을 완벽하게 만들기 위해 내 인생을 바칠 자신이 있었다.

**＊＊＊**

고개를 들어 앞을 쳐다보니 아테와 아만다가 나를 보고 있었다. 아테는 꼭 무언가 생각나는 듯한 미묘한 표정을 짓고 있었고, 아만다는 웃고 있지 않았지만 여전히 아름다운 얼굴로 나를 바라보고 있었다. 나는 그들에게 웃어 보였다. 그토록 바라던 죽음의 저승에서 베푸는 작은 호의였다. 말을 이어가야겠다는 생각이 들어 입을 뗐다.

"그래서, 내가 엄마를 죽였냐고? 아니, 안 죽였어. 엄마가 바라는 게 그거 같기에 최대한 고통스럽게 해주고 싶어서 죽이질 않았지. 엄마를 죽이려 했던 칼을 버리고, 한바탕 소동을 피우고, 그래서 집을 나가니까 한 가지 생각이 들었어. 아, 죽어야겠다. 내가 죽으면 나는 행복하고 엄마는 불행할 테니 아주 완벽한 끝이 되겠다. 그래서 바로 근처에 있던 건물 옥상에 올라갔어. 거긴 꽤 높았고, 비싸 보였지. 평생 입주도 못할 건물이 내 마지막일 거라는 게 좀 웃겼어. 그래서 떨어져 죽으려 했는데, 그런데…… 밑에 보이는 모습이 너무 아름다운 거야. 말 그대로 너무 아름다웠어. 나는 이제껏 그 밑에서 살아보려고 온갖 발악을 다 했는데 해탈한 채로 위에서 그 모습을 바라보니까 세상이 너무 아름다워 보이는 거 있지. 도저히 내 죽음으로 더럽힐 수가 없더라고. 난 정말…… 그 빛나는 모습을 망칠 용기가 나지 않았어. 그래서 한참 그걸 보고 있다가 결국 내려왔지. 죽음은 정말 쉽고 마음먹으면 간단할 줄 알았는데 아니었던 거야. 죽음에도 큰 용기가 필요하더라."

＊＊＊

엄마에게 내 말을 쏟아 붓고 바로 집을 나갔다. 집 밖에서 무작정 걸으며 엄마가 절대 원하지 않는 것을 생각해 보려 애를 썼다. 외로운 삶. 고독하고 쓸쓸한 삶. 사랑받는 것이 너무 좋아 아빠에게 버림받자마자 죽어가던 엄마는 그것이 가장 두려울 것이다. 그래서 나는 또다시 생각했다. 어떻게 하면 엄마는 완벽히 혼자가 될 수 있을까. 엄마의 부모님은 돌아가신 지 오래였고, 하나뿐인 여동생은 엄마의 연락을 죄다 무시했고, 앓아누운 뒤 친구들과도 인연이 완전히 끊어졌으며, 엄마에게 남은 자식은 나밖에 없었다.

그래, 나였다. 엄마의 삶에서 가장 많은 비중을 차지하던 건 나였다. 그렇다면 방법은 간단했다. 엄마가 끔찍하게 하루하루 살아가려면, 내가 느낀 고독함을 엄마가 뼈저리게 느끼려면 마지막 희망이었던 내가 사라지면 될 터였다. 그런 생각이 들자 실행하는 마음을 먹는 건 간단했다. 그래, 죽자. 그러면 죽자. 내 인생은 그리 가치 있던 삶도 아니었고 그다지 미련이 남는 것도, 이어야 할 인연도 없으니 지금 깔끔히 죽고 마지막으로 엄마에게 최대한의 고통스러움을 선물하자. 그러면 되겠다. 아주 완벽하게 엄마는 나의 아픔을 느끼겠다.

그 길로 근처에 있던 건물 옥상에 올랐다. 신도 내 생각에 만족했는지 옥상은 열려 있었고, 떨어져 죽기에는 아주 딱 맞는 높이였기에 웃었다. 모든 동기와 상황과 배경은 준비돼 있었고 이제 내가 떨어져 세상과 작별을 고하기만 하면 모든 게 완벽했다. 그 생각으로 끝에 아슬하게 서서 밑을 바라보았다. 아, 어쩌면 그러지 말아야 했나. 그러면 내가 이 자리에 있을 리도 없었을 텐데.

옥상 밑은, 건물 밑은, 새파란 하늘이 안고 있는 그 세상은 아름답기 그지없었다. 바삐 돌아다니는 사람들이, 곧게 솟은 나무들이, 풍선을 나눠주는 인심 좋은 아저씨와 도란도란 이야기를 나누는 학생들이 어쩜 그리 아름다운 건지. 내 옆에서 노래하는 참새가, 그냥 너무 평범해서 눈에 띄지도 않았던 예쁘게 핀 꽃들이, 그저 내가 죽을 마음을 먹었기에 내게 보이는 모든 생명들이 너무나도 어여뻐서……

아래를 바라보며 한참을 멀뚱히 서 있었다. 내 죽음으로 난리가 날 밑을, 내 살점들과 핏방울들로 온통 더럽혀질 그 거리들을 한참 동안 바라보았다. 세상은 내 생각보다 훨씬 아름다웠고 그래서 나는 자신에 차있던 기백을 놓칠 수밖에 없었다. 내 죽음으로 아프기를 바랐던 건 엄마이지 저 사람들이 아니었다. 내가 떨어지면 내 시체를 바라볼 사람들이 너무 평온해서, 즐거워 보여서, 행복해 보여서 나는 떨어질 수 없었다. 그토록 죽음을 바랐는데 막상 죽으려니 그럴 용기조차 나지 않았다. 내가 바보 같아서 실소가 터져 나왔다. 결국 나는 거리의 사람들이 몽땅 사라질 때까지 그냥 그곳에서 가만히 머물고선 땅으로 내려왔다. 죽음에도 용기는 필요했다.

짙은 파란색이 온 세상을 점령했다고 생각했다. 내게 보이는 건 그런 파란색밖에 없어서, 밀려오는 후회의 파도처럼 전혀 빛나지 않는 그 짙은 파란색으로만 가득해서 더 이상 살 가치도 없다고 생각했다. 바보 같은 생각이었나? 위에서 본 파란색의 세상에, 그런 아름다운 주홍 빛깔들이 가득했단 걸 왜 몰랐을까? 나한테 일어나는 일들이 지겹고도 끔찍해서 짓이겨 가고 있었다. 그 어떤 색에도 신경 쓰지 못했다. 그 파란색. 파란색이 나를 옭아매고 있어서 몰랐다. 그런데, 그 위에 올라가니, 파란색은 하늘로 올라가 맑게 빛났다. 파란색이 나를 놓으니 세상에 가득 찬 주홍색이 보였다. 합격 문자에 보였던 그 색이었다. 입사 초 밝게 빛났던 내 자리의 색이었다. 아름다워라. 세상은 나만 빼고 찬연히 살아가고 있었구나.

* * *

"…… 죽는 걸 포기하고, 그냥 살아 보려 했어. 딱히 의욕이 없으니 힘든 것도 무뎌지더라. 돈도, 일도, 그냥 다 지루해졌어. 사는 게 사는 게 아니었지. 모든 게 다 무료해졌다고. 용기가 없어서 죽진 못했지만 살아가고 싶던 것도 아니었어. 죽고 싶었는데 죽지 못한 사람. 딱 그 정도. 죽지도 못하고 살지도 못하는 사람이었어, 나는."

누군가 나를 바라보는 것이 느껴져 돌아보니 요한이었다. 아, 그는 나를 어떻게 생각하고 있을까? 그는 속박을 스스로 걸고선 살아가려 했었지. 그건 일종의 자기방어제였을 것이다. 미움 받지 않으려면 이리 살아야지, 그 정도는 참을 수 있으니까. 그렇게 생각하며 스스로에게 족쇄를 하나 채우고 살아갔겠지. 그는 나와 같았지만 달랐다. 내게 억압을 채운 존재가 온전히 나라고 하기에는 어려웠다. 나를 스쳐간 모든 존재들이, 나에게 가벼운 자물쇠를 하나둘씩 채워서, 쌓이다 보니 너무나 무거워졌다. 움직일 수 없을 정도로 갑갑해졌다. 그런 상태서 엄마가 내게 평생의 짐까지 떠넘겼으니 갑갑함은 배가 되었다.

그도 나와 같은 생각을 하려나. 이제 왜 내가 유독 삶에 미련 가지는 모습을 같잖아 했는지 알려나. 모르려야 모를 수가 없다는 생각이 들었다. 그에게 삶의 기쁨을 선사해 준 건 가족이었다. 그마저도 나와 반대였다. 내게 가족은 평생의 불행을 떠넘긴 악의 중심이었다.

한숨을 내쉬었다. 이젠 내가 악인이 될 차례였다.

"이쯤 되면 다들 눈치채지 않았나? 내가 이 나이 먹고, 이만큼이나 내 이야기를 했는데, 아직 안 나온 주제가 하나 있지 않아?"

머리를 쓸어 넘기며 말했다. 잠깐의 정적이 흐르더니 곧 빅토르가 조심스레 대답했다.

"…… 혹시 사랑인가요?"

그 말을 듣고 잠시 동안 생각했다. 사랑, 사랑이라. 내가 사랑을 했다고 일컬어져도 되는 존재인가? 내가 그들을 사랑했던 적이 단 한 순간이라도 있나?

헛웃음을 토해냈다. 별 같잖은 고민은 할 필요도 없었다.

"정확히 하자면 답은 아니지만, 비슷했어. 사랑으로 위장한 이기심이었지. 그 옥상에서 내려온 날부터, 그냥 마음 가는 대로 살아보기로 했고, 그래서 원래라면 거절했을 고백도 받기 시작했어. 그게 진심이든 아니든, 별 상관없었고."

＊ ＊ ＊

최소한의 관계만 껴안고 살았음에도 사회인이었던 나에게 불필요한 관계들은 많았다. 같은 회사 직원들, 예전에 같이 아르바이트를 했던 사람들, 회사 일로 만났던 사람들까지. 그들에게 큰 관심을 쏟고 싶진 않았지만 살아가려면 그럴 수만은 없었다. 세상과 벽을 쌓아 모두 무시한 채 살아가는 건 좋은 게 아니었다. 그건 그저 철없는 행동이었고 나는 그런 사람이 되기는 싫었다.

그중에서 내게 관심을 보인 사람들도 많았다. 얼굴 좀 반반하다고, 일 꽤나 한다고, 그런 그들을 내처내는 것도 그들에겐 하나의 매력으로 보였나 보다. 그들에게 내 의사 따위는 전혀 중요하지 않았다. 내가 뭐라 하든 끈질기게 붙었다. 짜증났다. 부패한 음식물에 꼬이는 파리 같았다.

그러나 무료한 삶을 달래기에는 그만큼 괜찮은 것도 없었다. 분명히 짜증나고, 귀찮고, 거슬리는 존재였으나 삶을 택한 그날 이후로 태도를 조금 바꿨다. 어차피 별 미련도 없는 삶에, 누구를 만나든 뭔 상관이겠는가. 내가 사랑하지 않는다 한들 그들이 나를 사랑했으니 괜찮다. 한 번쯤은 나쁘지 않을 거라 생각했다.

그리고 그날은 바람이 불었다. 겨울바람이었다. 사무실 창을 두들길 만큼 제법 세고 추운 바람. 얇고 차가운 옷가지들을 싸매고 퇴근하려 가방을 챙기던 참이었다. 밀린 업무를 해치우느라 시간은 늦은 저녁을 향해 달려가고 있었고, 밖은 건물의 불빛으로 밝게 빛나고 있었다.

문득 안쓰럽다는 생각이 들었다. 밤은 어두움으로 제 의무를 다하고 있었는데 그 의무를 빼앗겨 버렸다. 강제로 밝혀지는 자신의 치부를 가리지도 못했다. 칠흑 같은 어두움은 더 이상 보지도 못했다. 그런 게 안쓰럽다고 생각했다. 낮보다 밝은 밤이, 내 눈 가득 빛을 밝히는 밤이 안타까웠다. 별빛 하나 없는데 불빛은 별의 모조품으로 쓰이고 있었다.

실없는 생각을 마치곤 건물 밖으로 나갔다. 예상보다 더 세찬 바람에 몸을 떨며 집으로 가려는데, 누군가가 내 이름을 부르는 것이 들렸다. 고개를 돌려보니 입사 동기였다. 진행하던 프로젝트 때문에 그간 제법 많은 대화를 나누긴 했어도 퇴근길에 날 불러 세운 적은 없었다. 그는 내게 다가오고 있었다. 이상하다 싶어 가만히 서서 물었다.

"왜 부르셨어요?"

"저, 다름이 아니고, 할 말이 있어서요. 괜찮으시면 얘기 좀 하고 싶은데."

그의 낮은 목소리가 귀를 간지럽혔다. 이야기라, 프로젝트는 거의 막바지 단계였다. 그런 이야기는 충분히 회사에서 할 수도 있었다.

불현듯 그가 하고픈 이야기가 머릿속에 스쳐갔다. 설마, 하는 마음으로 그에게 대답했다.

"아, 네…… 뭐, 그러죠. 어차피 시간도 많아요."

그는 들뜬 얼굴로 고맙다고 하면서 카페로 나를 이끌었다. 또다시 어떤 예감이 들었다. 그의 입에서 나올 말에 대한 예측이.

카페에 들어서자 그는 라떼 두 잔을 주문하고선, 밖이 잘 보이지 않는 구석 자리에 짐을 내려두었다. 나 또한 그의 앞에 앉아 카페의 따뜻함에 적응하기 시작했다. 분위기는 조금 어색했고 많이 따스했다. 어쨌든 나와는 어울리지 않는 분위기였다. 원래대로라면 지금쯤 집에서 이불을 뒤집어쓰고 세상에 없는 듯 가만히 있었을 텐데. 이런 경험이 낯설어서 신기했다.

음료가 나온 뒤 그는 자리에 앉은 내게 라떼 한 잔을 건넸다. 따뜻했고 부드러웠다. 매번 아메리카노만 마시던 나에겐 조금 달았다. 그리고 쌉쌀했다. 쓴맛만 느껴지던 아메리카노와는 약간 달랐다. 문득 그런 생각이 들었다. 항상 쓰기만 한 것과, 달달함 뒤에 쌉쌀함이 미묘하게 남는 것 중에서는 뭐가 더 나을까. 차라리 늘 쓰기만 한 것이 더 나으려나.

할 말이 없어 조용히 라떼만 홀짝이고 있는데, 그가 날 바라보며 입을 뗐다. 잔잔히 흘러나오는 음악에 그의 긴장감이 더욱 대비됐다. 아, 나의 예상이 맞을 거라는 강한 예감이 들었다. 그의 눈빛에서 다 설명하고 있었다.

"캐시, 그, 할 말이란 게요, 이상하게 들릴 거 알거든요. 근데 지금 말 안 하면 후회할 거 같아서요. 저, 그러니까, 그……."

"한 번 만나보자고요?"

라떼를 기울이던 손을 멈추곤 대답했다. 어찌나 답답한지. 가만히 듣고 있자니 이 노래가 끝날 때까지 한 마디도 못 끝낼 것 같아 먼저 말했다. 답답한 건 날 늘 죄어오는 그녀로 충분했다.

"아, 네……. 그, 알고 계셨어요?"

"아뇨, 근데 그럴 타이밍 같아서. 혹시나 해서 말했는데 맞았네요."

공기 섞인 웃음을 뱉으며 라떼를 휘휘 저었다. 그는 내 말을 듣곤 아무 말 하지 않다가 이내 멋쩍게 웃어 보였다. 꽤나 당황스러워 보였다. 내가 눈치챌 줄 전혀 몰랐나 보지.

"네, 뭐…… 그렇네요. 역시 너무 눈에 보였나 봐요."

조금? 아니, 좀 많이? 내가 아니라 그 누구라도 눈치챌만 하긴 했다. 그래도 차라리 그게 나았다. 되지도 않는 무게 잡아가며 자연스레 말하는 것보단 부담 없이 다 보이는 게 낫다. 내가 아무 말 하지 않자 그는 컵을 매만지며 말을 꺼냈다.

"거절하실 거 알긴 했지만, 언제 한 번 꼭 말씀드리고 싶었어요. 죄송해요, 제가 너무 이기적이었죠. 그런데 오늘 아니면 다음엔 도무지 용기 낼 수 있을 거 같진 않아서…… 아니다, 다 변명이죠, 뭐…… 그만 일어날까요?"

그는 익숙하단 눈빛으로 나를 바라보았다. 내가 거절할 걸 알고 있었다니, 맞지만 틀렸다. 평소의 나였다면 당연히 거절했겠지만, 이렇게 재미없고 지루한 참에, 글쎄, 한 번 만나보는 것도 괜찮을 거 같았다. 어차피, 어차피, 이렇게 살다 언젠가 죽을 텐데 괜찮지 않나. 별 마음 없어도 숨기면 될 일 아닌가.

쓰레기 같은 마음이었다. 사랑하지도 않으면서, 하다못해 티끌만 한 호감 하나 없으면서, 그런 진심을 받아들인다는 게. 그건 역설적으로 그 진심을 무시하는 것이었다. 얼마나 곱지 않은 행동인지 내가 잘 알았다. 찰나의 그 선택이 얼마나 아픔을 안겨 줄지도 알았다. 내 앞에 있는 저 사람이, 대체 얼마만큼 나를 사랑하는지는 몰라도, 확실한 건 그는 나보다 나를 사랑했다. 떨리는 목소리만 들어도 알 수 있었다.

그러나 또다시 생각했다. 쓰레기 같은 마음이면 뭐 어때? 그래, 그를 사랑하지 않는다. 조그마한 관심도, 애정도 없다. 그래서? 그게 퍼 다 주는 사랑을 거절할 의무가 되는가? 굳이, 나를 사랑해 주겠다는데, 오랜만에 사랑을 좀 맛보겠다는데, 그런 사사로운 이유에 이 기회를 놓쳐야 하는가? 나는 지쳐 있었다. 죽는 걸 포기하고 살아보려는 삶에 대한 애정도 없었다. 모든 게 다 지겹고 재미없는 와중에, 이 정도 유흥은 괜찮지 않은가?

그것마저도 자기 합리화라는 걸 알고 있었다. 그러나 애써 무시했다. 결국 나를 사랑하지 못해서 남에게 의존해야했다. 그래야 겨우 살아갈 수 있을 것 같아서 이 쓰레기 같은 마음을 그런 자기 합리화로나마 삭혀야 했다.

일어나려는 그를 보고선 말했다. 그 따스한 라떼를 한 손에 쥐고선, 턱을 괴고, 그저 그렇게 앉아서 말했다.

"저 아직 거절 안 했는데."

그렇게 말하자 그는 놀란 표정을 숨기더니 자리에 앉지도 못하고 되물었다.

"…… 네?"

"만나보자고요. 거절 아니라고요."

그게 수많은 끝의 첫 시작이었다.

* * *

"왜 사랑이 아닌지 알겠어? 난 한 번도…… 사랑해 본 적 없어. 사랑해 주지 못했지. 그래서 자연스레 연애는 항상 짧게 끝났고. 뭐…… 당연한 거 아니겠어? 아무리 눈치가 없어도 내 행동에서 다 드러날 텐데. 내가 사랑하지 않는다는 것도 다 보일 텐데 말이야."

손끝을 매만지며 말했다. 사랑해 본 적 없다라, 단순하고도 차가운 말이었다. 사랑해 본 적 없어. 사랑으로 포장된 이기심과 동정일 뿐, 사랑해 준 적 없어.

"흠…… 나빴네요, 캐시."

아만다가 조금은 장난스럽게 말했다. 그녀였기에 나올 수 있는 반응이었다.

"그치, 나빴지."

실소를 지으며 인정했다. 나 또한 누군가에게는 악인이었다.

* * *

"헤어지자."

그가 그 말을 꺼낸 건 반 년 만이었다. 그날 밤 이후로 연인이 됐던 우리는 흔히 남들처럼 더 친해지고, 말을 트고, 같이 시간을 보내며 지냈다. 보통의 평범한 연애라고 생각했다. 남들이 보기에는 문제가 없는, 지극히 일상적이고 흔한.

그러나 그것은 남들이 볼 때였다. 그 연애를 갈라 한 꺼풀 벗겨내면 공허하게 아무것도 남아 있지 않았다. 한 쪽은 사랑하지 않고, 한 쪽은 너무나 사랑해서, 서로 주고받은 애정이 없었다. 그래서 그때의 연애는 공허했다. 남들이 빨갛게 불타오를 때 우리는 파랗게 식어갔다. 애초에 불타오른 적도 없었다. 어딘가 늘 미적지근했다.

그럼에도 이런 관계를 유지했던 건 우습게도 사랑 때문이었다. 그가 내게만 주는 사랑이 달콤했다. 그 빈 어항이 깨진 이후로 한 번도 맛보지 못했던 사랑을 그는 내게 주었다. 나에게만 쏠리는 관심이 꽤 짜릿했다. 더 받고 싶었다. 모든 손해보다 그 찰나의 사랑이 더 가득해서 이로웠다. 아, 사랑이란 얼마나 아름다운 것인가? 신마저도 나를 사랑해 주지 않는데, 이렇게라도 사랑을 받아야 할 것 아닌가? 나는 나를 사랑하지 못한다. 그 누구도 내게 사랑을 주지 못했으니, 공허함 가득한 이런 관계라도 붙잡아야 하는 것 아닌가. 그가 내게 주는 사랑으로만 연결된 관계라도 괜찮을 것 아닌가.

그럼 그가 날 사랑하지 않는다면?

답은 뻔했다. 이 관계의 가치는 없다. 그가 주는 사랑으로만 채워진 관계에 그런 사랑마저 없다면 이 관계의 연결고리는 더 이상 없었다. 끊어져야 할 관계였다. 그리고 그 꺼져가는 가치의 빛은 내가 가장 잘 느낄 수 있었다. 언제부턴가 나를 바라보는 눈빛에, 나를 대하는 행동에, 내게 속삭여주는 말투에, 그 불빛이 꺼져간다는 것이 빤히 보였다. 느껴졌다. 그는 점점 내게 지쳐가고 있다. 나를 사랑하는 마음도 점점 사라지고 있다. 아, 그럼 이 관계는 깨져야만 하는 것 아닌가. 손해를 채울 이익이 사라지지 않는가?

"왜?"

나를 사랑하지 않는 연인을 붙잡을 마음은 추호도 없었다. 그러나 이유는 꽤 궁금했다. 나름 잘 연기했다고 생각했는데. 그를 사랑하는 척, 같은 마음인 척, 그래, 나도 너와 늘 같이 있고 싶다고, 그런 마음인 척 잘 연기했다고 생각했는데.

나의 반응에 그는 어이가 없는 듯 웃었다. 바닥을 내려다보며 한숨을 쉬더니, 이내 내 눈을 바라보며 말했다.

"캐시, 너 나 사랑한 적은 있니?"

그렇게 말하는 그의 목소리가 떨렸다. 아, 연기는 아무 소용없었나 보다. 아무리 내가 그를 사랑하는 척 꾸며내도, 다 보였나 보다. 진심을 흉내내는 게 어렵다는 걸 알아도 나름 괜찮게 따라 했다고 생각했는데.

본능적으로 이게 끝이란 게 느껴졌다. 내가 여기서 무슨 말을 하든, 그는 내 가식을 알아버렸고, 다시는 나를 사랑했던 마음을 되찾을 수 없단 게 느껴졌다. 정말로 끝이라면, 그렇다면, 진실을 말해 주기로 했다. 사랑으로 포장해온 모든 거짓을 하나 말해 주기로 했다.

"…… 없어."

그 말을 건네자 그는 웃었다. 진심 하나 없이 싱겁게 웃어대더니, 손으로 얼굴을 쓸곤, 그게 이유라며 힘들게 또 웃어 보였다. 그 말을 끝으로 그는 나를 지나쳐 떠나갔다. 떠나는 그의 눈에 맺힌 눈물이 보였다.

사람이 우는 걸 보는 게 얼마 만이었나. 그런 생각이 가장 먼저 떠올랐다. 그게 미안했다. 그 이별에 대한 미안함이 전혀 들지 않았던 것이 제일 미안했다.

그 감정이 끝이었다. 끝난 사랑에 대한 서운함도, 잘해 주지 못한 미안함도, 끊어진 관계에 대한 미련이나 아쉬움도 없었다. 절로 깨달을 수밖에 없었다. 나는 그를 정말, 정말 단 한 번도 사랑한 적이 없었구나. 그가 내게 건네는 사랑에 취해 뜨거운 일렁임만을 껴안았을 뿐, 한 번도 그를 사랑한 적 없었다. 어찌 보면 당연한 일이었다. 나를 사랑하지 않는데 남을 사랑할 수 있을 리 없었다.

* * *

"그 뒤로도 만나보자는 말에 거절은 안 했어. 어쨌든 내가 손해 볼 건 없었지. 시시한 감정싸움도, 고달픔도, 애타는 마음도 없이 사랑받는 느낌에만 집중할 수 있었으니까. 그렇게 짧고 알맹이 없는 연애는 계속됐고, 늘 똑같이 헤어졌어. 이유는 다 같더라. 내가 사랑하는 게 느껴지지 않는다고. 조금 신기했어. 아무리 내가 열심히 연기해도 가려지지 않더라, 가심은. 진심을 뛰어넘을 수가 없더라."

그들에게 나는 악의 중심이었겠지. 사랑하는 마음은 모조리 뺏어 가고선 아무것도 주지 않는 게 참 미웠겠지. 나 때문에 아파하고, 슬퍼하고, 화냈을 것이다. 내가 훔쳐 가는 사랑의 무게에 짓이겨 숨도 잘 못 쉬었을 것이다. 그 모든 걸 알아도 미안하다는 말 하나 제대로 나오지 않는 나도 참 미쳤다고 생각했다.

결국 인간은 동전의 양면이었다. 아빠에게 버림받고, 사회에 치여 한번도 편히 쉰 적 없고, 원하던 것 하나를 못 이루던 나도 그들에게는 그리 나쁠 수 없는 최악의 연인이었다. 어느 면을 봐야 할까, 나는. 그 어느 면을 봐도 나를 사랑해 줄 수가 없는데, 나는 어디를 보고 살았어야 할까. 살아서는 한번도 고민해 본 적 없었다. 죽고 나서야 한번쯤 생각하게 되는 것이었다.

"끝이야, 내 이야기는. 더 이상 별로 말할 것도 없어. 그냥 그렇게 의미 없이 살다가 교통사고로 죽은 이모 소식에, 장례식 가려고 날아오다 이 꼴이 됐지. 좀 웃기긴 해, 그치? 장례식 가려다가 죽었다니. 그래도 뭐…… 좋아. 어찌 죽든 나는 사는 것보다 죽는 걸 더 바랐고, 이렇게 죽을 수 있었으니까."

이야기를 마치고 잠시의 정적이 찾아왔다. 내 이야기를 듣는 대부분의 눈빛에서 연민과 동정이 느껴져서, 내 삶의 어려움 따위는 평생 느껴보지 못했던 것이라는 게 와 닿아서 짜증이 났다. 아, 나에게 이 모든 고통을 선사한 것이 신이라면 그 또한 내 아픔을 모조리 느껴서 다시는 이런 격차를 벌일 수 없게 만들어야겠다고 생각했다. 내 이야기를 듣는 저들도, 나처럼 삶의 무게를 똑같이 느껴보고, 죽음의 궁지에 대해 뼈저리게 알아야 한다고 생각했다. 마음속으로 신에게 말했다. 당신 또한 날 가지고 장난질이나 하는 별 같잖은 존재에 지나치지 않으니, 언젠가 인간이 되어 세상에 내려온다면 꼭 나보다 불행한 삶을 살라고. 행복의 의미가 무엇인지 생각할 틈도 없이 추한 삶을 살라고.

문득 하고 싶은 말이 가슴속에서 튀어나왔다. 저들의 눈을 보았을 때부터 하고 싶던 말이었다. 또다시 하얀 방에 메마른 내 목소리가 울려 퍼졌다.

"인생 참······ 불공평하지 않아? 우리가 정말 똑같다고 생각해? 난 말이야, 어렸을 때부터 그런 게 제일 싫었어. 노력으로 안 되는 게 없다고, 노력하면 뭐든지 다 해낼 수 있고, 극복할 수 있고, 성공할 수 있다고. 그게 말이 돼? 아무리 내가 뼈 빠지게 노력해도, 이 되지도 않는 집안에서 좀 살아보겠다고 발버둥 쳐도, 난 절대 그 굴레에서 빠져나오질 못했어. 그딴 건 노력으로 되는 게 아니란 말이야. 철저한 배경에 따른 거지. 똑같이 노력해도 누구는 단숨에 정상에 올라가고, 누구는 절벽에서 겨우 지상으로 올라와. 그 차이는 아무리 애써 봐도 좁힐 수 없어. 태어나기 전에 정해진 환경은 거스를 수 있는 게 아니잖아. 그런데 노력으로 해결하라고. 할 수 있다고? 말이 되는 소리를 해야지. 모르는 척해도 다들 알고 있잖아. 하다못해 내가 평범한 집안에서라도 태어났다면, 이렇게까지 죽음을 사랑하지는 않았을 거란 거."

아테의 눈빛이 흔들리는 게 보였다. 그러나 그건 내가 신경 쓸 게 아니라 가만히 무시했다. 평생을 혐오하며 살았던 인생을 막상 말로 꺼내니 그렇게 짧을 수도 없어서 우스웠다. 그러나 돌아가 내 인생의 살을 붙이고 싶지는 않았다. 나는 죽었고, 인생을 끝마쳤고, 더 이상 지옥 같은 삶으로 돌아가 매일 반복되는 일상에서 무력함을 느끼기는 싫다. 그저 내 죽음에 아파하고 또 아파할 그 사람이 철저히 혼자가 되기를 바랐다.

아, 엄마는 무슨 생각을 하고 있을까. 문득 그런 궁금증이 들었다. 자신의 끝을 앞당길 수 있던 유일한 사람이, 찝찝한 죄책감의 모든 원흉이었던 그 애새끼가 죽었단 걸 몸소 깨달으면, 증오하는 우리 엄마는 어떤 생각에 잠겨 있을까?

아마도 슬퍼하겠지, 하고 생각했다. 슬퍼하겠지, 우리 엄마는. 너무 슬퍼서 매일 눈물을 흘리며 갈증에 허덕이고 일어나 어지러움을 호소하면서 내 죽음이 이리 빠를 리가 없다며 부정하겠지. 그녀는 아마도 할 수 있는 모든 욕을 하늘에게 쏟아 부으면서 왜 나를 앗아갔냐고, 엄마도, 아빠도, 남편에 동생까지 자신에게서 뺏어가더니 이젠 하나뿐인 자식까지 가져 가냐고 존재마저 불확실한 여느 신에게 소리칠 것이다. 가슴이 답답해 받은 사랑을 죄다 토해내면서 그렇게 살 것이다.

그렇지만 엄마, 엄마는 내 죽음이 슬픈 게 아니잖아. 사고로 죽은 내가 아니라, 내 죽음으로 완벽히 혼자가 될 엄마가, 주변에 있던 모든 가족을 잃은 엄마가 너무 불쌍한 거잖아. 나는 엄마를 잘 알아. 엄마는 죽음마저 나에게 맡길 정도로 이기적인 인간이었으니 내 마지막도 나의 아픔이 아닌 엄마의 아픔으로 생각하겠지. 아, 엄마, 나 너무 기뻐. 내가 드디어 죽어서, 혼자 죽은 게 아니라 전부 다 한날한시에 죽었기에 세상을 더럽히지도 않아서, 이제 엄마는 비로소 절대적인 죗값을 치를 것이기에 아주 기뻐. 엄마, 꼭 오래 살아. 내가 죽고 나서도 한참을 오래 살아서, 혼자가 뭔지 똑똑히 깨닫고, 남에게 떠밀었던 엄마의 몸값이 얼마나 짜증나는지 뼈저리게 겪으면서 살아. 남을 사랑하지도 말고, 사랑받지도 말고, 평생을 아빠와 내가 주는 억압에 갇혀서 홀로 살아야 해.

엄마 방에 던졌던 칼이 생각났다. 그 칼은 아직도 집 안에 있을까? 아님 이제는 무뎌져서 찌르기에는 부적절하려나? 차라리 그랬으면 좋겠다는 마음이 들었다. 엄마는 이대로 죽기엔 너무나도 이기적이고 자기중심적이며 치를 죗값이 한참 남았다. 그래서 엄마가 멍청하게 스스로 죽을 생각은 하지 않기를, 정해진 수명을 끝까지 채워서 불행하게 남은 생을 살기를 간절히 바랐다. 무딘 칼이 엄마의 살갗에 파고들어도 그것이 엄마의 숨을 끊어주지 않기를 바랐다.

앞을 쳐다보았다. 하얗고 또 하얀 벽들이 보였다. 이것이 저승인지, 지옥인지, 천국인지는 몰라도 내가 몸담았던 이승의 검고 검은 아침 하늘과는 달라서 잠깐 안도하는 마음이 들었다. 이곳이 사후 세계라면 참으로 아름답다고, 이곳에는 아무것도 없으나 꼭 내가 바라보았던 옥상 밑의 빛나는 세상이 떠오른다고 생각했다. 그리고 나는 웃었다. 이 모든 세계에서 나는 관여할 의무가 없었기에 참으로 행복하여 웃었다. 온몸이 떨렸다. 이야말로 죽음의 기쁨에 내가 보내는 최고의 찬사이리라.

# part 3
# 타협

"행복의 원칙은 첫째 어떤 일을 할 것,
둘째 어떤 사람을 사랑할 것,
셋째 어떤 일에 희망을 가질 것이다."
- 칸트

이름: 빅토르 알렌 브루스

성별: 남성

생년월일: 1988.08.04

국적: 독일

신장: 178cm

직업: 정신의학과 의사

사망 원인: 비행기 추락사

탑승 목적: 여행

약간의 침묵이 흘렀다. 캐시의 말이 끝나고 그 누구도 말을 하거나, 웃거나, 움직이지 않았다. 다들 하나같이 잘 익은 벼처럼 고개를 숙이고 표정을 굳혔다.

"……남자 친구들을 사랑한 적이 정말 단 한 번도 없었나요?"

난 그 조요한 공기를 뚫고 질문했다. 그 소리에 놀랐는지 다들 미어캣마냥 날 쳐다봤다.

"그래, 한 번도 없어. 그냥 날 사랑하는 사람이라면 별 상관도 없었고."

캐시는 잠시 멈추더니 이내 말을 이어나갔다.

"나도 알아. 내가 쓰레기인 거. 너네들이 뭔 생각하는지도 다 알 거 같고. 그런데…… 어쩔 수 없어. 그냥 그런 사람도 있는 거야. 사랑하는 방법을 몰라서 외면할 수 없는 사람도 있다고. 나처럼."

캐시의 말에 수긍했다. 사랑 받지 못한 사람이 어떻게 사랑을 나눠 줄 수 있을까. 분명 캐시의 행동은 잘못 된 것이다. 사랑을 가지고 장난질이라……. 그래, 분명 잘못 된 거지. 아무리 어렸을 때, 서로 사랑을 나누던 가족이 있었다하더라도, 그것에 대한 익숙함은 잊은 지 오래 됐을 것이다. 그러니 자신을 사랑하는 사람을 상대할 방법도, 나의 의사를 묻는 법도 몰랐겠지. 캐시는 자신을 좋아하는 남자친구들에게 맞춰 주었지만 정작 사랑에는 직접적인 관여를 하지 않았을 거다. 그러니까 남자들이 질려하고 먼저 헤어지자는 말을 할 수 밖에…….

"빅토르는 여자친구가 있었나요?"

작고 조심스러운 소리가 들렸다. 옆에서 지켜보고 있던 요한이 나를 쳐다보며 물었다. 난 조용하고 크게 호흡했다.

"제게는 약혼녀가 있었어요. 그럼 저에 대해서 들어보실래요?"

"전 열정이 넘치는 사람이었어요. 주변에서도 열정이 넘친다고 많이들 하셨죠. 그래서인지 한 번 마음을 먹으면 꼭 그걸 해내야겠더라고요. 전 정신과 의사가 되는 게 꿈이었어요. 그 꿈을 이루기 위해서 얼마나 열심히 했는지……. 지금 생각하니깐 웃음만 나오네요. 하하. 분명 힘들었던 기억들인데 왜 지금은 그것이 행복했는지……. 꿈을 이루었을 땐 정말 행복했어요. 그렇게 열심히 해 온 일들이 좋은 결과로 다가왔으니까요. 전 그때 정말 하늘도 날 수 있겠다 생각했다니까요? 참 우스운 생각이었죠. 하하하."

그때가 떠올랐다. 한 가지 목표만 바라보며 달려오던, 다시 돌아올 수 없는 시간들을 떠올렸다. 참 가슴이 두근거렸었지, 행복했지, 정말 날 수 있겠다 생각했었다. 만약 그때 나는 걸 시도했었더라면, 지금과 같은 풍경들이 펼쳐졌을까?

"병원에는 많은 종류의 정신병을 가진 사람들이 있었어요. 자신이 아직 어린인 줄 아는 사람들부터 자신을 영웅이라고 말하는 사람들까지, 심지어는 자신이 인간이 아닌 다른 개체로 생각하는 사람도 있었다니까요. 이런 분들과 얘기를 나누면 힘들 때도 있었지만 조금씩 나아지는 모습을 보이며 저를 기쁘게 할 때도 많았어요.

참, 아까 말한 약혼녀는 에일리에요. 제가 일을 할 때 힘들면 항상 에일리가 도와줬죠. 저한테는 정말 소중한 사람이에요. 그녀는 저만을 사랑해 주었거든요. 저도 그만큼 그녀를 사랑했어요. 저에게 주는 사랑의 양만큼 저도 주려고 노력했죠. 지금은 그럴 필요 없겠지만……."

수십만 가지 생각이, 수십만 가지 감정이 동시에 찾아왔다. 뭐가 그리 착잡한지 가슴이 막혀 왔고 저절로 눈살이 찌푸려졌다. 기다리던 봄이 오고 있는데, 그녀와 약속했던 것이 있는데, 한순간에, 한 찰나에, 쌓아왔던 모든 것들이 비 내리듯 내 가슴속으로 떨어졌다. 씁쓸하다. 외롭고 고되다.

"저는 행복한 날만 기다리고 있을 거라 착각했죠. 그렇다고 행복하지 않았다는 건 아니에요. 아, 사실 행복했는지 아닌지 잘 모르겠네요……."

앞을 보았다. 내 앞에 있는 저들은 나를 이해할까? 나의 심정을 알까? 헛웃음이 나온다. 내 삶을, 내 인생을 이렇게 쉽게 떠나보낼 수는 없는데, 행복한 미소를 마음껏 지으며 앞으로 남은 삶을 꾸려 보지도 못했는데. 미소를 짓던 캐시를 붙잡고 울며 물어보고 싶었다. 단 한 번을 편하게 살아 본 적이 없으면서, 왜 그렇게 행복해하는 거지? 당신은 왜 웃고 있죠? 나오려는 무언가를 억누르며 질문을 삼켰다. 그래, 죽은 게 오히려 낫다며 웃었지. 진심인가? 왜 당신의 얼굴에서는 아쉬움도 보이지 않나요? 나는 이렇게 아쉬운데, 나도 당신과 별다른 삶을 산 것 같지도 않은데. 얼굴이 구겨지려는 걸 참았다. 가슴을 꽉 쥐고 있는 흥분함을 떨쳐내려 노력했다. 떨리는 목소리를 가다듬고 다시 말을 이었다.

"일은 생각보다 힘들었어요. 가끔씩 저를 놀래는 집단들도, 저를 무시하는 사회도, 계속되는 방황에 저 자신에게도 화가 났죠. 환자들의 정신병 때문에 저도 미쳐버리는 줄 알았어요! 정신병이 마치 전염병처럼 병원을 집어삼켰죠. 사람들은 날이 갈수록 기계처럼 일했고, 저 역시 날이 갈수록 기계처럼 움직였어요. 정신과 의사인 저마저도 정신적 상담을 받을 지경이었죠. 병원에 처음 왔을 그 순간에 좀비 같은 의사들을 보고 깨달았어야 했는데! 이런 바보 같은! 일을 바꾸기엔 이미 너무 멀리 와 있었어요. 그때 바꾸기엔 너무 늦었던 걸요……. 저는 이 일을 계속해야만 했어요. 미래의 제 와이프 때문이라도 했어야 했어요! 바꿀 수 없었죠. 바꾸고 싶어도 계속해야만 했죠. 제가 얼마나 힘들었는지 모르실 거예요. 아무도 모르겠죠. 아무도…… 그 병원은 저를 미치게 만들었어요. 정신 멀쩡한 사람이 정신병자들이 득실거리는 곳에서 살라니! 누가 이곳에서 멀쩡하겠나요? 이 지옥 같은 곳이 저를 불행하게 만들었어요. 자존감은 한순간에 바닥나고 제 약혼녀를 의심하기까지 했죠. 내가 이 사람을 정말 사랑하는 걸까? 혹시 이 사랑 또한 내 계획의 일부가 아닐까? 이 사람은 왜 날 사랑하는 거지? 나 따위가 이 사람을 사랑해도 될까? 오

늘은 왜 늦게 들어와? 왜 연락이 늦어? 오늘은 왜 사랑한다고 안 해
줘? 오늘은 왜! 왜! 왜! 도대체 왜! 의심들은 풍선 부풀듯 빠르게 커
졌어요. 정말 그 순간순간이 제 머릿속 깊숙이 박혀 있어요. 그럼에
도 불구하고 그 사람은 저를 이해하고 배려해 줬어요. 항상 제 곁에
서 저를 지켜주었죠. 그런데…… 그런데 어쩌다가.

　아, 에일리…….

　……

　너무 흥분했네요. 하하…….”

＊＊＊

　행복? 불행? 아니, 이 기계 같은 삶은 도대체 언제부터 시작된 걸까.
　어느 무더운 여름이었다. 햇빛이 내 여린 살을 파고드는 느낌을 받
았을 때, 내 꿈이 정해졌다.

　“난 정신과 의사가 될 거야!”

　싱글벙글 웃으며 말하면 누군가 물었다.

　“왜?”

　왜라니? 어린 나이의 나에게 이 질문은 너무 힘들었다. 왜, 왜……
난 무엇 때문에 이 직업을 선택했을까? 지금 생각해 봐도 답은 나오
지 않는다. 그저 내가 치료를 함으로써 나아지는 사람들을 보며 느
끼는 뿌듯함? 그뿐이다.

　“사람들을 치료해 주고 싶어요. 저는 힘든 사람들에게 용기를 심
어주고 싶어요!”

어릴 적 내 대답은 이랬다.

대학생 시절이었다. 23살이었나. 한창 에일리를 짝사랑하며 그녀와 함께 하는 것을 꿈꾸었을 때였다. 우연히 길에서 그녀를 보고 첫눈에 반했을 때, 어쩌다 나와 같은 정신과라는 것을 알게 되었다. 그녀는 나의 첫사랑이었다. 지금은 적성에 맞지 않다며 일을 바꾸었지만 그때는 나와 과도 같은 그녀가 나의 인연이라 생각했었다. 1년이라는 짧은 시간 내에 많은 일들이 일어났고 나와 에일리는 사귀게되었다. 그때는 이런 나의 열정적인 성격 덕분에 에일리와 만날 수 있었다고 생각했다.

"거기, 빅터!"

에일리가 환한 얼굴로 내게 인사를 건넸다. 난 도서관으로 걸어가던 걸음을 멈추었다. 그녀의 얼굴을 보자마자 행복한 미소를 품으며 그녀에게 달려갔다. 그녀와 가까워지자 빠르게 품에 안겼다. 달려서 거칠어진 숨소리를 훅 내쉬었다.

"어디 가던 길이었어?"

"도서관."

"무슨 일로?"

"이번에 동아리 때문에 찾아볼 게 있어서요."

에일리는 자신의 품에 안긴 내 어깨를 잡고 나를 약간 밀쳐냈다.

"같이 갈까? 수업 끝나서 할 게 없던 참이었거든."

아까까지만 해도 미간을 찌푸리며 내가 짜증이 났다는 것을 사람들에게 알리며 도서관을 향했었다. 그 짜증나던 마음이 에일리와 함께 도서관을 간다는 생각에 행복한 마음으로 바뀌었다.

"나야 엄청 좋지. 자기랑 있으면 난 행복해."

바보같이 실실 웃으며 그녀를 바라봤다.

"빅터, 그렇게 웃지 마."

그녀는 손을 내 얼굴로 뻗더니 양 볼을 잡고 이마를 맞대었다.

"예쁘게 웃는 건 나만 볼 거니까."

그녀 또한 나와 같이 행복한 미소를 품었다.


"빅터, 일어나."

맑고 고운 소리에 잠에서 깼다. 곧 나의 아내가 될 에일리는 하얀 민소매 셔츠를 입고 있었다. 부드러운 옷 결이 내 뺨을 스쳤고 그녀와 나는 가볍게 키스했다.

"빨리 준비해야겠네, 허니."

능글맞은 미소를 보니 저절로 웃음이 지어졌다.

"갔다 올게요. 잘 기다리고 있어야 해."

난 에일리의 머리를 양손으로 잡아끌었다. 부드럽던 입술은 나를 지나고 촉촉해졌다.

"사랑해."

"내가 더 사랑해. 허니."


도착한 곳은 어느 숲 근처의 홀로 세워진 병원이었다. 도시에서 10분 정도를 더 걸어야 나왔다. 병원 앞에 돌로 세워진 담에는 '포롤레시스'라는 단어가 적혀 있었다. 포롤레시스는 병원 이름이다. 차에서 내리자 강하게 부는 가을바람을 느낄 수 있었다. 낙엽들이 얼마나 떨어지던지, 한 번만 바람이 불어도 입고 있는 코트 안, 정장에 낙엽이 꼈다.

병원의 건물은 얼마나 오래됐는지, 넝쿨들이 자라 병원 전체를 뒤덮고 있었다. 하지만 낡은 것보다 병원의 크기가 더 눈에 들어왔다. 여러 번 이름을 떨친 적이 있는 병원이라 그런지 매우 컸지만, 전문적으로 운영하기 위해 받는 환자들 수가 적었다.

병원 안으로 들어서자마자 가장 먼저 본 것은 침대에 사지가 묶여 발버둥 치는 남성이었다. 눈에 핏줄을 세우며 소리를 지르는 탓에 주변 사람들은 모두 그를 쳐다봤다. 3명의 의사들이 남성이 묶인 침대를 엘리베이터로 끌고 갔다. 남성은 짐승의 소리를 내며 발버둥 쳤지만, 그의 바람과는 반대로 엘리베이터 문의 너무 쉽게 닫혀 버렸다. 미묘한 웃음이 지어졌다. 벌써부터 신세계를 경험한 듯. 긴장으로 인해 무거웠던 발걸음은 그를 보고 난 후부터 가벼워졌다. 설레는 마음으로 원장실로 향하던 내 발걸음을 재촉했다.

"안녕하세요. 빅토르."

원장실에 들어서자 원장은 환하게 웃으며 인사했다. 어깨에 닿을 듯 말 듯한 황톳빛 도는 머리카락을 가진 그녀는 대충 차려입은 듯한 흰 티와 짧은 청바지를 입고 있었다. 원장실은 쾌쾌한 냄새가 났다. 마치 청소하지 않아 나는 화장실 냄새 같았다. 처음에는 당장이라도 뛰쳐나가고 싶었지만 코는 이내 적응했는지 냄새에 익숙해졌다. 벽

쪽에는 책장이 세워져 있었다. 얼핏 봤을 때, 한쪽 벽에는 낡고 어스름한 책들이 정렬되어 있었고, 반대편 벽에는 손을 안 댄 듯이 깨끗한 책들이 두께와 관계없이 아무렇게 꽂혀 있었다.

"방이 좀 더럽죠?"

내가 주변을 살펴본 것 때문인지, 원장은 머쓱한 웃음을 지으며 물었다.

"제가 출장을 갔다가 아까 막 돌아왔거든요. 청소부가 제 방을 청소하는 걸 싫어해서요. 몇 달을 손 안 댔더니 건물이 낡아서인가? 이렇게 금세 더러워지네요."

나는 조용히 고개를 끄덕였다.

"참, 제 이름을 소개 안 했네요. 전 엘라예요. 사실 원장이라는 이름뿐이지 똑같이 회사 업무 내고, 출장 다니고, 서류 작성하거든요. 그러니깐 너무 불편해하지 않았으면 좋겠네요."

엘라의 웃음은 정말 편안했다. 조금 대화했을 뿐인데 엘라에게 내 모든 것을 이야기를 할 수 있을 거 같았다. 나도 그녀를 위한 편안한 웃음을 보이며 대답했다.

"당연하죠."

엘라는 손목에 찬 시계를 보더니 분주해졌다.

"빅토르, 오늘 회의가 잡혀 있어서요. 아…… 이미 5분 전에 시작했겠네요. 같이 회의실로 가죠."

회의실 입구는 매우 깔끔했다. 매번 청소를 하는 것인지 먼지나 때 하나 없었다. 회의실에 들어서자 보이는 건 직사각형 모양의 탁자를 둘러싸 엘라를 기다리며 멍하니 있는 의사들이었다. 한 명은 빈 종이 컵을 쥐었다 폈다 했고, 다른 의사는 볼펜을 까딱이며 우리를 쳐다보고 있었다.

"죄송해요, 많이 늦었죠? 빅토르, 인사 부탁할게요."

엘라는 책상의 가장 중앙 끝자리에 앉으며 말했다.

"안녕하세요. 빅토르 알렌 브루스입니다. 올해 봄까지는 근처 병원에서 일했고 이번 가을에 포롤레시스 정신병원에 왔습니다. 잘 부탁드립니다."

대부분이 듣는 둥 마는 둥 하며 다른 곳을 쳐다보거나 눈을 감고 있었다. 마치 새로 온 게 뭐 대수냐고 하는 것 같았다. 불편함을 숨긴 채 인사를 끝내고 책상 모서리 쪽에 앉았다.

"자, 회의 시작할까요?"

"카벤은 격리실에 보냈습니다. 오늘 아침, 원장 선생님께서 오실 때쯤 반응을 보였거든요. 여기 자료입니다."

엘라의 말이 끝나기 무섭게 보라색으로 머리를 염색한 여성이 말했다. 이 여성은 아까 올라오는 길에 발버둥 치는 환자를 엘리베이터에 태운 의사들 중 하나였다. 칼 단발에 보라색 머리를 했기에 쉽게 알 수 있었다. 이 의사가 카벤의 담당 치료사라는 것도 쉽게 알 수 있었다. 의사들은 한참을 그에 대해 이야기했다. 이야기를 듣다 보니 침대에 묶여 끌려가던 남성이 카벤이라는 걸 알았다.

"알겠어요. 그럼 회의는 여기까지 하죠."

엘라는 나를 보고 고개를 까닥였다.

"빅토르, 잠시 원장실에서 뵙죠."

"여기 병원 구성이에요."

엘라는 종이 하나를 건네주었다. 병원의 구성은 환자들과 의사들을 완전히 구분 지어 놓았다. 1층은 로비였고 2층은 회의실, 원장실, 업무실, 자료실이 있었다. 3층은 환자들의 독방이 있었고, 4층에 치료실과 면담실 등 환자들을 치료할 수 있는 공간이 있었다. 병원 외부에도 공간이 있었는데, 병원에 들어오면서 봤을 때에는 공원과 놀이실이 있는 것 같았다.

"그리고 여기 환자 자료요."

엘라에게 받은 자료의 첫 번째 장에는 '루카스'라는 이름이 쓰여 있었다.

"보면 알겠지만, 루카스라는 아이를 담당 치료사로 맡게 되었어요."

"보통은 업무부터 수행하지 않나요?"

원래 같으면 난 업무실에 박혀서 업무를 수행하여야 한다. 오늘 새로 온 거기도 하고 바로 치료를 하기에는 이 병원은 나의 실력을 모르기 때문이다.

"맞아요. 그렇긴 한데 빅터, 저번 병원에서의 업적이 뛰어나더라고요. 저희는 빅터를 믿으니깐 고용을 한 거예요."

저런 뻔한 거짓말을 믿어야 하나. 회사의 급한 상황에 대해 모르진 않는다. 엄연히 나도 이 회사의 의사 중 하나이니까. 그래도 바로 환자를 맡게 되어 기쁜 마음에 그냥 믿는 척 넘어가기로 했다.

"사실 아시겠지만 저희 병원이 환자도, 의사들도 적어요. 전문 병원이다 보니 의사를 고용할 때도 경력이 되는 의사를 뽑죠. 전에는 못 봤던, 교과서나 책에서만 보던 환자들도 있을 거예요. 아까 회의

한 카벤도 그런 환자죠."

회의할 때 카벤이라는 환자가 가진 병이 궁금했다. 어떤 병을 가졌기에 온몸에 털이 나고 발톱이 길어지는 착시를 보는 걸까?

"아까 그 환자는 라이칸스로피인가요?"

"맞아요! 클리니칸 라이칸스로피이죠. 카벤은 그중에서도 늑대였어요. 그래서 늑대와 같은 행동을 하고 착시를 보았던 거예요. 신기하지 않나요?"

책에서 정말 많이 접했다. 라이칸스로피는 희귀한 병이다. 자신을 인간이 아닌 다른 개체로 변한다고 주장하는 것인데, 대부분 늑대나 사자, 호랑이와 같은 육식동물로 변한다고 한다. 가끔씩 개구리나 벌 같은 곤충으로 변한다고 하는 사람들도 있다.

"그런 환자를 직접 보는 건 처음이에요. 꼭 한 번 만나보고 싶네요."

"그렇죠. 저도 보고 신기해했으니까요."

엘라는 자료를 가리켰다. 자료를 한 장 넘기자 루카스의 사진과 정보가 나왔다. 밝은 금발의 곱슬머리가 눈에 띄었다. 웃는 듯 마는 듯, 미묘한 표정을 가진 채로 카메라를 주시하는 눈동자에서는 생기란 찾아볼 수 없었다.

"뭔가 이상한 자료네요."

자료 속 정보는 텅텅 비어 있었다. 이름이 루카스라는 것, 루카스가 조현병과 회피성 인격 장애가 있다는 것, 로마나 독일에서 태어났을 거라는 추정, 16살이고 남자라는 것 말고는 알 수 있는 것이 없었다.

"하하, 창피하네요. 전에 루카스를 담당한 의사가 은퇴를 했어요. 원래 은퇴 전에는 담당 치료사가 되지 않지만 저희 회사 운영상 그

의사는 끝까지 담당 치료사였죠. 은퇴를 하시고 루카스의 치료도 잠시 멈추었어요. 간단한 검사와 치료 말고는 진행하지 않았죠."

"환자의 과거에 대해서는 모르는 건가요?"

"그 아이는 스스로 병원에 들어왔어요. 가족도 없고 의존할 지인도 없이 혼자 생활했다고 적혀 있지 않나요? 구체적인 인생사나 과거는 빅터 씨가 알아보시면 돼요."

환자에 대해서 아무것도 모르는 상태로 치료를 하라니……. 많이 어려울 거다. 환자의 호감을 사기는 오랜 시간이 걸릴 것이고 그에 따라 치료하는 시간도 달라지겠지. 약간의 불만이 있었지만 그 사실을 숨긴 채 대답했다.

"알겠습니다."

"다른 환자들의 자료는 자료실이나 관리실에서 찾아보면 돼요. 전문 병원이긴 하지만 운영에는 큰 차이가 없어요. 루카스는 조현병과 회피성 인격 장애기 때문에 이전 병원에서도 많이 접해 보셨을 거예요. 힘들면 원장실을 찾아와 주세요."

"네."

원장실 밖을 나왔다. 먼저 환자를 만나기 위해 3층을 향했다.


첫 면담은 루카스의 독방에서 이루어졌다. 3층 복도 끝 쪽에 위치했으며 주변은 매우 깔끔했다. 문을 열자 들어오는 환한 빛에 눈이 부셨다. 독방은 생각했던 것보다 훨씬 컸다. 코끼리 두 마리가 방에 들어가도 꽉 차지 않을 듯했다. 루카스라 불리는 환자는 침대에 앉아 멍하니 창밖을 바라보고 있었다. 루카스의 밝은 금발은 사진으로 봤을 때보다 더 예뻤다.

"안녕?"

반응이 없었다. 루카스의 회색 눈은 계속 창밖을 바라보았다. 침대 옆에 위치한 옷장에는 분홍색 니트 두 벌과 회색 셔츠 한 벌, 하얀 바지와 청바지가 걸려 있었다. 루카스가 입고 있는 옷 또한 분홍색 니트였다.

"잠깐 혈액 채취 좀 할게."

루카스에게 다가가 팔을 잡았다. 혈액을 채취하는 과정에서도 루카스는 아무런 반응을 하지 않았다.

"나는 이번에 너의 담당 치료사가 된 빅토르 알렌 브루스야. 선생님은 오늘 이 병원에 처음 와서 아직 병원 시설이나 운영에 대해 잘 몰라. 그렇다고 해서 실력이 미숙한 건 아니야. 전에도 병원에서 치료사를 했거든."

여전히 루카스는 반응이 없었다. 내 말을 듣고 있는지도 잘 모르겠지만 말을 이어나갔다.

"선생님은 여기에 친구가 없어. 아까 말했듯이 전의 병원에서 일을 하다가 오늘 처음 여기에 온 거거든. 사실 나는 네가 내 친구가 됐으면 좋겠어. 환자를 환자로 생각할 필요는 없잖아. 선생님은 지금껏 환자들을 친구처럼 대했거든."

루카스는 나를 슬쩍 쳐다보고는 다시 창밖을 보았다. 루카스는 움직이지도, 웃지도 않고 그 자리에서 창밖만 쳐다보았다. 이렇게 면담은 종료됐다. 얻은 건 없었지만 루카스의 호감을 사는 데는 효과가 있었을 것이다.

**\* \* \***

첫 번째 면담을 하고 하루 뒤, 루카스와 두 번째 면담시간을 가졌다. 이번에도 면담은 루카스의 독방에서 진행되었다.

방에 들어서자 루카스는 나를 쳐다보았다.

"안녕 루카스? 오늘은 좀 어때?"

루카스는 잠시 고개를 숙였다.

"오늘 날씨 좋지 않니? 선생님은 가을이 제일 좋더라."

"저도예요. 가을이 제일 좋아요."

놀란 마음에 풀린 눈에 힘을 주고 루카스를 쳐다보았다.

"안녕하세요."

"그래, 안녕."

기뻤다. 우리가 대화하기 위해선 조금 더 많은 시간이 걸릴 줄 알았는데 생각보다 그 시간이 길지 않았다.

"선생님이 너한테 줄 게 있어."

루카스가 쳐다보는 것이 익숙지 않았지만 어색함을 애써 모른척하기로 했다. 난 산세비에리아가 자란 작은 화분을 건네주었다.

"추위에 약한 친구야. 물은 자주 주면 안 되고, 겨울에는 2개월에 한 번씩 물을 주는 게 좋아."

루카스는 약간의 미소를 띠며 화분을 받았다. 마음에 든 듯 설레는 것이 눈에 보여 나도 모르게 작은 미소가 지어졌다. 루카스는 한참을 화분에서 눈을 떼지 않고 식물의 잎사귀를 조심스레 만졌다. 그러던 찰나 갑자기 손을 떨더니 무언가에 홀린 듯이 흥분해서 빨개진 얼굴로 쓰다듬던 화분을 던졌다. 한순간에 화분은 벽에 부딪혀 모서리 끝 쪽이 부서졌고 그 사이로는 흙이 흘러나왔다. 갑작스러운 행동을 보인 루카스는 곧 주저앉고 중얼이더니 몇 초 후, 나를 경계하는 듯한 눈빛으로 쳐다보았다.

"괜찮아, 루카스. 선생님은 가만히 있어. 무서워할 필요 없어."

"싫어! 나가! 으아악!"

내가 한 마디를 건네자 루카스는 방이 터질 만큼 크게 소리 질렀다. 그러고는 곧바로 이불 속으로 들어가 버렸다. 이렇게 두 번째 면담도 종료됐다.


"빅터, 안녕하세요."

점심을 먹으러 내려가던 중 엘라를 마주쳤다.

"안녕하세요."

약간의 웃음을 섞어 인사했다.

"루카스는 어떻게 됐어요?"

"아직 면담 진행을 못하고 있어요. 오늘 산세비에리아를 선물했는데 던져버리더라고요."

"아이고, 힘들었겠어요."

"그러게요. 어떻게 루카스의 마음을 풀까요?"

"말은 하지 않고 계속 면담을 거절하는 환자들은 저도 참 힘든 거 같아요. 방법은 환자들마다 다르겠죠."

엘라와 이야기하다 보니 벌써 로비에 있는 식당에 도착했다.

"맞아요. 저도 루카스가 마음을 열 때까지 기다려보려고요."

"그래요. 파이팅 하세요. 참, 오늘 회의가 있는 거 아시죠?"

"네, 그때 봬요."

엘라와 인사를 나누고 등을 돌렸다.

"빅터! 회의는 매주 금요일에 있으니깐 참고하세요."

엘라가 소리쳤다. 정신병원에서의 휴일은 없다. 일요일에도 환자들을 돌보러 병원에 나와야 하기에 회의 날을 금요일로 잡은 것 같다.


회의실에 약속보다 5분 일찍 도착했다. 어제는 급해서 보지 못했는데 회의실의 오른쪽은 통유리로 되어 있었다. 복도를 지나가는 환자들이 회의실을 볼 수 있게 만든 구조인 것 같다.

회의실에는 이미 3명의 의사들이 도착해 있었다.

"안녕하세요."

처음 왔을 때 보여주던 그 딱딱함은 다 어디로 가고 내게 먼저 인사를 건넸다.

"안녕하세요. 일찍 오셨네요."

"시간이 남아서요."

말은 했지만 여전히 상담사라고 하기엔 불친절했다.

그 뒤로 의사들은 아무 말도 하지 않았다. 턱까지 내려온 다크서클과 턱을 괴며 조는 사람, 책상 가운데를 주시하며 아무런 움직임이 없는 사람까지 모든 것이 불편했다. 시간이 좀 지나자 의사들이 차례대로 회의실 안으로 들어왔다. 그중엔 보라색 머리를 한 카벤의 담당 의사도 있었다. 지난번에 보았을 땐 일에 대해 아주 강한 정신이 있어 보여 그녀에 대한 기대감이 있었지만, 그녀 또한 자리에 앉는 순간 팔짱을 끼고 고개를 숙였다.

회의가 시작되자 의사들은 하나둘씩 정신을 차리고 옷매무새를 정리했다. 회의 중 한 환자에 대한 이야기가 나왔다.

"코빈은 계속 저렇게 방치해 두어야 하나요?"

아까 나와 인사를 나눈 의사가 질문했다.

"아직까진 그래야 할 거 같아요. 아무런 대책이 없지 않나요?"

엘라가 의사의 말에 대답했다.

"새 의사를 고용하는 것이 어떤가요?"

"의사를 고용할 때마다 드는 비용은 어떻게 감당하시겠어요?"

"돈이 부족하다고 생각은 하지 않습니다."

"그래요. 돈이 부족하진 않지만 다른 환자들이 완치를 하고 난 뒤에는 어떻게 하실 건가요? 환자들이 완치될 때까지 기다려 보는 게 좋을 거 같네요."

코빈이라는 환자의 이름이 나오자 순간 당황했다. 분명 자료실에 들렀을 때 환자들이 자료를 확인했건만, 처음 듣는 이름이었다. 열심히 머리를 굴리던 찰나 루카스에 대한 이야기가 나왔다.

"루카스의 과거에 대해서는 알아봤나요?"

카벤의 담당 치료사가 질문했다.

"오늘 두 번째 면담을 했습니다. 아직까지 루카스는 저를 받아 주지 않더라고요."

"루카스가 그렇게 나온다면 그 아이에 대한 과거를 묻지 마세요. 완치를 목적으로 두고 있기 때문에 과거는 그렇게 중요하지 않아요. 과거를 안다면 치료하는 데 더욱 쉽겠지만 모른다고 치료가 안 되는 건 아니죠."

엘라는 웃으며 나를 쳐다보았다.

"네."

나 또한 웃으며 대답했고 회의는 계속해서 진행 되었다.


회의가 끝나고 복도로 나왔다. 자판기에서 커피를 빼내고 의자에 앉았다. 루카스 때문에 달아 오른 머리를 식히고 있는 도중 멀리서 황톳빛 긴 파마머리에 검은색 민소매를 입은 여성과 긴 적발에 웨이브를 넣고 환자복을 입고 있는 여성이 보였다. 황톳빛 머리의 여성은 자세히 보니 초록색 빛이 도는 눈을 가지고 있었다. 그 옆의 적발 여성은 키가 무척이나 컸고 회안이었다. 너무 쳐다봤는지 황톳빛 머리를 가진 여성과 눈이 마주쳤다. 눈을 마주치자마자 바로 고개를 돌렸지만 그 여성은 내게 다가왔다.

"안녕하세요! 새로 오신 선생님이신가요?"

"네, 안녕하세요. 어제 새로 왔어요. 빅토르 알렌 부르스예요. 빅터라고 불러주시면 돼요."

앞의 여성은 눈을 키우며 소리쳤다.

"우아! 그럼 그때 그 선생님이 가시고 빅터 선생님이 오신 거예요?"

가신 선생님이라면 루카스의 전 담당 의사 선생님인가?

"맞아요. 반가워요."

"히히. 안녕하세요, 저는 보니타예요. 12살이고 저기에 있는 예쁜 언니랑 친구예요!"

해리성 인격장애인가? 누가 봐도 성인이다. 옆의 여성이 키가 컸을 뿐이지 보니타라고 하는 환자가 작은 것이 아니다. 멀리 서 있는 적발의 여성은 나를 가만히 쳐다보고 있었다.

"반가워요 친구. 앞으로 자주 이야기해요~ 저는 일 때문에 이제 일어나 봐야겠네요."

"흐어…… 벌써 가시는 거예요?"

보니타라고 하는 환자는 울상을 지으며 나를 올려다봤다.

"아쉽네요. 다음에 봐요 친구."

"다음에는 친구 말고 보니타라고 불러주세요."

"알겠어요, 보니타."

해리성 인격장애가 맞는다면 보니타는 저 환자의 인격 중 아이에 해당하는 인격의 이름이다. 방으로 가려 했던 난 환자 정보를 알기 위해 자료실로 발을 돌렸다.


"보자…… 해리성 인격장애가…… 맞네."

찾았다. 황톳빛 머리에 벽안의 환자. 이름은 로웰이다. 현재 32살이고 26살에 병원에 들어왔다. 다른 병원에서 치료가 힘들다며 이 병원으로 왔다. 로웰과 같이 있던 여성의 자료는 비어있었다. 아무래도 다른 의사가 가져간 듯하다.

온 김에 아까 이야기가 나온 코빈이라는 환자도 확인해 보려 했지만 아무리 찾아도 그 환자의 자료는 찾을 수 없었다.


셋째 날, 루카스와 세 번째 면담을 가졌다. 세 번째 면담은 면담실에서 이루어졌다. 면담실은 5평 정도 되는 좁은 크기였으며, 밖에는 책임자가 면담실 열쇠를 딸랑이며 서 있었다. 의자 세 개가 문과 마주하는 벽 쪽에 나란히 진열돼 있었다. 면담실 중앙에는 책상 하나가 놓여 있었고 의자 두 개가 마주 보며 배치돼 있었다. 루카스는 이미 면담실에 도착해 있었다.

"안녕 루카스."

또 첫째 날과 비슷한 반응을 보였다. 루카스는 고개를 숙이고 중얼거리고 있었다.

"오늘 점심은 어땠어? 선생님은 별로였는데."

잠시 대답할 시간을 주었지만 침묵만 유지됐다. 루카스와 이런 상태에서 무슨 대화를 할 수 있을까? 루카스는 중얼거리기만 했다. 어떤 소리가 들리는지, 머릿속에서 무엇을 말하는지 몰랐지만 어느 정도 나와 얘기를 하지 말라는 것 같았다. 그렇지 않고서야 아무리 조현병과 회피성 인격 장애를 같이 가지고 있다 하더라도 이렇게까지 나를 멀리하겠는가? 침묵하는 환자는 어떻게 대해야 하는지, 어떻게 하면 침묵을 깰 수 있는지 생각했다. 그렇게 우리는 침묵하며 시간을 보냈다.

얼마나 지났을까, 졸려오려던 그때, 계속 고개를 숙이고 있던 루카스가 놀란 표정을 지으며 주변을 둘러보았다. 나를 쳐다보자 표정이 굳었고 곧바로 울상을 짓더니 벌떡 일어나 문을 쾅쾅 두드렸다.

한참 뒤, 루카스의 거친 숨소리가 사그라들었다.

"제발, 절 나가게 해주세요."

라는 말과 함께 문손잡이를 급하게 돌렸다. 문밖에서 상황을 지켜보던 책임자가 문을 열었고 문이 열리자마자 루카스는 뛰쳐나갔다.

* * *

　병원에서 집으로 돌아가는 운전 길에 생각에 잠겼다. 조현병을 가진 사람들을 많이 만나보았지만 거의 대부분의 환자들이 면담에 적극적이었다. 화를 내며 질문을 거부하는 사람들도 있었지만, 이내 면담에 참여하였는데, 루카스처럼 침묵하는 사람은 없었다. 여러 가지 생각을 하며 내일 다섯 번째 면담을 잡았다.

　긴장됐다. 어제처럼 면담을 거부할까봐 떨리는 마음으로 루카스의 방을 향했다. 이미 면담에 대해서는 들었을 것이다. 긴장되기도 하고 한편으로는 두 번째 면담 날처럼 인사라도 해줄까 설레는 마음으로 루카스의 방에 들어갔다.

　"안녕하세요, 선생님."

　방에 들어서자마자 인사하는 소리 들렸다. 놀란 표정으로 빠르게 소리 나는 곳을 보았다.

　"전 루카스예요. 인사가 많이 늦었죠? 죄송해요."

　"안녕, 루카스. 오늘 하루는 어땠어?"

　기쁜 마음에 웃음을 머금고 질문했다.

　"행복했어요. 어제저녁부터 소리가 안 들렸거든요. 참, 선생님 이거요."

　루카스는 창틀에 놓여 진 화분을 가리켰다. 이틀 전에 내가 루카스에게 준 화분이었다. 청소부가 새 화분을 주었는지 깨졌던 화분 모서리는 깔끔하게 다시 돌아와 있었다.

"누군가 소리쳤어요. 저 식물은 독식물이라고. 산세비에리아인 걸 뻔히 알면서도 저는 그 말을 믿었어요. 불안했거든요."

루카스는 약간의 미소를 띠며 말했다.

"그치, 아무리 내가 아는 진실이라 해도 아니라고 크게 부정하면 헷갈리지. 어제 면담실에서는 왜 그랬는지 물어봐도 되겠니?"

"당연히 괜찮아요. 갑자기 방이 커지는 것을 보았는데 그것은 정말 그림자도 없앨 만큼 무시무시하게 환한 전기 불빛을 밝힌 것 같았어요. 모든 것이 깔끔하고 반들거리며 자극이 인공적이었어요. 의자나 책상은 여기저기 놓여 있는 모형 같았고, 선생님도 나를 뚫어져라 쳐다보며 눈만 깜빡이는 자동인형처럼 보였어요."

루카스는 흥분하며 말했다.

"사실 선생님을 처음 뵈었을 때, 선생님도 저랑 같다고 생각했어요. 병원에서 친구 없이 혼자 지내면서 날 이해할 사람이 없다 생각했거든요. 그래서 편했어요. 그런데도 내 머릿속은 아니라 생각했나 봐요. 선생님에게 말하기까지 시간이 많이 걸렸지만 그만큼 저희가 친해질 수 있을 거라 생각해요."

루카스의 답변에 난 매우 만족한 표정을 지었다. 계속 이대로만 진행된다면 얼마나 좋을까.

"선생님도 우리가 많이 친해졌으면 좋겠어. 그럼 혈액 채취부터 할까?"

루카스는 내게 팔을 뻗어주었다.

＊＊＊

모르는 사람들에게 내 인생 이야기를 하니 무겁던 가슴이 한 편 가벼워졌다. 다시없을 내 인생을 뒤돌아보니 한없이 안 됐고 슬펐지만, 그리워해 봤자 달라질까. 덕분에 지금은 하염없이 이 공간이 끝날 때까지 기다릴 수 있겠지.

"이후로 3주일 뒤, 루카스의 행동들은 점점 긍정적으로 변해갔어요. 의욕이 없던 루카스는 의지와 책임, 욕망이 생겨났고 이렇게 회피성 인격 장애를 조금씩 이겨나갔어요. 또한 말이 많아지고 저에 대한 경계심도 사라졌죠. 조현병은 몰라도 회피성 인격 장애는 대부분 치료되었을 거라 생각했어요. 그런데 그건 제 오해였죠."

아테는 따분하다는 듯 나를 쳐다보았다. 마치 그녀의 표정은 그런 치료를 왜 하냐고 말하는 것 같았다. 약간의 불쾌함이 있었지만 말을 계속 진행했다.

"그럼 루카스는 지금까지도 치료가 덜 된 건가요?"

요한이 다급하게 질문했다.

"아, 현재로서는 완치를 하고 퇴원을 했어요. 그 아이는 참 잘 이겨냈거든요."

나는 웃으며 답하였다.

"그때는 아직까지 회피성 인격 장애가 치료되지 않았더라고요. 제가 두 번째 면담시간에 루카스에게 준 산세비에리아 기억하시죠? 한 달이 지나자 제법 컸더라고요."

"왜 화분을 루카스에게 선물하셨던 거죠?"

아테가 하나의 미소도 품지 않은 딱딱한 표정으로 물었다. 대체 무슨 삶을 살았기에 그런 감정 하나 없는 표정을 품고 있는 것일까. 아, 그 아이가 떠오른다. 지금은 나보다 더 먼 곳에 있으려나. 생각에 잠겼다. 아테는 나의 대답을 기다리고 있겠지만, 생각을 멈출 수가 없다. 아테를 볼 때마다 떠오르는 그 아이를 멈출 수가 없다. 아테가 다시 질문하자 그제야 나는 입을 열었다.

"식물을 키우는 건 환자들에게 좋은 치료 방법이에요. 식물을 키우면서 책임감이 생겨나게 하죠. 루카스 또한 이 덕분에 회복에 빨랐거든요."

아테는 조용하고 미세하게 고개를 끄덕였다.

"루카스와 병원 앞의 정원에서 노는 걸 자주 했는데 언젠가부터 어떤 여자아이와 같이 놀더라고요. 그리고 면담시간에 제게 말했죠. 그 아이를 좋아한다고. 정말 귀여웠어요. 약간의 친절을 베푸는 게 누군가에게는 큰 고마움이니까요. 루카스는 한 달을 힘들게 키운 산세비에리아를 그대로 그 아이에게 선물했어요. 아이가 받아줬으면 좋았을 텐데 집에 식물이 많다며 정중히 거절을 했죠. 루카스는 그 이후로부터 기운이 없었어요. 밝던 표정은 굳었고 말 수도 줄었어요. 그날은 밥도 안 먹었다니까요. 중얼거림도 심해졌고 한 주를 그렇게 예전처럼 보냈어요. 회피성 인격 장애가 이래서 무섭죠. 상대의 반응을 중요시하거든요. 약간의 싫은 티를 내면 그 순간 크게 실망하고 속상해하며 그때의 일을 계속 떠올려요. 특히, 거절에 민감하죠."

아만다는 항상 띠우던 약간의 미소를 가지고 고개를 숙였다. 조용히 얘기를 듣던 캐시가 질문했다.

"루카스는 어떻게 치료한 건데?"

"혈액 채취를 하면서 약물 치료를 했어요. 저와의 대화로도 잘 치료가 됐고요. 아, 재밌는 거 하나 알려드릴까요?"

이 상황에서 재밌는 거라……. 다들 나를 쳐다봤다.

"오랜만에 루카스와 면담실에서 면담을 했어요. 3분 정도를 기다리자 루카스가 들어오더라고요. 계속 멀뚱하게 서 있길래 의자에 앉아 달라고 했어요. 그러자 의자 네 개를 바라보면서 혼란스러워하더라고요. 이 상황에서는 누구든지 제 앞에 있는 의자에 앉았을 거예요. 제 말에는 '우리 마주 보면서 이야기하자.'라는 뜻이 있잖아요. 누가 문을 바라보며 진열된 의자에 앉아 저와 이야기를 하겠어요."

두 눈을 크게 뜨고 내 이야기를 듣던 아만다의 붉은 입술이 가늘게 늘어났다.

"그 아이는 왜 그런 행동을 한 건가요?"

"이것도 조현병이에요. 이렇게 상황 판단을 못하는 건 드물어요. 아마도 루카스는 이것 때문에 저희 병원으로 왔을 거예요. 루카스에게 정원에 있는 의자에 앉을까라고 질문을 하면 굉장히 혼란스러워했어요. 자신이 알고 있는 의자의 개념은 방과 면담실에 있는 의자뿐이었거든요. 재밌지 않나요?"

"조금 신기하네요. 루카스라는 환자 만나보고 싶어요."

턱을 괴고 무심히 이야기를 듣던 요한은 고개를 기울며 웃어주었다. 나머지 사람들도 뭔가 생각이 잠긴 듯했지만 금방 '신기하네요.'라고 말했다.

"루카스는 약물 투입, 교육, 그림, 또래 친구들과의 대화 등으로 3

개월이라는 빠른 시간 내에 완치가 됐어요. 더 이상 환청도 들리지 않았고 상황 판단에 어려움을 느끼지도 않았죠."

나는 웃었다. 그때가 떠올랐다. 루카스는 완치되었을 때 행복하게 웃으며 나에게 고맙다고 말했었다. 그때 느꼈던 기쁨이 다시 느껴졌다.

"잠시만, 그럼 루카스의 과거는 못 알아낸 거야?"

캐시는 미간을 찌푸리며 물었다. 왜 그런 중요한 걸 말하지 않느냐는 표정이었다.

"어렸을 때부터 부모님 없이 고아원에서 자랐대요. 경제적인 면 때문에 그 고아원도 이내 폐쇄됐고, 아이들은 남겨졌어요. 그 남겨진 아이들과 같이 지냈다면 조현병이나 회피성 장애 같은 건 없었을 거예요. 하지만 루카스는 그 아이들 무리에서 떨어졌어요. 루카스 혼자서 많은 병원들을 들어가 보았지만 돈이 없어 매번 거절당했죠."

"돈이 없으면 포롤레시스 병원에도 못 들어가지 않나요?"

아만다가 조심스럽게 물었다.

"원장께서 지원해 주셔서 입원할 수 있었어요. 완치된 루카스는 입양 보내졌고요. 가끔씩 연락하며 만나고 있었어요."

씁쓸하다. 비행기를 타기 전까지만 했어도 에일리가 아닌 루카스와 문자를 주고받았다. 대체 무엇이 나를 또 화나고 슬프게 하는 걸까. 머리가 아파왔다.

"루카스가 슬퍼하겠어요."

아만다가 중얼거리듯 말했다. 대답하지 않았다. 대답할 수 없었다. 눈물이 흐르려는 걸 애써 무시한 채 눈을 감아 감추었다. 숨쉬기 힘들어 떨리는 목소리를 숨기기 위해 성대에 힘을 주었다. 누군가 내

목을 꽉 쥐어주었으면, 누군가 내 머리를 터질 듯 짓눌러 주었으면. 그렇게 해서라도 이 고통이 사그라들었으면.

"……그렇겠죠."

* * *

루카스 덕분에 1주일이라는 짧은 시간 안에 새 환자를 맡게 되었다. 루카스를 완치시키고 병원 내에서 나는 유명 인사가 되었다. 3개월이라는 짧은 시간 내에 면담을 거부하는 환자를 치료했기에 극찬을 많이 받았다.

엘라와 이야기를 나눈 결과, '지든'이라는 환자를 담당 치료하게 되었다. 지든은 저번에 로웰과 같이 있던, 병원복을 입은 적발에 키가 큰 여성이었다. 지든 과의 첫 면담 약속 때문에 면담실로 향했다.

면담실에 들어서자 지든이 보였다. 그녀는 정면을 바라보며 앉아 있었다. 옆에서 봤을 때 그녀의 머리는 인상 적이었다. 붉은 머리카락이 화려하게 그녀의 얼굴을 감쌌다. 마주 보았을 때 그녀는 정말 아름다웠다. 지든이라는 남성스러운 이름과 걸맞게 매우 잘생겼다. 지든은 짙게 생겨 잘 생겼고, 그녀의 눈빛 또한 날카로웠다.

"안녕하세요?"

인사하자 지든도 약간의 미소를 띠며 인사했다.

"안녕하세요, 로빈이에요."

"지든이라는 걸 알고 있어요."

"로빈이에요."

지든은 사이코패스적 상향을 띠었다. 사이코패스는 공감능력이 잘 없어 울지도, 웃지도, 화를 내지도 않으며 침묵이 많다. 가끔씩 짜증을 느끼는 것이 다이다. 또한 거짓을 잘 말한다.

"굳이 저한테 속일 필요는 없어요. 전 당신의 편이거든요."

웃으며 말했다. 지든은 나의 웃음이 마음에 안 들었는지 약간의 인상을 찡그렸다.

"병원 생활을 하면서 힘든 것이 있나요?"

나의 질문에 그녀는 눈썹을 들썩이며 문 밖을 쳐다보고 곧 다시 나를 쳐다보았다.

"저거요, 저거. 날 너무 감시한다니까요."

문밖에 서 있는 관리자를 보았다. 관리자는 서류실에 있거나 이렇게 면담실을 담당한다. 지든이 있는 층을 갈 여유도, 방법도 없다.

"저분은 관리자예요. 관리실 업무를 담당하죠. 가끔씩 이렇게 면담실도 관리해요."

"아, 그런가요?"

지극히 기계적인 말투였다. 형식적인 말투. 약간의 침묵이 흐르고 지든이 말을 꺼냈다.

"그럴 리가요."

한참의 침묵이 흘렀고 그녀는 나를 뚫어져라 쳐다봤다.

"이거 한번 보실래요?"

주머니 속에서 사진 두 장을 꺼냈다.

"선물이에요. 예쁜 사진이죠?"

대답이 없었다. 그저 그녀의 회색 눈동자만이 사진을 쳐다볼 뿐이었다.

"왼쪽 사진은 강아지들이 바글거리네요. 몇 마리인지 세어보는 재미도 있을 거 같아요. 하하."

지든은 한참을 사진을 쳐다보더니 말을 꺼냈다.

"36마리네요."

사진은 여러 종류의 강아지들이 규칙성 없이 뛰어노는 장면이었다. 그녀는 사진을 집어 들더니 금세 찢어버렸다. 살짝 놀라긴 했지만 예상했던 거라 아무렇지 않은 듯 이야기를 이어나갔다.

"이 사진은 어때요? 깔끔하죠?"

부엌 사진이다. 검정과 하양만이 사진의 색이었다. 식기구는 깔끔하게 잘 정돈되었다. 지든은 사진을 집어 들더니 가져가겠다고 말했다. 이렇게 면담을 종료했다.


점심을 먹고 평소와 같이 회의실로 갔다. 의사들이 모이자 회의는 바로 시작됐다.

"로웰이 7가지 인격을 가지고 있다는 건 다들 아시죠? 일주일 동안 로웰을 감시하면서 실험을 해봤어요. 그중에 밝은 여성의 인격과 아이의 인격이 서로의 존재를 아는 듯했어요."

밝은 금발의 의사가 말했다.

"보니타와 소피아가 서로의 존재를 안다고요?"

"네, 실험 자료예요."

남성은 의사들에게 종이 몇 장을 건네주었다.

"'보니타가 엎은 물을 제가 치웠어요.'라는 말을 했어요. 보니타 또한 소피아가 물을 치운 걸 알고 있었죠. 서로에 대한 언급을 자주 하지 않는 걸로 봐선 친하진 않는 것 같아요."

"보니타와 소피아가 서로의 존재를 알고 보니타와 맬러니가 친하고 악마와 요정은 서로 대립한다는 거네요. 로웰 씨는 참 힘들겠어요."

"신기하죠. 아무리 해리성 인격장애를 가졌다 하더라도 인격이 7개나 되며 서로의 존재를 안다는 것이 드무니까요."

엘라와 금발의 의사는 대화를 나누었다. 옆에서 다른 의사들도 고개를 끄덕이거나 무언가를 메모하며 경청하여 들었다. 그러던 중 카벤의 이야기가 나왔고 카벤의 담당 의사가 말했다.

"카벤의 변화 주기는 한 달에서 세 달로 바뀌었습니다. 이번에는 세 달 동안 빛 하나 안 들어오는 격리실에 갇혀 있었죠. 어제부터 반응이 사라져 오늘 방으로 보냈습니다."

말이 끝나기 무섭게 복도 쪽 통유리 창문으로 카벤의 모습이 비쳤다.

"망할 의사 새끼들!"

카벤은 주먹으로 유리창을 내리치며 외쳤다.

"깨지겠어요, 카벤."

엘라가 말하자 카벤은 중지 손가락을 보였다. 그는 회의실 문을 열고 들어와 회의실 벽에 걸려 있는 액자 두 개를 집어던졌다. 액자 하나는 깨져 유리 파편이 여기저기 튀었다. 의사들은 유리 깨지는 소리에 깜짝 놀라 했지만 나를 제외하고는 카벤의 행동에 대해서는 아무도 당황해하지 않았다.

"누구야, 이 인간은?"

나와 눈이 마주치자 카벤은 미간을 더 찌푸리며 물었다. 카벤을 실제로 마주하는 건 처음이었다. 침대에 묶여 발버둥 치는 모습은 봤지만 이렇게 멀쩡하게 마주하는 건 처음이었다. 카벤은 매우 잘생겼다. '카벤'이라는 이름의 뜻에 맞게 그는 누가 봐도 잘생겼다 할 만큼의 외관을 가지고 있었다. 키 또한 190이 넘어 매우 컸다. 백발에 적안은 외모를 더욱 매력적이게 만들어주었다.

"반년 전에 들어온 지든의 담당 의사예요."

카벤은 잠시 표정을 굳히더니 이내 배가 빠지게 웃었다.

"지든? 안 됐네, 의사 양반. 힘 좀 빠지겠어."

"카벤, 그렇게 크게 웃는 건 실례예요."

보라색 머리를 한 카벤의 담당 치료사는 인상을 찡그리며 말했다.

"하, 세 달 동안 못 씻었더니 악취가 나네. 이게 다 당신 때문이잖아."

카벤은 의사를 보고 인상을 썼다. 리젠트 컷으로 잘랐던 머리는 자라서 헝클어진 채로 눈을 덮었다. 또한 그의 말대로 세 달 동안 격리실에 갇혀 있었더니 악취를 내뿜었다. 검은색 목티는 먼지가 여기저기 붙어 있었다.

"빨리 씻으러 가세요."

담당 의사는 단호하게 말했고 이에 카벤은 의사에게 소리를 지르며 회의실을 나갔다. 카벤이 나가고 다시 회의를 진행했다.

"지든은 사이코패스 성향을 가지고 있지 않습니까? 저는 심리학을 전공으로 한 의사가 지든을 담당했으면 좋을 거 같습니다. 빅토르 또한 심리학을 공부하셨지만 정신과를 전공하셨고 빠른 치료를 위해서는 담당을 바꾸는 게 좋다고 생각합니다."

보라색 머리의 의사가 말했다. 솔직히 인정한다. 원래 사이코패스는 심리학에 포함되어 있고 나보다는 심리학을 전공한 의사가 담당을 하는 것이 좋을 거다.

"저도 그렇게 생각해요. 치료를 하는 데에는 문제가 없겠지만 치료를 하는 과정이 꽤 길어질 거예요."

나의 동의에 엘라는 잠시 생각에 빠진 듯했다.

"알겠어요. 그럼 지든에 대해서는 다음 주 회의 시간에 이야기하도록 하죠."

"만약 지든의 담당 치료사가 바뀐다면 빅토르 선생님께서 코빈을 담당하는 게 좋다고 생각해요."

엘라의 대답이 끝나기 무섭게 검은색 긴 생머리의 의사가 빠르게 말했다.

"루카스 때 너무 치료를 잘하셨어요."

그녀의 말에 반쯤 졸고 있던 몇몇 의사들도 일어나 동의했다. 기분이 좋지는 않았다. 코빈이라는 환자에 대해서는 아직까지도 모르는 상태고 분위기를 보면 그는 치료하기 매우 어려운 것 같다. 그들은 방치시키고 있는 환자를 빨리 치료해야한다는 생각에 나에게 떠미는 듯해 보였다.

"거기에 대해서도 생각해 보도록 하죠."

엘라는 더 이상의 말은 하지 않았다.

＊＊＊

　지든과 함께 4층에 있는 미술 치료실로 왔다. 미술치료 담당 의사인 다나는 지든에게 살면서 가장 인상 깊었거나 지금 생각나는 것을 그려보라 했다.

　지든이 그림을 그리는 동안 난 치료실 밖에서 그녀를 바라보았다. 통유리로 돼 있어 밖에서도 치료실 내부를 볼 수 있었다. 미술치료실에는 건물이 불타는 그림, 여러 가지 색이 모여 조화를 이루는 그림, 검은 고양이를 그린 그림 등 여러 환자들이 그린 그림이 걸려있거나 세워져 있었다. 전문가가 그린 듯이 매우 멋진 그림들이 있는가하면 유치원생이 그린 듯 비뚤한 그림체들도 보였다.

　지든은 자신의 방을 배경으로 어항 안에 금붕어 한 마리가 살고 있는 그림을 그렸다. 어항 안의 물은 검정색이라는 특징을 가지고 있었기에 금붕어는 더욱 빛나 보였다.

　치료가 종료되고 지든은 방으로 돌아갔다.

　"검은 물 안에 금붕어를 키워보고 싶다고 말했어요."

　다나는 물감으로 인해 검게 변한 물을 버리며 말했다.

　"금붕어를 좋아하고 금붕어를 키워본 적이 있대요."

　"거짓말일 거예요. 이 그림 또한 거짓일 수도 있어요."

　"정말 거짓일까요?"

　나의 단호한 대답에 그녀는 약간의 미소를 보여주며 말했다. 그녀의 미소는 읽기 힘들었다. 희망차 보이면서도 슬퍼 보이고, 행복해 보이면서도 힘듦을 감추는 것 같았다. 나는 그런 그녀의 오묘한 표

타협 163

정에 매료된 듯 넋 놓은 아이처럼 그녀를 쳐다보았다. 이에 다나는 약하게 웃음을 섞어 말했다.

"아마도 자신이 병원 안에 갇힌 걸 표현한 그림이라 생각해요. 배경을 자신의 방으로 하여 편안한 느낌을 주지만 사실은 그 방안이 아닌 어항 속 어두운 곳에 갇혀 생활하고 있죠. 병원은 형식적인 장소예요. 마치 어항처럼요. 금붕어가 살아가기 위해선 어항이 필요하죠. 그렇지만 어항 보다 중요한 건 물이에요. 어항은 없어도 물은 없으면 안 되잖아요? 그 물을 검게 표현한 걸 보면 병원이 자신을 구속하고 있다고 생각하는 걸 거예요. 이 어항만 벗어나면, 이 병원만 벗어나면 내가 가장 익숙해 하고 편안해하는 공간인데 말이죠."

다나의 말이 끝나자 꺼졌던 생각의 빛이 번쩍 켜졌다. 병원은 환자들을 치료하기 위해 만들어졌지만 알고 보면 당연히 형식적인 장소이고 환자들이 자유롭지 못하게 구속하고 있다. 혈액을 채취하고 약을 먹이며 격리실에 가두고 방치시키고 전기치료까지 강제적으로 하는데, 자유롭게 한다고 한들 어찌 자유로울 수 있을까? 이로부터 자유를 빼앗았는데, 자유롭게 돌아다닐 수 있다고 자유를 보장하는 것이 아니다. 이미 치료라 하고 뺏은 자유가 얼마나 많은가.

"그렇네요."

난 더 이상의 말을 할 수가 없었다. 지든의 말이 맞았다. 지든이 표현한 그림이 맞았다. 우리는 한참을 그림을 보며 많은 생각을 했다.

"지든과 루카스는 많이 달랐어요. 루카스는 조용히 저의 치료를 따랐다고 한다면 지든은 따르는 척 조용히 치료를 거부했죠. 그렇다고 지든이 치료를 아예 거부한 건 아니에요. 의사들을 따라 환자들을 도왔어요. 환자들과도 많이 친했고요. 가끔씩 마음에 들지 않는 것을 보면 부숴버리는 습관과 남의 물건이 마음에 들었을 때 가져오는 행동을 했지만 이런 행동들은 치료 과정에서 많이 좋아졌어요."

요한의 표정이 밝아졌다. 마치 자신의 일인 것마냥 웃어주었다. 그는 지금 자신이 웃고 있는 걸 알고 있을까? 이렇게 잘 웃는 사람인데, 왜 그런 힘든 삶들을 겪어 왔던 것인지. 지금 생각해 보면 참 웃기다. 그의 끝은 결국 좋았는데, 신께서 힘들게 살아왔으니 이제 쉬라며 주는 보상 같았는데, 왜 나는, 왜 나는 그렇게 쉽게 떠나신 건가요. 왜 나는 도와주지 못한 거죠? 신이 정말 있다면 하고 싶은 말이 참 많다.

"당신과 같은 선생님이 있다면 저는 정말 행복할 것 같아요. 만약 제가 어릴 때, 힘듦에 잠겨 있을 때, 당신을 만났더라면…… 그랬더라면, 분명 제 기억 속의 그 조각은 행복하지 않았을까요?"

요한은 자세를 고쳐 앉으며 말했다. 그의 입은 분명 웃고 있지만 눈에서는 슬픔을 비추었다.

"안녕하세요, 지든. 우리가 만난 지 벌써 네 달이 지났어요."

"시간이 벌써 그렇게 됐나요? 병원에서의 시간은 참 빠르네요. 분명 12살에 병원에 들어왔는데, 벌써 24살이니까요."

지든은 웃었다. 원해서 웃은 것 같지 않다. 분명 대화를 할 때에는 웃으라고 배웠겠지.

"그러게요. 혈액 채취나 받은 약이 힘들게 하진 않죠?"

"네, 전 만족해요."

그녀는 다시금 웃었다. 예의상 웃는 것 같은 감이 풍겼다.

점심시간, 지든과 로웰이 같이 있는 걸 보았다. 둘은 책상을 사이에 두고 의자에 앉아 마주 보며 이야기 했다.

"지든 씨, 병원에서 벗어나면 편할까요……?"

로웰은 평소보다 조심스럽고 처져 있었다. 아마도 맬러니의 인격이 아닐까?

"그렇겠죠."

지든은 오른손에든 커피를 홀짝이며 말했다.

"…… 병원은 너무 갑갑해요. 왜 우리를 가두는 거죠?"

"병원 밖의 사람들과 다르기 때문이겠죠."

"뭐가 다른 거죠? 전 남들 보다 조금 더 자존감이 낮을 뿐이에요……. 이게 틀린 건가요?"

맬러니는 곧 울 거 같은 표정으로 지든에게 물었다.

"저도 제가 무엇 때문에 이곳에 있는지 모르겠어요."

지든은 무표정을 유지했다. 최대한 웃으며 얘기하려는 것 같았지만 무표정이 지든과 가장 잘 어울렸다.

둘은 계속 병원에 대한 이야기를 주고받았다. 시간이 지나고 그들은 복도를 지나가는 카벤과 마주쳤다.

"안녕? 멍청한 환자님?"

카벤은 능글맞은 표정으로 로웰에게 인사를 건넸다. 카벤을 본 로웰은 고개를 숙이고 그의 눈을 피했다. 지든이 그를 쳐다보자 그는 지든에게도 인사를 건넸다.

"안녕, 지든."

"안녕하세요."

"이번에 네 담당 치료사는 어때?"

카벤의 물음에 지든은 아무런 반응을 하지 않았다. 한참을 카벤을 쳐다본 후에야 대답했다.

"엄청 좋아요. 상대를 잘 배려해 주셔서 기존의 의사들과는 차원이 다르더라고요."

약간의 과정을 섞어 말했다. 지든의 대답에 카벤은 표정을 굳히고 고개를 갸웃거렸다.

"아, 그래?"

카벤과 난 눈이 마주쳤다. 시선을 내게 고정시킨 채로 지든에게 말했다.

"그 의사 말이야, 이해하는 척하지 마."

카벤은 날 노려보았다.

**＊＊＊**

"지든과 마지막 면담을 끝내고 그녀는 다른 담당 치료사에게로 갔어요. 아쉽기도 했지만 한 편으로는 화도 나더라고요. 코빈을 치료하기 싫어 저에게 떠넘기는 의사들을 보고 화가 났어요. 아, 때마침 새로운 의사가 들어왔더라고요. 병원에서 의사를 고용하는 것에 대해서는 반대 의견이 많았는데 말이죠. 어찌나 다를까 그 사람은 자격증이 없었어요. 말 그대로 낙하산이었죠. 원장도 그 사람을 반가워하진 않았지만 의사로 온 사람인데 어쩔 수 없잖아요. 그렇게 제가 하는 업무를 보면서 그 의사는 배웠어요."

"왜 그 의사는 빅터의 후배로 들어간 거죠?"

요한이 인상을 쓰며 물었다. 마치 자신의 일인 거마냥 짜증을 내주니 내심 기뻤다.

"제가 담당 치료사를 중단하고 업무를 맡았거든요. 병원에 처음 들어오자마자 바로 치료를 하느라 업무를 못했어요. 근데 업무처리가 담당 의사 일보다 더욱 힘들더라고요……. 정말 매일매일 쉴 틈 없이 노트북만 들여다본 것 같아요."

"마감 전날 일하는 저희 회사 직원들이 생각나네요."

아만다는 웃으며 말했다.

"회사 운영을 하시는 건가요?"

요한이 물었지만 아만다는 대답 없이 사랑스럽게 웃고 있었다.

"그래서 그 의사는 당신한테 피해 주는 거 있었어?"

캐시가 질문했다. 피해라…… 당연하지. 내가 그 인간 때문에 얼마나 힘들었는데.

"웃기게도 정말 아무것도 모르더라고요."

나는 그때의 상황이 다시 생각났다. 어이없기도 하고 화가 나서 소리 내어 웃었다.

＊＊＊

"선배, 이거 어떻게 하는 거예요?"

제이콥이 자료를 내밀며 물었다. 제이콥과 나는 같은 방에서 업무를 수행했다. 같은 방을 사용하니깐 정말 쉴 틈 없이 들어오는 질문에 머리가 터질 거 같았다.

"기본적인 걸 모르면 어떡해요~ 관리실에 가서 찾아보세요. 기본적인 자료들은 다 모아뒀으니까요."

화를 참고 최대한 부드럽게 말했다. 그럼에도 불구하고 그는 서운했는지 입을 모으고 내밀었다.

제이콥은 밝은 갈색 계열의 머리카락을 가지고 있다. 곱슬이라 그런지 머리는 귀여웠다. 하얀 피부에 키는 170도 안 되는 거 같아 처음에는 제이콥이 귀엽게 느껴졌다. 하지만 그 귀엽고 순수한 외모만큼 머릿속도 매우 순수했다. 정말 든 것이 아무것도 없었다.

제이콥은 쉴 새 없이 질문했다. 안 그래도 많은 업무 때문에 힘든데 제이콥 덕분에 힘든 것이 두 배가 됐다. 제이콥 때문에 집에서 업무를 수행하는 날도 많았다. 그럴 때마다 그는 전화를 해서 질문했다. 때문에 집에 있는 대부분의 시간을 휴대폰을 꺼두었고 원장을 포함한 병원 내의 전화 와 에일리의 전화까지도 다음날 아침이 돼서야 볼 수 있었다.

"선배, 선배, 내일 환자에게 어떤 질문을 할까요?"

내가 업무실로 들어서자 가장 먼저 하는 말은 질문이었다. 인사가 아닌 질문.

"그건 의사가 스스로 생각하는 거예요. 그 상황에 맞게 질문하세요."

"근데…… 그걸 못하겠어요. 그 상황을 어떻게 봐요? 상황별로 할 말을 정리한 표 같은 건 없나요?"

미친. 생각하는 꼬락서니가 어떻게 이런 거지? 도대체 무슨 생각을 해야 저런 발상이 나올까?

"표 같은 건 당연히 없죠~"

최근에 잠을 설쳐서 인가 머리가 아팠기에 예민한 상태이다. 많은 업무 때문에 쌓였던 스트레스의 탑이 더욱 높게 쌓이는 걸 느꼈다. 최대한 화를 욱여넣고 웃음을 섞으며 말했다.

"환자들의 심리를 생각해 보세요. 우리 어릴 때 많이 배웠던 거 같은데."

비웃는 걸 눈치챘는지 제이콥이 말했다.

"음…… 알았어요. 일단, 알았다는 거예요. 솔직히 이해는 못했어요. 저는 이곳에 처음 왔잖아요. 이 병원이 제 인생에서 처음 일하는 병원이고요. 너무 비웃진 말아 주세요."

어이가 없었다. 나도 반년 전, 이 병원에 처음 왔다. 선배도 없었고 나 혼자 그 힘든 루카스를 상대했는데, 네가 그런 말을 하면 안 되지. 약간의 인상을 찡그렸다. 그러자 제이콥은 급하게 방을 나갔다.

**＊＊＊**

요즘 지든을 자주 마주쳤다. 마주칠 때마다 지든은 인상을 찡그리며 종이를 찢고 있었다. 아마도 카벤 때문인 듯했다. 카벤은 항상 무섭게 미소를 띠며 다녔다.

"선배 있잖아요. 오늘 제 환자가 환청이 들린대요. 갑자기 어떤 남자가 저를 믿으면 죽을 거라고 소리쳤대요."

제이콥의 환자도 루카스처럼 조현병을 가지고 있었다.

"그래서요?"

"어떻게 해요?"

"뭐를요?"

제이콥은 잠시 머뭇거렸다.

"어떻게 치료해요?"

그의 질문을 듣고 난 미소를 지었다. 절대 기분이 좋아서 만든 미소가 아니었다. 화가 난 것을 감추기 위해 입꼬리를 올렸다.

"혈액 채취는 하고 계시죠?"

"혈액 채취요? 피 뽑는 거요?"

반응을 보니 안 한 듯하다.

"설마 이거 피 뽑으라고 준 거예요?"

제이콥은 작은 관과 연결된 주사기를 꺼냈다.

"당연하죠. 이건 학생 때 배우던 거예요. 혈액 채취를 안 하면 어떡해요. 그럼 처방은 어떻게 했나요?"

"그냥, 조현병이라고 하니깐 원장님께서 약을 주셨어요."

"…… 그렇군요."

제이콥은 한동안 말이 없었다. 그는 시무룩한 표정을 지으며 노트북을 들여다봤다.

퇴근길 에일리와 통화를 하면서 제이콥에 대한 이야기를 했다.

"에일리, 이번에 내 후배로 들어온 의사 기억나요?"

"어. 왜?"

"너무 힘들다. 정말 아는 게 하나도 없어. 10가지가 있으면 그걸 다 처음부터 하나하나 알려줘야 하는데 어떡하지."

한숨을 쉬며 물었다. 에일리도 전화 너머로 한숨을 쉬더니 말을 이었다.

"하, 우리 허니 너무 힘들겠다. 정신병원에서 일하는 거 진짜 대단해. 난 죽어도 못할 거 같은데. 그 의사 어떻게 못 떼어내?"

"엘라한테 물어봤어. 근데 조금만 참으래요. 어차피 견학한 거니까."

"뭐야? 견학이었어? 근데 왜 환자를 치료해?"

에일리는 화내며 물었다.

"견학이라 하긴 했지만 정직원이 된 거 같아요. 전에 말했듯이 낙하산 탄 거니까."

"아이고…… 세상 참 잘 돌아가네."

에일리의 목소리가 약간 흐려졌다. 그 순간 시끌벅적한 소리가 나더니 누군가와 말하는 듯한 소리가 작게 들렸다. 분명 남자 목소리이다.

"허니, 잠시만~"

에일리는 한참을 그 목소리와 대화했다.

"미안 자기야."

"괜찮아요. 근데 밖이야?"

"응, 저번에 목공예 한다고 했잖아~"

"목공예?"

"그래, 목공예. 일하느라 제대로 못 들었나보네."

목공예를 하는데 왜 지금까지 밖인 거지? 지금은 새벽이 아닌가.

"자기야, 근데 지금은 너무 늦지 않았어요?"

나의 질문에 에일리는 왜 그러냐는 듯 말했다.

"원래 이 시간까지 있었잖아. 허니가 평소보다 일찍 전화 걸었네."

"지금 새벽 1시인 거 알고 있죠?"

"알고 있어요~ 원래 1시 반에 들어갔잖아."

초조해져서 가슴이 뛰었다. 이 시간까지 밖에서 누구랑, 몇 명이랑, 어디서 하는 건데? 아까 그 남자는 누군데? 그 남자 말고도 다른 남자는 있어? 묻고 싶은 질문이 많았다.

"걱정하지 마요. 지금까지 쭉 별일 없었고 앞으로도 별일 없을 거야."

"자기야, 근데……."

"사랑해요~"

에일리는 다급하게 사랑한다는 말을 끝으로 전화를 끊었다.

일주일 뒤, 평소와 같이 병원에 출근했다. 업무실로 들어갔고 들어가자마자 반기는 건 제이콥의 물음이었다.


"선배, 오늘은 환자가 면담을 거부했어요. 무슨 일이 있는 건 아니겠죠?"

평소와 같이 제이콥이 질문했다. 이미 제이콥의 질문에 익숙해진 상태라 딱히 화가 난다거나 짜증이 난다는 등의 감정은 크지 않았다.

"요즘 부쩍이나 면담을 많이 했잖아요. 환자도 힘들었거나 오늘 하루는 쉬고 싶은가 봐요."

"그런가……."

제이콥은 조용히 중얼거렸다.

"선배, 그럼 이건 어떻게 해요?"

노트북을 가리키며 질문했다. 난 평소처럼 대답해 주었다. 분명 답답해하고 화나야 하는데 요새 들어 제이콥보다 더 중요한 게 있다. 분명 지금쯤 에일리한테서 답장이 와야 하는데, 초조한 마음에 눈동자를 빠르게 굴렸다.

"오늘은 왜 이렇게 연락이 없는 거야……."

혼잣말을 어떻게 들었는지 제이콥이 질문했다.

"선배, 왜요?"

흔한 오지랖이다.

"아무것도 아니에요."

오늘은 오후가 돼서도 에일리의 연락을 받지 못했다. 대체 무엇을 하기에 아직까지 연락이 없는 거지? 초조한 마음에 계속 휴대폰을 들여다봤다. 계속 다리를 떨었고 전화를 할까 말까를 수십 번 고민했다.

"빅터, 괜찮아요?"

멀리서 지켜보던 엘라가 질문했다.

"아…… 괜찮아요."

"무슨 일 있으면 말씀하셔야 해요. 그래야 일하는 데 방해되지 않잖아요~"

"네, 감사합니다."

다른 사람이 봤을 때 너무 티가 났나……. 사실 엘라의 말이 귀에 잘 들어오지 않았다. 빨리 대화를 끝내고 에일리에 대해 생각하고 싶었다. 대체 뭘 하길래 내 연락을 보지 않는 거야……

집에 돌아가는 길, 평소처럼 차 안에서 에일리에게 전화를 걸었다. 오늘은 걱정되는 마음에 12시에 퇴근했다.

제발, 제발 받아…….

"여보세요?"

"자기야, 뭐해요? 오늘 왜 이렇게 연락이 없어."

"오늘은 일찍부터 목공예를 했거든. 미안 허니, 배터리가 없어서 충전하느라 연락이 안 됐나 봐."

변명이라도 상관없다. 에일리와 대화를 나누니 이제야 긴장한 근육들이 풀리고 편안해졌다. 안도의 한숨을 내뱉었다.

"걱정했잖아요……."

"뭐야. 우리 허니, 걱정했어?"

에일리는 뭐가 재밌는지 웃으며 물었다.

"당연하죠. 하루 동안 아무런 연락이 되지 않는데 어떤 남편이 걱정을 안 해요?"

"음, 아직 빅터는 내 남편이 아닌데?"

뭐라고? 지금 장난할 때인가.

"장난치지 마요. 내가 얼마나 걱정했는데."

"맞잖아요, 허니는 아직 내 남자친구인데."

"알았어요. 오늘은 데리러 갈 테니깐 기다려요."

"좋아, 전화할 때 와줘. 사랑해."

에일리가 몰래 바람을 피우는 게 아닐까라고 생각한 나 자신이 창피해졌다. 그럴 리가 없지, 그 아이가 나를 얼마나 사랑하는데.

* * *

"에일리가 목공예를 한다며 집을 비우는 시간들이 많아졌어요. 이 말은 하기가 창피하긴 하지만 사실 저는 에일리 보다 일이 더 중요했어요. 에일리를 엄청 사랑하지만 그때는 일이 더 중요했죠."

나는 쓸쓸하게 웃었다. 사실 후회됐다. 도대체 일이 뭔데 나를 사랑해 주는 사람보다 중요했는지, 그 때로 돌아간다면 그런 행동은 하지 않았겠지. 이야기할 때 잘 들어 줄걸. 일 때문에 내 약혼녀가 무얼 하는지, 무엇에 흥미를 느꼈는지조차 모르는 게 창피하다.

"당연히 사랑보다 일이 중요하지."

캐시가 한숨을 쉬며 중얼거렸다.

"사랑이 뭐가 중요하다고."

"하하, 그렇죠."

마음에도 없는 말이다.

"이야기의 본론은 이제 시작이라 해도 될 거 같아요. 제가 1년 동안 열심히 일한 것들이 한순간에 물거품이 돼 버렸거든요."

아테를 쳐다보며 말했다. 아테는 여전히 감정 하나 섞이지 않은 표정으로 나를 쳐다봤다. 저 아무 감정 없는 표정이 마치 그때의 코빈과 똑 닮았다. 나는 작게 호흡했다. 순간 욱한 기분을 가라앉히고 이야기를 진행했다.

＊＊＊

회의를 하다 결국 나는 코빈의 담당 치료사가 되었다. 내가 될 것이 뻔했다. 딱히 기대도, 실망도 하지 않았다.

"저는 코빈이 어떤 환자인지 몰라요."

나의 말에 엘라를 포함한 의사들이 동시에 나를 쳐다봤다.

자료도 없고 찾을 방법도 없는데 어떡하라고.

어이가 없었기에 마음속으로 웃었다.

"코빈에 대해 찾아보지 않으셨습니까?"

카벤의 담당 치료사가 질문했다.

"관리실, 자료실에서 자료를 찾아보려 했어요. 그런데 없더라고요. 아예 코빈이란 환자의 자료를 담는 통이 안 보였어요."

의사들은 갸우뚱한 표정을 지었다. 몇몇은 엘라를 쳐다보며, 엘라가 말하기를 기다렸다.

"제가 가져갔어요. 저한테 있으니까 회의 끝나고 원장실에서 뵙죠."

엘라는 웃음기 빠진 얼굴로 말했다. 지금 그녀는 매우 진지하다. 엘라가 미소를 빼고 말하는 건 이번에 처음인 것 같았다.

회의가 끝나고 곧바로 엘라와 함께 원장실로 갔다.

"여기 코빈에 대한 자료예요."

종이를 한 장 넘겨봤다. 코빈, 20살이고 병원에 들어 온 나이가 16살, 흑발에 흑안이고 댄디컷에 병명이…… 아크로토모필리아?

"맞아요. 보셨다시피 코빈은 필리아를 가지고 있어요."

"…… 그렇네요."

매우 당황했다. 이 병을 가진 환자가 여기에 있다니. 그보다 대체 어떻게 이 환자를 방치할 수가 있는가?

"이 병에 대해선 알고 있을 거라 생각해요. 오늘 코빈을 만나보도록 하세요."

엘라는 약간의 미소를 띠우며 말했다. 분명 웃고 있지만 날 걱정하는 듯한 표정이었다. 그리고 그녀는 나에게 열쇠를 쥐어주었다.

"알겠습니다."

원장실에서 나와 바로 코빈이 있는 방으로 향했다.


코빈의 방은 복도를 한참을 걸어서야 나왔다. 다른 환자들의 방과는 떨어져 있었고 문은 체인으로 잠겨 있었다. 난 떨리는 마음을 가지고 아까 받은 열쇠로 체인을 풀고 코빈의 방 안으로 들어갔다.

방문을 열자 조용히 밖을 쳐다보고 있는 코빈이 보였다. 코빈의 방은 온통 검은색이었다. 의자, 커튼, 침대, 이불, 책상, 벽지, 심지어는 거울 또한 어두웠다. 정말 짧은 시간이었지만, 코빈과 눈을 마주치기가 너무 두려웠다. 기괴하고도 소름 돋는 표정을 짓지는 않을까? 이상한 말로 나를 당황시키면 어떡하지? 두려운 마음을 억지로 모르는 척하고 그와 눈을 마주쳤다. 코빈과 눈이 마주치자 코빈은 이세상 살면서 보지 못한 아름다운 웃음을 지으며 나를 바라봤다. 정말 행복해 보였다.

"안녕하세요?"

코빈이 실실대며 말했다. 약간 놀랐지만, 다행이라는 생각이 들었다. 이 병을 가진 환자를 직접 마주하는 건 처음이라 두려웠는데 생각보다 밝게 인사해 줬기 때문이다. 아까까지 너무 고정관념을 가지고 이 아이를 생각했다는 것에 나 자신이 부끄러워졌다.

"안녕하세요?"

"선생님이시죠? 존댓말 안 쓰셔도 돼요! 전 그게 더 편하거든요. 아, 그리고 이거 이제 풀어주실 건가요?"

코빈은 자신의 두 팔을 얼굴 앞에다 올려 보였다. 수갑이 그의 팔목을 감싸고 있었다.

"매번 이렇게 수갑을 차고 있었던 거야?"

"네, 수갑을 채우지 않으면 큰일 난다고 하는 대화를 들었어요."

"속상했겠어. 그래도 그렇지, 어떻게 수갑을 채울 생각을 했을까?"

"히히. 그날은 헤나를 보느라 속상하진 않았어요. 전 헤나만 보면 너무 행복하거든요."

"헤나?"

"헤나를 모르시나요?"

코빈은 귀엽게 고개를 갸우뚱했다.

"헤나는 제가 좋아하는 아이예요. 전 진짜 그 아이를 사랑해요."

"헤나라는 아이, 혹시 팔이나 다리 중 절단된 곳이 있니?"

"맞아요! 어릴 때 사고로 오른팔의 반쯤을 잃었어요. 팔꿈치까지 절단 수술을 했대요."

아크로토모필리아는 신체의 일부가 절단된 사람을 보고 성적 매력을 느끼는 병이다. 이 정도만 진행되면 좋겠지만 이 병은 그 사람을 보고 그 사람처럼 되기 위해서 자신 또한 절단을 시도한다. 그래서인지 혈액 채취 과정에서 본 코빈은 손가락과 팔, 다리에 흉터가 많이 있었다.

"헤나에 대해서 알려줄래?"

"헤나는 생각만 해도 흥분돼요. 진짜 저만큼 그 아이를 좋아하는 사람은 없을 거예요."

코빈은 다리 위에 올려둔 베개에 입을 파묻고 눈을 찡그리며 웃었다.

"전 정말 그 아이를 사랑해요."

코빈은 헤나를 사랑한다는 말을 여러 번 반복했다. 헤나에 대해서는 따로 조사해야 할 것 같다.

"참, 선생님! 내일도 헤나를 만나요. 정말 벌써부터 행복해지려 해요."

"그래? 좋아하는 사람을 보면 행복하지. 선생님도 사랑하는 약혼녀가 있어. 나도 그 사람만 보면 행복하단다."

"우아! 약혼녀요? 선생님 몇 살이신데요?"

"…… 32살이야."

"헉!"

코빈은 놀란 표정을 지었다.

"선생님 굉장히 동안이시네요."

코빈은 뭐가 그리 좋은지 웃으며 말했다.

"고마워."

* * *

"아크로토모필리아라는 병을 가진 환자를 직접 보는 건 처음이었어요. 설레기도 했지만 무섭기도 했죠. 하지만 제 예상과는 다르게 코빈은 매우 밝았어요. 웃음이 많았고 함께 있으면 저도 행복해졌죠. 오랜만에 담당치료사를 만난 거라 더 행복해 보이기도 했어요. 말을 엄청 많이 하더라고요."

"맞아요. 팔을 자르는 걸로 성적 쾌락을 느낀다는 걸 책에서 본 거 같아요."

아만다가 미소를 지으며 말했다.

"아포템노필리아예요. 그것도 필리아의 종류죠."

그녀의 말에 나는 웃으며 대답했다.

"헤나는 어릴 때 교통사고로 팔을 절단하게 됐어요. 원래는 팔 한쪽 전체를 절단해야 했지만 운 좋게도 헤나의 집안은 좋았어요. 좋은 병원에 가서 반만 절단하게 됐죠. 알고 보니 코빈과 헤나는 소꿉친구더라고요. 이후로 코빈의 짝사랑이 시작됐어요. 공교롭게도 헤나는 코빈이 자신을 짝사랑하고 있는 것도, 코빈이 병원에 왜 들어왔는지도 모르더라고요.

헤나는 정말 착한 아이였어요. 제가 코빈의 담당 치료사인 걸 알자, 코빈을 잘 부탁한다고 하더라고요. 코빈과 헤나가 둘이서 노는 건 정말 예뻤어요. 마치 천사들이 지상에 떨어진 것 같았다니까요? 밝은 아이들 둘이서 노는데 제가 다 행복하더라고요."

그때의 상황을 생각하면서 미소를 지었다.

"얘기 중에 미안한데, 제이콥이라는 의사는 어떻게 됐어?"

캐시는 조심스럽지만 날카롭게 굳은 표정을 유지하며 질문했다.

"아, 제이콥은 잠시 쉬기로 했대요. 저도 정확히는 모르는데 그 당시에는 제이콥이 사라졌다라는 것만으로도 행복했거든요."

캐시는 작게 "아."라고 말하며 옆을 보았다. 옆에 앉은 아테는 지루한지 하품을 했다.

"그리고 코빈과 두 번째 면담을 진행했어요."

* * *

코빈은 창밖을 쳐다보며 싱글벙글 웃고 있었다.

"뭐가 좋아서 웃고 있어?"

"선생님!"

코빈은 나를 발견하자 웃으며 손을 뻗어 내게 주었다. 풀어 주었던 수갑이 다시 코빈의 팔에 채워져 있었다. 간단하게 혈액 채취를 하고 수갑을 풀어 침대 위에 올려 두었다.

"선생님, 이 병원에 키 크고 잘생긴 사람 있나요? 엄청 짙게 잘생겼어요."

키 크고 잘생긴 사람이라, 카벤이 가장 먼저 떠올랐다.

"백발이었는데, 적안인 게 너무 예뻤어요."

"검은 목티 입으신 분 맞니?"

"맞아요! 그분이에요! 그 형 이름이 뭐예요?"

"환자 맞으셔, 근데 아쉽지만 이름은 알려 줄 수 없을 거 같아."

내 말을 듣자 행복하게 웃고 있던 코빈은 조금씩 울상을 지으며 '왜?'라는 표정을 보여주었다.

"환자들끼리의 정보는 비밀이야."

"왜요? 적발인 누나와 황톳빛 머리의 곱슬 누나는 항상 같이 다니던데요? 둘 다 환자잖아요. 병원복 입은 걸 몇 번 봤어요."

지든과 로웰을 말하는 것 같았다. 사실 코빈과 다른 환자의 접촉이 불가능한 상태이다. 이 사실을 말하면 슬퍼하겠지. 슬프지만 어쩔 수 없다. 병원 규칙을 지켜야…… 아, 허락을 받으면 괜찮으려나?

"환자한테 물어볼게."

카벤에게 말을 건넬 생각에 살짝 귀찮긴 했지만 내 환자가 부탁하는 것이니 감안해야겠지.

"정말요? 감사해요, 선생님! 그 형한테 꼭 한 번 만나보고 싶다고 전해 주세요! 그리고 엄청 잘생겼다고 해주세요!"

코빈은 이내 싱글벙글 웃으며 다시 창밖을 바라보았다.

"알았어. 근데 그 환자는 왜?"

창밖을 보던 코빈은 다시 나를 쳐다봤다. 뭘 상상하는지 위쪽을 바라보며 미소를 띠었다.

"너무 멋있잖아요. 잘생겼는데 키까지 크고. 여기에 운동할 수 있을 만한 장소가 있나요? 그 형은 몸까지 좋아 보이던데."

운동할 수 있을 만한 장소라…….

"1층에 헬스장이 있어."

"우아, 헬스장이요? 이 병원 엄청 좋구나……."

코빈은 다시 창밖을 바라봤다.

"선생님! 그 형 지나가요!"

창밖에는 운동을 하고 돌아가는 길인지 머리가 젖어 있는 카벤을 볼 수 있었다.

"그럼, 선생님은 이만 가볼게."

코빈의 방문을 닫고 급하게 카벤에게로 달려갔다.

"뭐야, 의사 양반. 왜 이렇게 헉헉 대?"

달려오면서 한 번도 쉬지 않았더니 숨이 찼다. 잠시 동안 숨을 고르고 말했다.

"카벤씨, 복도 끝 쪽에 있는 환자에 대해서 아시나요?"

카벤은 눈살을 찌푸리며 고개를 약간 오른쪽으로 돌리더니 이내 다시 나를 쳐다봤다.

"내가 그 환자에 대해서 알든 말든 당신에게 말해 줄 생각은 없는데?"

그는 웃음을 섞어 말했다. 와중에도 땀에 젖어 잘생긴 얼굴이 너무 재수 없었다.

"재수 없네요."

"하하, 그런 소리 많이 듣죠."

"그 아이가 당신을 보고 싶어 해요. 그 아이를 만날 생각이 없나요?"

"왜 만나야 하지? 난 병신 같은 병원에서 병신같이 구는 환자들은 딱히 보고 싶지 않거든."

"당신이 너무 잘생겼대요."

"그런 말은 충분히 많이 들었어. 나는 당신이랑 상관하고 싶지 않아."

"정말 안 되는 건가요?"

간절한 마음에 가슴 졸이며 다시 물었다. 그러나 그는 냉소를 지으며 고개를 까딱일 뿐이었다.

카벤은 땀 때문에 내려온 앞머리를 쓸어 넘기며 말했다.

"미안하지만 의사 양반, 가줬으면 좋겠어. 계속 그러면 화가 좀 날 거 같거든."

화가 난다는 소리에 흠칫했다. 저번에 회의실에서 카벤의 행동이 생각났기 때문이다. 정말 더 이상 부추긴다면 나한테 돌을 던질 수도 있을 거라 생각했다.

"알겠어요. 생각이 바뀌면 알려주세요."

"생각이 바뀔 일은 없을 거 같네~"

카벤은 뒷모습을 보이며 말했다. 혼잣말인지 들으라고 한 소리인진 모르겠지만 코빈에게 어떻게 이 사실을 알려야 할지 고민이다. 분명 실망하겠지…….

"안녕하세요, 선생님."

코빈은 평소와 같이 침대에서 나를 마주했지만 평소보다 빨간 얼굴을 했다.

"선생님, 저 좀 도와주세요."

평소보다 숨소리 또한 거칠었다.

"선생님, 저 미치겠어요. 너무 흥분돼요. 저 좀 도와주세요."

코빈은 내 팔을 잡았다. 코빈의 팔은 엄청 떨렸다.

"선생님, 칼 좀 주세요. 칼이나 가위나 아무거나……. 제가 팔을 자를 수 있게 도와주세요."

코빈은 몸을 들썩이며 말했다.

"안 돼. 너 지금 어떤 상태인지 알아?"

"수갑. 수갑 먼저 풀어주세요, 선생님."

코빈의 목소리는 떨렸다.

"안 돼. 의사 선생님을 불러올게. 기다려."

"선생님은 제 편이라면서요! 저를 믿는 다면서요! 제가 편하게끔 도와준 다면서요!"

평소와는 너무 다른 모습이었다. 해맑게 웃으며 말하던 코빈은 어딘가로 사라져버리고 흥분한 코빈이 내 앞에 있다. 어떻게…… 어떻게 해야 하지? 가슴이 떨려 왔다. 동공이 커지는 것이 느껴졌고 들썩이는 입술을 빠르게 꽉 깨물었다. 나 또한 코빈에 맞춰 숨 쉬었고 빨라진 심장 고동이 귀를 세게 두드렸다.

"널 위한 거야. 널 도와주기 위해서 제재시키는 거고."

어쩔 수 없이 가장 뻔한 말을 했다. 이때 코빈의 표정은…… 아, 안 돼. 코빈, 울지 마……. 제발.

"다 날 위해서래……. 죽을 거 같은데 날 위해서래. 이게 뭐가 날 위한 거야. 이 감옥 속에서 도대체 날 위한 게 뭔데?"

코빈은 이불을 꽉 쥐며 떨었다. 두둑두둑 이불 위로 떨어지는 그의 눈물이 내 가슴 또한 슬픔에 적셨다.

"잠시만 기다려. 곧 너를 도와줄 사람이 올 거야."

이 말을 끝으로 코빈의 방에서 나왔다.


의사들이 소동하고 한참 뒤, 엘라가 나를 불렀다.

"올라가 봐요, 빅터. 코빈에게 헤나와의 약속은 취소했다고 전해 주세요."

엘라의 말이 끝나기 무섭게 바로 코빈의 방으로 달려갔다. 코빈은 내가 처음 로비에서 본 카벤과 같은 모습을 하고 있었다. 팔 다리가 침대에 묶여 있는 모습. 마취를 해서인지 다행히 발버둥 치거나 소리를 지르진 않았다.

"선생님?"

코빈이 나를 바라보았다.

"깼어?"

"죄송해요."

나의 말에 대답하지 않고 사과를 꺼냈다. 이런 코빈이 너무 안 돼 보였다.

"괜찮아, 미안해할 거 없어."

"헤나는요? 오늘 헤나랑 약속이 있어요."

"돌려보냈다고 하서. 걱정 마, 아무런 말 안 하고 잘 돌려보냈으니까."

"…… 내가 오늘을 얼마나 기다렸는데."

우리는 잠시 침묵을 가졌다. 서로 생각을 정리했다.

"코빈, 우리 이렇게 할까? 절단에 대한 욕구를 너 스스로가 자제시키는 거야. 선생님이랑 운동 한번 해볼래?"

"운동요?"

코빈은 조심스럽게 되물었다.

"그래, 운동. 운동을 하면 백발에 키 크고 잘생긴 형도 볼 수 있어."

"정말요? 운동해요, 저희."

금방이라도 울 것 같은 코빈의 표정은 카벤을 볼 수 있다는 말에 금방 밝아졌다.


일주일 동안을 코빈에게 약을 먹이고 흥분을 가라앉혔다. 일주일 동안 우리는 운동할 시간이 없었다. 약을 먹이지 않는 날이면 그날보다 더욱 흥분한 상태로 울부짖었고 의사들은 하는 수 없이 약을 먹이게 됐다. 요즘 회의도 부쩍 늘었는데 하나같이 다 코빈에 대한 이야기였다.

"코빈에게 약물을 투여하지 않자 더욱 흥분하는 걸 못 보셨습니까? 약을 끊으라뇨! 약을 끊으면 저 아이는 죽을 만큼 괴로워할 겁니다."

카벤의 담당 의사가 소리치면 다른 의사들도 소리쳤다.

"코빈이 저렇게 된 건 다 약 때문이에요! 더 심해지기 전에 지금이라도 끊어야 하지 않겠습니까?"

헤나에 대한 이야기도 나왔다. 헤나를 보면 코빈이 어떤 반응을 할까.

"코빈은 헤나를 보면 더욱 흥분할 겁니다. 애초에 아크로토모필리아를 가진 환자에게 절단된 환자를 만나게 하는 것부터 잘못된 겁니다."

"코빈은 헤나를 보고 싶다고 했어요. 헤나를 만나야 살 거 같다고 했죠."

난 헤나를 만나게 하는 쪽이었다. 코빈이 더욱 흥분하지 않을까라는 생각을 하기도 했지만 헤나를 보면 다시 웃음을 찾을 수 있을 거라 생각했다.

이렇게 의논을 하는 사이 일주일이 또 흘렀다. 일주일이 흘렀는데도 아직까지 우리는 아무런 대책을 찾지 못했다. 그 사이 여러 차례 코빈과의 접촉을 요구했지만, 매번 거절당했다. 그렇게 시간은 계속 흘렀고 우리는 방황하며 갈 길을 찾지 못했다.

"선생님, 코빈과 대화를 나눠보는 것이 어떨까요?"

회의가 끝나고 의사들이 거의 빠져나가자 남아 있던 엘라가 물었다.

"제가 코빈의 방에 들어가게끔 해 달라고 했을 때 거절하셨지 않았나요? 이제 와서 코빈의 방에 들어가 달라는 거 무슨 소리죠?"

엘라는 눈을 내리며 말했다.

"저도 어쩔 수 없었어요. 위에서 시키는 대로 할 수밖에 없었다고요. 코빈을 만나주세요, 선생님."

엘라의 떨리는 목소리는 간절했다. 나는 더 이상 뭐라 할 방법도 없이 빠르게 코빈과 면담 약속을 잡았다.

"안녕, 코빈?"

평소와 같이 코빈의 방문을 열고 들어섰다. 캄캄한 방 안은 언제 봐도 적응이 안 됐다.

"흐윽……. 윽, 으아…….."

"코빈?"

급하게 코빈이 있는 침대로 고개를 돌렸다. 침대와 연결된 끈은 어떻게 풀었는지 코빈의 팔은 자유자재로 움직일 수 있었고 이 기회를

틈타, 유리 조각으로 팔을 자르고 있었다. 오른쪽 팔에서는 검은 방 안에서 유일하게 붉은 피가 흘러나오고 있었다. 검은 거울은 깨져서 침대 옆을 뒹굴고 있었다.

"코빈! 그만둬!"

코빈의 팔을 떼고 빠르게 침대 위에 있는 수갑을 채웠다.

"기다려, 금방 올게."

난 바로 의사들을 부르러 갔다. 멀리서 코빈이 절규하며 소리 지르는 소리가 들렸다. 끔찍하고 소름 돋았지만 애써 무시하고 계속 달렸다.


"괜찮아요, 선생님?"

로웰의 담당 치료사가 물었다. 나는 대답하지 못했다. 항상 밝게 웃던 코빈이 그런 표정으로 그런 행동을 하니 충격이 가시질 않았다. 한동안 그때의 상황이 계속 떠올랐다. 지우고 싶었지만 잊히질 않았다. 그 충격 때문에 코빈을 다시 볼 수가 없었다. 무서웠다.

"그 상황은 엄청 충격적이었어요. 엘라도 인상을 쓰며 봤죠."

근육인지 피부일지 모를 만큼 살이 파이고 피가 흘렀는데 누가 그 장면을 보고 인상을 쓰지 않을까.

"마취제를 놓고 코빈을 잠재웠어요."

"…… 그렇군요."

"진정이 되면 한번 올라가 보세요. 코빈이 선생님을 기다리고 있어요. 선생님께 죄송하다고 엄청 울더라고요."


몇 시간이 지났을까 창밖을 봤을 땐 이미 해가 저 있었다. 코빈의 방처럼 밖도 어두웠다. 다시금 그때의 생각이 떠올랐다. 끔찍했지만 시간이 약이라더니 금세 괜찮아졌다. 마음이 진정되자 바로 코빈의 방을 향해 달려갔다.

코빈의 방은 여느 때와 같이 굳게 닫혀 있었고 난 용기를 내어 문을 열었다. 그 장면이 다시 보일까 무서웠다. 심장이 빠르게 뛰었다. 고개를 들면 코빈은 팔 다리가 침대에 묶인 채로 있지 않을까. 그때처럼 나보고 도와달라고, 자신의 편이 아니냐며 흥분하면서 소리치는 코빈이 있지 않을까. 그러나 나의 생각과는 반대로 코빈은 조용히 침대 위에 누워 있었다. 엘라는 코빈의 손을 꼭 잡고는 침대에 얼굴을 묻히고 있었다. 주변에 있는 몇몇의 의사들은 한숨을 내쉬거나 조용히 눈물을 훔쳤다.

왜? 분위기가 왜 이런데? 아니지? 아닐 거야…… 아니어야 해.

아무런 생각이 들 시간도 없이 내 두 다리는 코빈을 향해 달려갔다. 달려가는 그 짧은 순간 동안 난 터질 것 같은 간절함 때문에 미간을 찌푸렸다.

"코빈, 선생님 왔어. 선생님 찾았다면서. 눈 좀 떠봐. 응?"

코빈의 표정은 이 방 안의 사람들 중 누구보다도 차가웠다. 항상 밝은 코빈이었는데, 항상 웃음을 유지했는데, 항상 친절하게, 따뜻하게 대해 주었는데, 그런 그의 표정이 굳었고 얼음보다도 차가운 얼굴을 내게 보여주었다.

"아……. 안 돼, 코빈. 눈 좀 떠. 나 찾았다면서 나한테 미안하다면서! 사과하고 싶다고 했다며……. 약속 못 지켜서 미안하다며. 그래서 왔잖아. 사과받으러 왔잖아, 내가."

가슴이 쓰려 왔다. 나는 침대에 얼굴을 파묻혔다. 한 손을 가슴에 올리고, 끄억끄억 나오는 소리를 힘겹게 삼켰다. 입이 저절로 벌어지고 여린 숨소리가 슬픔을 구토하듯 새어 나가는 것을 가슴을 짓누르며 삼켰다. 주변에서 내가 우는 것을 모르게끔, 아무도 모르게끔. 울지 않으려 했지만 울 수밖에 없었다. 눈물을 흘리지 않으려 노력했지만 얼굴이 찌그러지고 눈물이 흘렀다. 힘겹게 삼키던 울음이, 힘겹게 감추던 눈물이, 내 노력을 무참히 짓밟으며 터져 나왔다. 그렇게 참고 참던 눈물이 터져 나왔다. 나는 한참을 울고 울었다.

＊＊＊

그 누구도 섣불리 말하려 하지 않았다. 아만다는 안됐다는 표정으로 작게 고개를 끄덕였고 요한은 울음을 참으려는 듯 약간의 인상을 찡그렸다. 캐시 또한 한숨을 내쉬었다. 그런데, 아테만큼은 원망스럽게도 딱딱하고 차가운 표정을 유지한 채 아무 반응 없이 나를 쳐다보고 있었다.

"과다출혈이었어요."

다시 침묵의 시간이 흘렀다.

"제 잘못이죠. 제가 제 환자를 제대로 치료 못했잖아요. 너무 후회돼요. 그때 조금만 더 코빈을 일찍 만났다면 어땠을까? 라는 생각을 많이 했어요."

"그게 왜 네 탓이지? 감시를 제대로 못한 병원 탓이잖아. 넌 의사지, 감시원도 아니고."

캐시가 날 선 목소리로 말했다.

"그렇죠. 그렇다고 제게 책임 없는 것은 아니죠. 코빈도 엄연히 저의 환자였고요. 그래도 슬플 때마다 에일리가 위로해 줬어요. 그 덕에 버틸 수 있었던 거고요."

"그런데, 비행기는 어떻게 타신 거예요?"

요한이 질문했다. 그의 질문에 답변하려고 그때를 떠올리자 가슴이 턱 막혔다. 잠깐 욱함을 가라앉히고 말했다.

"솔직히 코빈이 죽고 심적으로 엄청 힘들었어요. 환자가 죽은 건 의사 생활을 하면서 처음이었거든요. 에일리와 대화하다가 마음이 편해질 때까지 잠시만이라도 혼자서 여행을 다녀오는 게 어떻겠냐는 말이 나왔어요. 처음에는 당연히 거절했죠. 이런 상황에서 일이 잘 되는 건 아니지만 그래도 저한테는 일이 정말 중요했거든요. 에일리는 계속 제안하고 저는 계속 거절하고를 반복하다가 결국에 비행기를 탔어요. 그리고…… 저희도 코빈처럼 됐네요."

죽은 환자 때문에 고통스러워하다 나도 죽었다? 참 웃긴 전개다. 난 도대체 뭘 잘못했기에 살면서 고통스러워하다 죽은 걸까? 정말 의사가 되기 위해서 열심히 공부했고 환자들을 치료하기 위해서 또 열심히 공부하고 진단했다. 생각해 보니 내 인생에 있어서는 여유가 없었다. 어릴 적에는 꿈을 이루기 위해 공부에 치였고 꿈을 이루고 나서는 일에 치였으니까. 아, 이것도 내 욕심이려나. 더 노력했더라면, 더 열심히 공부하고 더 열심히 일했더라면, 이렇게 허무하게 끝나진 않았겠지. 이렇게…… 이렇게 나를 슬픔에 잠기게 하진 않았겠지. 전처럼 억울하지는 않았다. 오히려 잘 된 것일까. 가슴을 움켜쥐던 감정들은 사라졌지만, 무언가를 다 떨쳐낸 듯 후련하지도 않았다. 어떻게 보면 내 편도 많았는데…… 나는 이들을 왜 그냥 지나친 걸까.

신은 나에게 에일리라는 천사를 보냈지만 난 그녀 또한 거절했다. 일이 너무 소중하거든. 참 바보 같은 삶을 살았구나. 하얀 이 공간을 보자 많은 생각들이 떠올랐다. 내가 정말 죽은 걸까? 꿈은 아닐까? 인생을 살면서 후회되는 일이 너무 많다. 이렇게 끝내기에는 너무 꿈 같은 일이다. 다시 돌아가고 싶다. 다시 돌아가서 인생을 헛되게 보내고 싶지 않다. 하지만, 아무리 시간이 지나도 변하지 않는 이 공간을 보자 깨달았다. 아, 난 죽었구나. 돌이킬 수 없구나. 후회는 가슴 깊숙한 곳으로 아려왔다.

part 4

# 우울

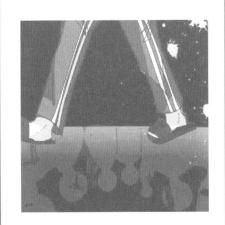

"인간이 불행한 것은 자기가 행복하다는 것을
알지 못하기 때문에 불행한 것이다."

- 도스토옙스키

이름: 아테 블레어

성별: 여성

생년월일: 1992.08.13

국적: 미국

신장: 176cm

직업: 무직

사망 원인: 비행기 추락사

탑승 목적: 도주

빅토르의 말이 끝나자 잠시 동안의 침묵이 왔다. 빅터르의 눈은 미세하게 반짝였고 무언가를 생각하는 듯 보였다.

모두가 자신의 삶에 대해 하나하나 말해 나가면서 한 사람은 눈물을 보였고 또 한 사람은 화를 보였다. 이런 상황에서 난 그 침묵을 깨버렸다.

"그래도 다들 행복하게는 살았군요."

모두가 고개를 들어 나를 보았다. 줄곧 말 몇 마디 없이 가만히 있었던 내가 말을 하자 놀란 듯 보였다. 아니 이 터무니없는 말에 화가 난 듯 보였다.

"행복하게 살았다니?"

캐시가 어이없는 듯 매서운 눈으로 나를 바라보며 말했다.

"원하던 직장에서 행복하게 일했고 쉽게 사람들을 만났었고 가족이 있었고. 뭐, 이정도면 행복한 삶이었죠."

캐시는 인상을 쓰며 나를 째려보았다. 충분히 이해가가는 행동이었다. 하지만 적어도 내 기준에서는 그런 삶들은 행복한 삶이었다.

"당신은 부모 때문에 힘들었다 해도 어쨌든 초등학교 때까지는 누구와 다를 거 없이 사랑을 받고 자랐잖아요. 빅토르 씨, 당신 또한 안정적인 직업을 가지고 약혼녀까지 있었죠. 이정도면 행복한 삶 아니었나요?"

이 말을 끝으로 조용히 듣고 있었던 아만다는 이내 잔잔한 미소를 보이며 나에게 말했다.

"그 말을 들어보니 궁금해지네요. 당신은 어떤 삶을 살아왔는지요."

아만다가 그 말을 하고 나는 모두를 한 번 보았다. 그들 또한 나의 삶이 궁금한 듯 나를 쳐다보았다.

"좋아요. 이번엔 제가 말해드릴게요. 제 삶에 대해."


"태어나서 속싸개로 싸여진 지 얼마 되지도 않은 아이가 있었어요. 돈이 없다는 이유로 날 책임지지 못하겠다는 이유로 부모한테 버림받아 18년 동안 위탁가정에 맡겨졌어요. 처음에는 괜찮을 줄 알았는데. 전혀 아니었죠. 그 부모들은 온갖 폭언과 폭력을 일삼았어요. 아이의 작은 행동 하나하나에도 화를 내고 폭행을 가하였죠. 그 부모는 다른 사람들한테는 자상하게 굴어 이웃에게는 좋은 이미지를 보여 주었지만 그 아이의 눈에는 전혀 다른 사람으로 보였죠. 그 부모는 집에만 들어오면 완전 딴 사람이 되었거든요. 사회에서 받은 스트레스를 늘 술로 달래었기 때문에 만취상태가 되면 항상 그 아이에게 폭력을 가했고, 밤에는 하루도 빠짐없이 사람들을 불러 도박을 했어요. 아주 도박에 미쳐있었죠. 그래서 그 아이는 화장실에 갇혀있었어요. 아이가 부모에게 방해된다나 뭐라나. 아이는 그 어린 나이에 교육이란 받아보지도 못했고 제대로 먹지도 못하며 살았어요. 계속 맞아서 몸의 상태가 더 악화되고 갈수록 더 병들었어요. 그럴수록 그 아이는 진짜 자신을 버린 그 부모가 그리워졌어요. 자신을 버린 것에 화가 나고 원망도 했지만 지금 자신을 이 꼴로 만든 그 부모보다는 나을 것이라고 그 부모도 자신을 그리워 할 것이라고 생각했기 때문이지요. 언젠가 진짜 부모가 여유가 생기면 자신을 이 잔혹하고도 무서운 부모로부터 데리러 올 것이라고 믿으며 화장실 창문으로 밖을 매일 빠짐없이 보았어요. 그럼에도 창밖은 변함없이 늘 그 자리 그대로였어요. 그때마다 아이는 실망을 하며 화장실의 차가운 바닥에서 잠을 청했죠.

한 12살 때쯤이었나, 그 아이는 참다못해 그 어린 나이에 가출을 결심했어요. 부모가 도박으로 돈을 날려서 아이에게 분풀이를 했거든요. 날씨는 그 어느 때보다 맑고 화창했죠, 마치 그 아이의 가출을 응원해 주는 것처럼. 그 아인 몸에 맞지도 않는 큰 가방에 돈 몇 푼과 빵 몇 조각과 이것저것 필요할 것 같은 생필품을 다 챙겨 아무도 없을 때 창문을 통해 집을 나왔어요. 그러곤 최대한 그 집에서 멀어지려고 노력했죠. 근데 그 어린 아이가 해봤자 뭘 할 수 있었겠어요. 하루는 공원에서, 하루는 지하철에서 보내며 딱딱한 빵으로 허기를 달래며 살았죠. 그래도 아이는 그 부모한테 떨어진 것만으로도 다행이란 생각으로 웃으며 살려고 노력했어요. 지나가는 가족들과 사람들을 보며 희망을 품으며 버텼죠. 어쩌면 진짜 부모가 나타나지 않을까 하는 기대를 하며 며칠을 지냈지만 그 누구도 아이에게 오는 사람은 없었어요. 근데 이 각박한 현실에선 그 어린아이한테 괜찮냐고, 뭐 도와줄 거 있냐고, 하는 사람도 없더군요. 막 일주일이 지나고 얼마 안 됐을 무렵 쯤, 어떤 사람이 슬며시 잠들어가려는 아이에게 말을 건넸어요. 시민의 안전을 챙기고 지켜주는 경찰이었죠. 그 경찰은 부드러운 소리로 최대한 아이와 눈을 맞추며 말했어요.

＊＊＊

"꼬마야 혼자 여기서 위험하게 뭐하니? 보호자는 없니?"

"없어."

그 부모를 떠올리자 단호하게 대답해버렸다. 그 경찰은 나를 한참 쳐보다가 경찰서로 데려고 갔다. 씻지도 못하고 먹지도 못한 나에게 따뜻한 스프와 코코아를 주었고, 난 행복했지. 그런 따뜻함은 처음이었거든. 하지만 그 행복도 잠시 문 저편에서 나를 화장실에 가둔 부모가 오고 있었다. 나는 놀라 도망가려고 했지만 이미 늦었다더군. 부모는 경찰에게 마치 호소하는 듯이 말을 했다.

"저 아이가 우리가 없는 틈을 타 그만 나갔나 봐요. 살짝 아픈 아이거든요."

"그럼 저 아이의 보호자인 건가요?"

"네, 맞아요. 얼마나 찾았다고요."

"근데 저 아이는 보호자가 없다고 말했었는데."

"그게 저희가 실제 가족이 아니라 위탁가정이거든요. 아직 저희를 부모로 받아들이지 못하나 봐요."

"아 그럼 이 서류에 싸인 만 해주시고 아이를 데려가면 됩니다."

그러고는 볼펜으로 어떤 종이에 대충 뭘 적고는 나를 다시 데려가려고 했다. 그 모습을 보고 싫다고 악을 썼지만 부모의 손에 제압당했다. 경찰에게는 걱정하는 눈빛을 하며 살살 웃고 있었지만 나는 느낄 수 있었다. 나를 죽이려고 드는 그 매서운 눈을. 경찰에게 도와달라고 나는 계속 요청을 했지만 거의 끌려가고 있는 나에게 시민의 안전을 챙기고 지키는 경찰들은 잘 가라고 웃으며 배웅을 하고 있었다.

* * *

"부모는 왜 당신을 다시 데리러 온 거죠? 보통 친자식이 아니고 그렇게 좋아하지 않으면 그냥 가출한 대로 내버려 두는 경우도 많을 텐데."

빅토르가 궁금한 듯 물었다.

"돈 때문에요. 보통 위탁가정이라면 나오는 지원금이 있거든요. 그걸 꼬박꼬박 받아내기 위해서 절 데리고 갔죠."

"경찰에게 계속 요청은 해보셨나요?"

"그 사건 이후로 다시는 경찰에게 도움은 요청하지 않았어요. 경찰이 나에게 있어서는 도움이 안 될 것을 알았거든요."

시민의 안전을 챙기는 경찰에게 그 어린 나이에 배신을 당한 것만 같은 기분이 들고 난 후에는 절대 경찰서에 가지 않기로 나는 다짐했었다. 생각해 보니 어른이 된 후에도 아무리 힘든 상황이더라도 경찰서에 간 적은 없었던 것 같다. 하지만 지금 와서 생각해 보니 문득 그때 만약 경찰들이 끝까지 나를 지켜주었다면 지금의 난 아마 여기에 없었을지도 모른다는 생각이 들었다.

"아테씨?"

요한이 말했다. 생각에 잠긴 사이 말이 끊긴 것이다. 난 말을 다시 이어나갔다.

"그 사람들은 제가 다시는 도망가지 못하게 하려고 지하실로 데려갔어요. 지하실이 있는 줄도 모르고 있었는데 아마 그때 처음으로 그 집 지하실에 10일 동안 갇혀 있었을 거예요. 그때 그 부모가 저한테 무슨 말을 했는지 아직 선명히 기억나요. 한 손에는 야구배트를 들고, 또 한 손에는 술병을 들면서 그나마 우리가 널 거둬서 네가 이렇게 잘 사는 거라고 하더라고요. 아이한테 절대 잊을 수 없는 끔찍한 기억을 남겨놓고선. 아이는 이 불행에서 끝낼 수 있는 유일한 희망인 진짜 부모님을 꼭 찾아서 행복하게 살고 싶었어요."

**\* \* \***

그렇게 진짜 부모님을 찾겠다는 의지 하나만으로 몇 년을 살다 18세가 되었다. 18세 이후 지원금이 나오지 않자 그 부모는 이젠 필요 없다며 나를 가차없이 쫓아냈다.

"이젠 18세가 되었으니 너 알아서 살아라."

"필요가 없어진 게 아니고요?"

"이게 키워준 은혜도 모르고. 당장 나가."

순간적으로 화가 났지만 하루빨리 그 부모한테서 떨어져야겠다는 마음이 더 앞섰기 때문에 필요한 짐만 들고 그 집을 그 부모 앞에서 현관문으로 보란 듯이 박차고 나갔다. 지금 당장 아무 곳도 갈데없고 뭘 해야 할지도 막막한데 그 부모한테 벗어난 것만으로도 그땐 세상 모든 것이 아름다워 보였다. 내가 살던 동네가 이렇게 넓고 좋았는지. 화장실 창문으로만 보던 동네와 완전 다른 동네인 줄 알았다. 마치 처음 온 것처럼 동네 이곳저곳을 돌아다니며 다시는 이 동네 발을 붙이지 못할 만큼 구경하다 그 동네를 나왔다. 일단 그 동네를 나와 당장 살 곳을 구해야 했다.

가진 돈이 몇 푼 없어 살 곳을 구하는 데 시간이 좀 걸렸다. 지하철, 24시간 카페에서 거의 생활하다시피 살며 집을 알아보며 겨우 작은 단칸방을 하나 얻었다. 냄새도 나고 벌레들까지 득실거리는 그런 곳이었지만 그래도 줄곧 화장실에서 살아온 나한테는 이정도는 별 것 아니었다. 조금 시끄러운 이웃과 경적을 울리며 바쁘게 다니는 차들의 소리를 들으니 내가 그 사람들을 떠났다는 사실이 분명하게 느껴졌다. 살 곳을 정하고 나는 진짜 부모님을 찾기로 하였다.

일단 내가 태어났던 병원에 가보았다. 정말 낡고 허름한 병원이었다. 나는 나에 대한 기록이 있을까 하는 불안함 반 설렘 반으로 병원에 들어가 물어봤다.

"혹시 여기서 태어났던 아테라는 아이의 출생 신고서를 볼 수 있을까요?"

나는 카운터에 앉아 있는 간호사한테 말했다.

"죄송하지만, 환자 기록은 함부로 볼 수 없습니다."

"제가 아테예요."

"그렇군요, 잠시만요. 아, 여기 있네요. 아테 블레어."

나의 신분증을 확인한 간호사는 키보드를 몇 번 치고는 나의 출생 신고서를 보여주었다.

"감사해요."

나는 나의 출생 신고서를 받으며 말했다.

내 기록이 있어 다행이라고 생각하며 천천히 출생 신고서를 읽었다. 그 덕에 부모 이름까지 알 수 있었다,

부: 혼도 블레어, 모: 체시아 블레어.

현재 사는 주소, 사진은 알 수 없었지만 그래도 부모 이름을 안 것만으로도 부모와 가까워진 기분이 들었다. 빨리 부모를 찾고 싶었지만 지금 당장 먹고 살 돈이 없던 나는 우선 일부터 해야 했다.


매점 직원을 시작으로 식당서빙 알바, 카페 알바 등 별 것 다하면서 일을 했다. 하지만 평생 교육도 받지 못하고 어떠한 실력도 없었던 난 그저 실수투성이였다. 그래서 결국 사장과 싸우면서 그만둔 곳이 여러 개였다. 카페알바에서 계산 실수를 하는 바람에 사장님께 해고당하고, 서빙알바에서는 접시를 10~15개 정도를 깨트려 해고당하게 되었다. 그 덕분에 같이 일했던 직원들도 나를 불편했고 나를 피했다. 같이 있으면 제대로 되는 일이 없다는 걸 아는 것이다. 한마디로 사람들은 나를 골칫덩어리로 아는 것이다. 일을 제대로 할 줄 모르고 사교성이 별로 없는 나한테 다가와주는 사람이 없는 건 당연하

다고 생각하였고 그래도 나한테 말을 걸어주는 소수의 사람들이 몇몇 있었기에 나도 별로 그런 점을 신경 쓰지 않았다. 하지만 점점 내 실수가 아니어도 해고당하고 지적받는 일이 많았다.

마트에서 일을 했을 때였다. 한 직원이 창고에 들어오는 물건들을 나르다 잘못 건드려 창고에 있던 박스 1/3 정도를 무너뜨려졌다. 박스 중에서는 마트에서 중요한 물건들이 들어 있는 박스들도 있었기에 엄청난 큰 실수를 저지른 것이다. 박스가 무너짐과 동시에 큰 소리가 나자 직원 한두 명씩 창고로 오기 시작했다.

"이런, 잭 무슨 일이야? 안 다쳤어?"

허겁지겁 나오던 직원이 놀라며 박스를 무너뜨린 잭에게 말했다.

"응, 난 괜찮아, 아테가 갑자기 발을 헛디뎌 박스를 무너뜨리는 바람에."

잭은 눈 하나 깜짝하지 않고 내 앞에서 거짓말을 하였다.

"뭐? 내가? 내가 아니라."

나는 순간 당황스러워서 말을 더듬으며 말을 했다.

"아테 또 네가 그랬니?"

나의 말을 들어볼 마음도 없는지 다른 직원이 나의 말을 가로채고 말했다. 억울했지만 창고 쪽에는 cctv가 없어 누명을 벗을 수도 없었고 나에게 누명을 씌운 사람은 평소에 사람 좋기로 유명한 사람이라 모든 사람들은 내가 아니라고 말하기 전에 이미 많은 사람들의 눈은 나를 겨냥하고 있었다. 그 눈은 나를 의심하는 눈과 동시에 나 때문에 저 박스들을 언제 다 치우냐는 듯한 짜증 섞인 눈이었다. 다시 말해 나의 말은 들어보지도 않고 나를 범인이라고 생각하고 있었다는 것이다. 이에 나는 억울함에 어떤 말이라도 하고 싶었지만 상황은 내가 무슨 말을 하든 여기 원망 섞인 눈으로 보는 이 사람들은 나의 말을 믿어 줄 리가 없다는 걸 안 나는 그저 벙벙한 얼굴로 잭을 계속해서 빤히 보며 가만히 서 있기만 하였다. 나는 사람들이 귓속말로 나를 골칫덩어리라고 말하는 것이 들렸다. 나는 나한테 말을 걸어준 적이 있고 착한 얼굴을 하고 있던 그 직원이 아무렇지도 않게 거짓말을 하며 주위 사람들을 현혹시키는 모습을 보며 뒤통수를 크게 맞은 듯한 느낌을 받았다. 이내 사장님이 누가 봐도 화난 얼굴을 하고 숨을 거칠게 몰아세우며 나에게 다가왔다.

"아테 이번에도 네 짓이냐?"

"그게 전."

"더 이상은 못 참아 이번 달만 해도 너로 인해 생긴 피해액이 얼마인 줄 알아? 넌 해고야."

사장은 마치 이날만을 기다려 왔다는 것처럼 해고라는 말을 강조하며 말했다.

그러는 사이에도 나는 그 직원을 계속해서 쳐다보았다. 그 직원도 알아차렸는지 조금의 양심이라도 있는 듯 나의 눈을 피했다. 결국, 나는 쫓겨나 집으로 돌아갔다.

집에 도착하고 나는 기분이 나빠 온갖 욕이란 욕은 다하며 집 안을 어지럽혔다. 내 입에서 말이 빠르게 나온 것은 처음인 것 같았다. 나도 엄연한 사람인데 그렇게 해고당하고 그만두고 하니 화가 나고 모든 것이 싫어졌다.

다시 일자리를 구할 생각도 없어졌고 한동안 술에 의존하며 살았다. 그렇게 지치다 보니 나는 한동안 우울증에 시달리기 시작했다. 사람들과 말하는 것도 싫어졌고 더 이상 얽히고 싶지도 않아 사람들을 피해 다니기도 시작했다. 심한 정도는 아니었지만 거의 모든 것과 내 삶을 단절시킨 채 몇 개월을 남들은 알 수 없는 고통을 홀로 짊어지고 방에 박혀 생활했었다. 그렇게 생활하다 보니 생활비도 다 떨어져 가고 하루하루가 무의미하게 지나가는 것이 느껴지자 부모 생각이 났다. 그렇게 많은 해고를 당하면서까지 일을 해 온 이유가 바로 부모를 찾기 위해서였고 그것이 이 수많은 일 들을 버티게 해주었다. 하지만 고작 이런 일로 이렇게 방 안에만 있으면 뭐하자는 생각이 들자 다시 일자리를 구하러 다녔다.

* * *

"집에만 있다가 오랜만에 하늘을 보니 기분이 좋아졌어요. 방금까지 집안에만 있던 사람처럼 보이지 않을 만큼 바람을 만끽하며 돌아다니며 일자리를 찾으러 다녔죠. 그렇게 여러 구인광고를 보다 우연히 경호원이라는 직업이 내 눈에 띄었어요. 저는 홀린 듯이 경호원이란 직업을 찾아보았고, 경호원이 되기로 결심했어요. 지금 당장 경호원을 할 순 없지만, 아르바이트 같은 일을 하는 것에는 이젠 지쳐 안정된 직장 하나를 가지겠다는 마음으로 결정을 내렸죠."

"왜 직업으로 경호원을 선택했지? 다른 일도 많을 텐데."

캐시가 말했다.

"왠지 모를 자신감이 있었기 때문이에요. 그리고 전 경호원이 되기 전까지는 누구도 저를 지켜주지 않았어요. 그래서 전 저 자신을 지키고 싶었고 그러면서 남들도 경호원으로서 지켜주고 싶었죠."

캐시의 질문에 나는 잊고 있었던 경호원이 되려고 했던 이유를 다시 생각하게 되었다. 바로 나 자신을 지키기 위해서였다. 갑자기 떠올리니 그때로 다시 돌아가고 싶어졌다. 하지만 그럴 수 없는 현실 아니 그런 상황이기에 나는 우울해졌다.

"경호원이 되기까지는 많이 힘들었어요. 어렸을 때 교육을 제대로 못 받았기 때문에 남들보다 더 열심히 해야 했어요. 운동도 하루에 6시간씩 운동을 했고 훈련도 그만큼 열심히 했어요. 다행히 원래부터 운동신경을 쌓고 좋아 운동을 하는 것은 그리 어렵지 않았어요. 그래서 운동경력과 여러 자격증을 취득하는 데에 그리 많은 시간이 걸리지 않았죠. 그러면서도 경호원이 되기 위해 필요한 공부도 많이 하였어요. 돈이 없어 직접 전문가한테 교육을 받진 못했지만 제가 할 수 있는 범위 내에서 배우며 공부를 하였죠. 하지만 그렇게 공부를 했음에도 불구하고 시험에서 몇 번 떨어지고 면접에서도 떨어지고 말았어요. 다른 사람들은 전문가들의 도움을 받거나 제대로 된 교육을 받았기 때문인지 확실히 저랑 비교하면 실력 차이가 확실히 많이 차이 났어요. 그래도 저는 포기하지 않고 노력했어요. 하지만 저는 부족한 점을 채우기 위해선 제대로 된 교육을 받는 것이 좋다고 생각하여 돈을 빌려 교육을 받았어요. 처음에는 뭔가 다르다는 것을 느끼고 열심히 배웠지만 갈수록 제가 공부해 왔던 것과 별다를 것이 없다는 것을 알았죠. 결국은 경력과 자신감이 문제였어요. 제대로 된 학교를 나와 보지 못해 자격증 말곤 텅 빈 저의 경력과 무언가를 할 때 제대로 나서지 못하고 말도 제대로 하지 못했던 저의 문제였죠. 타인을 지키기 위해선 저를 희생할 수 있어야 하는 희생정신과 어떤 상황에서도 위축되지 않는 자신감이 저한테는 없었던 것이었죠. 경호원이 어떻게 되는지에 대한 공부만 했지 경호원이 되기 위해 가져야 할 마음가짐과 이해가 부족했던 것이었어요. 그래서 이것을 바로잡는 데에는 많은 시간이 걸렸어요. 사람들 앞에서 위축되지 않고 나의 의견을 당당하게 말하기 위해 노력했죠. 그렇게 공부하고 노력한 결과 7번의 실패 만에 드디어 저의 꿈이 이루어졌어요."

"경호원이 되신 건가요?"

요한이 물었다.

"네, 저에게 날아 온 합격통지서를 받고 저는 정말 기뻤죠."

"7번 떨어지시고 붙으셨으니 정말 행복하셨겠어요."

"행복이라. 글쎄요, 그때 당시에는 그저 기뻤죠."

잊고 있었다. 꼭 좋은 일이 생기면 그다음엔 불행이 찾아온다는 것을.

*  *  *

나는 앞에 검은색 슈트와 무전기가 있는 것을 보고 믿기지 못하였다. 그래서 한 동안 그것들을 쳐다보고만 있었다.

"뭘 그렇게 봐?"

같이 경호원 공부를 했던 나의 친한 친구인 이안이 말을 했다.

"그냥 믿기지가 않아서."

나는 시선을 경호원 복에 눈을 떼지 못하고 말하였다.

"네가 노력해서 얻은 결과물이잖아."

이안은 내가 처음 경호원에 대해 배우기 위해 학원에 갔을 때 먼저 말을 걸어주고 도와주며 몇 년은 나와 함께 경호원 꿈을 같이 키워 간 나에게 좋은 친구가 되어준 유일한 친구였다.

"그래 맞아."

나는 경호원 복을 잡으며 웃었다.


그리고 드디어 나는 경호원으로서의 일을 시작하였다. 처음에는 아주 고급진 상위 호텔이나 식당 또는 회사의 경호팀으로 일을 하였다. 처음 하는 첫 근무라 막상 하려고 하니 아무것도 몰라 원래 일하고 있던 사람들의 가르침을 받음과 동시에 경험을 쌓으며 일해갔다. 그리고 어느 정도 세월이 지나자 점차 익숙해진 나는 그동안의 노력을 마치 보여주는 듯이 경호원 일을 착실히 수행해 나갔다.

힘든 일 없이 별문제 없이 경호원의 일을 잘 꾸려나갔다. 그러면서 학원을 다니기 위해 빌린 돈도 잘 갚으며 평범한 사람처럼 지내왔다. 평범하게 살 수 없을 것 같았던 나는 지금 웃고 있으며 나의 과거를 잊고 살아가는 것은 기뻤다. 앞으로 계속 이렇게 아무것도 신경 쓰지 않고 이대로 살고 싶었다.

경호원이 된 후의 나는 그 어느 것도 너무 좋았다. 그래도 가끔 VIP를 경호하다 위험한 일이 있긴 하였다. 위험한 일이라고 하면은 내가 처음으로 팀장을 달고 맡은 임무였다. 어떤 큰 회사의 경영자를 경호하는 일을 맡았을 때였는데, VIP를 차에 태우고 모시는 길에 어떤 검은색 벤이 차를 막고 총을 난사하기 시작하였다. 순식간에 상황은 아수라장이 되었고 경영자를 태우고 있던 차가 총에 맞아 괴이한 소리를 내며 급커브 하면서 차가 돌고 기둥에 큰소리와 함께 부딪히며 차는 멈추었다. 다행히 경영자는 무사했고 다른 피해는 없었다. 난사가 계속되자 모든 경호원들은 VIP를 보호하기 시작하였다.

"VIP를 보호해. 차에서 내리게 하지 마."

"1팀과 2팀은 괴한을 제압하고 나머지는 VIP의 안전을 지킨다."

내가 큰소리치자 그와 동시에 경호원들은 각자 제자리로 가 맡은 임무를 하였고 여러 번의 총이 난사되었다. 총이 막무가내로 난사되기 시작하면서 벤에서 괴한들이 한두 명씩 내리기 시작하였다. 나를 포함한 경호원들도 총을 쏘며 괴한들을 제압해보려고 하였지만, 괴한들에게 유리하게 흘러갔다. 그것도 잠시 경찰들이 오면서 상황은 역전되었다. 경찰들이 오는 소리에 괴한들은 도망치기 시작했고 괴한들은 결국 제압당하며 체포되었다. 그렇게 돼서 VIP의 안전은 지켜졌고, 무사히 목적지까지 갈 수 있었다. 비록 팔에 총상을 입었지만 잘 마무리가 되었고 내가 사람을 구했다는 생각에 뿌듯함과 동시에 경호원으로서 살아 있음을 느꼈다.


"그래도 무섭지는 않았나요?"

아만다가 조심스럽게 물었다.

"적성에 잘 맞은 덕분이죠. 다치면서도 위험에 즐거웠으니까요."

**\* \* \***

그렇게 세월이 흐르고 몇 년이 지나자 나에게 한 통의 메일이 왔다. 보아하니 인사발령 관한 메일이었다. 가끔 일정 기간을 채우면 저절로 인사발령 메일이 온다. 이번에 가게 된 곳은 한 화장품 회사였다.

"너도 이번에 다른 곳으로 가게 되었구나."

"이곳에서 일한 지 꽤 오래되긴 했지."

"이 화장품 회사로 가? 여기 엄청 유명한 회사인데."

이안은 놀란 눈으로 메일 보며 말했다.

"그래?"

"잘 기억은 안 나는데 엄청 큰 회사인 것으로 알고 있어."

이안은 기억이 잘 나지 않는 듯이 말했다.

"넌 어디로 인사발령 났는데?"

"나는 아직 뭐 메일 온 거 없어."

"어딜 가든 연락 자주 해."

나는 인터넷에 회사 이름을 치며 말했다. 이안은 알았다는 말과 함께 떠났다.


그렇게 몇 주가 지나고 나는 슬슬 다른 곳으로 갈 준비를 마쳤다. 그리고 드디어 화장품 회사로 가는 날이었다. 나는 원래 오기로 한 시간보다 일찍 와서 회사를 둘러보았다. 회사는 마치 이 도시에서 제일 으뜸이라는 것처럼 매우 거대하고 화려했다. 주변에 높은 건물들이 수없이 많았지만 뒤처지지 않았고 그중에서도 가장 화려하고 아름다운 건물을 뽑으라고 한다면 아마 이 건물이지 않을까 하는 생각이 들었다. 주변을 둘러보니 회사의 분위기는 매우 깔끔해 보였고 여러 나무와 꽃들이 있는 자연과 잘 조화가 어울려진 그런 구조를 가진 건물이었다. 그리고 경호원 팀에 들어가 새로운 사람들을 만나며 자기소개를 하였다.

"경호 4팀에 새로운 팀장으로 들어온 아테라고 합니다."

나는 사람들 앞에서 정중하게 자기소개를 했다. 사람들은 하던 일을 멈추고 박수를 쳐준 다음 바로 다시 업무를 하였다.

"환영합니다. 저희 팀은 주로 대표님을 보호하는 일을 합니다."

경호원 일을 총괄하는 팀장처럼 보이는 사람이 말을 했다. 그러곤 내 자리를 알려주고 자리를 떠났다. 이 회사에서의 근무는 회사 곳곳을 보고 가끔 대표님이나 회사의 비즈니스를 경호하는 일을 했다. 며칠 동안은 무슨 일을 하는지 따라다니며 배우면서 다니다가 같이 일하게 될 사람들과 친목을 다졌다. 그렇게 회사에서 잘 적응을 하고 잘 적응을 하고 여유가 생기자 부모가 생각이 났다. 그동안은 일이 바빠 찾지 못하고 잊고 있었던 부모님이 생각난 것이다. 어느 정도 자리를 잡았으니 이젠 부모를 찾을 수 있겠다는 생각이 들었다. 하지만 부모를 어떻게 찾을지 방법이 떠오르지 않았다. 그래서 이안을 찾아갔다.

"아테, 오랜만이네 무슨 일이야?"

이안은 나를 반갑게 맞이 해주며 인사를 했다.

"그래, 오랜만이야,"

나 또한 이안을 반갑게 맞이하며 말했다.

"무슨 일로 찾아왔어?"

"누굴 찾고 싶은데 혹시 도와줄 수 있는지 물으려고."

"누굴 찾는데?"

"내 부모님."

나의 말에 이안은 놀란 듯 보였다. 이안은 학원에서부터 친구였지만 나는 지금까지 나의 과거에 대해 그 누구에게도 말하지 않았고 또한 부모와 관련된 일도 말하지 않았기 때문이었다. 누군가 물어봐도 대답을 하지 않았다. 그래서 가족관계와 관련된 얘기가 나올 때면 나는 그 자리를 피하며 살았는데 갑작스럽게 부모얘기를 하니 그런 반응을 보이는 것은 당연했다.

"사람 찾는 거면 내가 아는 사람이 있긴 한데 이름이 뭐야?"

이안은 최대한 놀란 모습을 숨기면서 나에게 말했다.

"아버지는 혼도 블레어이고 어머니는 체시아 블레어야."

"알았어."

"그래, 고마워 이안."

나는 이안에게 고맙다고 어깨를 치고는 이안과 함께 각자 길로 갔다. 나는 이젠 보고 싶었던 부모를 만날 수 있게 되었다는 희망에 웃음이 감쳐지지 않았다. 나는 부모님을 만나면 하고 싶었던 것도 많았고, 하고 싶었던 말도 많았다. 좋지 않은 말들도 있었지만 그래도 빨리 부모님을 만나고 싶었다. 현재 부모님이 무슨 일을 하고 어떻게 살고 계시는지는 아직 모르지만, 곧 만나게 될 부모를 생각하면 힘이 났다. 부모 또한 나를 그리워하고 있을지 궁금했고 어떤 모습을 하고 있던 나는 부모를 지키고 싶었고 하루빨리 엄마, 아빠라고 불러보고 싶었다.

**＊＊＊**

여느 때와 마찬가지로 저는 출근을 해 이곳저곳을 둘러보며 수상한 사람이 없는지 보고 있었어요. 최근에는 사람들이 신제품을 계획하고 홍보를 하는 데에 사람들이 기울어져 있어 회사 전체가 바쁘게 흘러갔죠. 그래서 그런지 평소보다 더 회사 내부가 혼란스러웠어요. 그때 같이 일하던 경호원 제니가 뛰어와서 제게 말했어요.

"아테, 너한테 부탁할게 있는데."

"무슨 일인데 이렇게 급해? 괜찮으니깐 천천히 말해."

"오후 한 5시쯤에 한 VIP가 오는데 내가 그 시간에 다른 급한 개인 사정이 있어서."

"나보고 대신 맡아 달라는 거야?"

"어, 맞아. 그래서 말인데 부탁해도 돼?"

"오후 5시라면 시간이 비긴 하는데, 알았어, 도와줄게"

나는 평소보다 일찍 퇴근하는 것을 포기하고 제니를 도와주기로 하였다. 제니는 나와 동갑이면서 내가 처음 이 회사에 왔을 때 몇 번 도와준 적이 있었기에 저는 그 부탁을 거절할 수가 없었다.

"내 책상에 보면 그 VIP와 관련된 정보랑 경호원들 자리 배치 등 적어놓은 게 있으니깐 그거대로 하면 될 거야."

"그래, 알았어."

나는 고개를 끄덕이고 사무실로 가 제니의 책상으로 갔다. 제니의 말대로 거기에는 제니가 말한 이번 VIP와 관련 되어 적힌 서류들이 있었다. 거기에는 제니가 말한 정보 말고도 VIP와 관련된 가야할 장소, 스케줄 등이 있었어요. 저는 그것을 보고 앞으로 다가올 5시를 기다리고 있었다.

나는 먼저 경호원들에게 서류를 바탕으로 동선 파악과 팀을 분배했다. 이번에는 회사와 관련되어 한 달에 한 번 주최되는 회의를 여는 것이라 많은 VIP들이 참석해 예상보다 많은 경호원들이 필요했다. 많은 VIP들이 있는 만큼 경호원들은 혹시 모를 일에 대비해 더 조심하고 더 세심하게 준비를 해야 했다. 그리고 5시 계획대로 VIP를 모시고 약속된 장소로 갔다. 약속장소에 도착하고 VIP를 안으로 모시는 그때, 괴한들이 몰려왔다. 나는 순간 놀랐지만 금방 평정심을 유지하고 다른 경호원들에게 위치로 가 VIP를 보호하라고 하였다. 하지만 그것도 잠시 VIP가 총에 맞고 말았다. 알고 보니 건물은 새로 건설된 건물이었고 그 사실을 제대로 알지 못한 제니가 실수로 동선 체크를 잘못해서 일어난 일이었다.

"이 길은 막혀 있습니다."

각자 위치로 간 경호원들 중 한 명이 말했다. 이로 인해 경계가 풀려 졌고 괴한이 쏜 총에 VIP가 맞고 만 것이었다. 나는 총에 맞은 VIP를 보고 어떻게 해야 할 줄을 몰랐어요. 아니 순간 적으로 머리가 하얘졌죠. 그러는 사이에 저 또한 발사된 총에 맞았다. 그 덕분인진 모르지만 저는 정신을 차리고 빨리 상황을 파악했어요. 상황은 엉망이었고, 모두가 길 잃은 강아지처럼 돌아다니며 소리를 치고 있었어요.

"다들 VIP를 중심으로 모여 VIP를 보호한다."

나는 VIP의 상처를 감싸고 총을 피할 수 있는 장소 가서 크게 소리쳤다. 그러자 모두 나의 말에 따라 움직였고 괴한들을 향해 총을 쐈다.

"경찰은?"

"이곳이 꽤 외져 있어 오는데 시간이 조금 걸린다고 합니다. 그래도 한 3분 뒤면 올 것입니다."

나는 왜 VIP들은 이런 외진 곳에서 회의를 여는 것에 대해 불평을 하며 VIP의 출혈을 막으려고 노력했다. 그리고 정말로 3분이 지나고 경찰차와 구급차가 오기 시작했다. 괴한들은 경찰차가 오는 소리를 듣자 도망치려고 했다. 하지만 경찰들은 끝까지 괴한들을 쫓아가 잡았다. 놓친 사람들도 몇몇 있었지만 그래도 대부분은 잡은 것 같았다. 그리고 VIP들과 다친 몇몇 사람들이 구급차에 끌려가고 있었다. 거기엔 나도 포함되어 있었고…… 아까 복부 쪽에 맞은 총 때문에 나도 구급차에 실려 가고 있었다. 그때 당시에는 총에 맞은 것도 잊고 있다가 VIP가 구급차에 실려 간 것을 보고 난 후에야 상처에서 피가 많이 나는 것을 알았다. 정신은 이미 희미해지기 시작하면서 결국 쓰러졌다.

눈을 떠보니 새하얀 벽과 함께 너무 많은 빛이 저의 눈으로 쏟아지자 저는 미간을 찌푸렸다. 난 눈을 제대로 뜨지 못하고 코에 쏘이는 진한 알코올 냄새가 풍기는 것을 보고 이곳이 병원이라는 것을 직감적으로 알아차렸어요. 일어나려고 하였지만, 복부에서 뭔가 땡겨지는 듯한 고통이 느껴져 왔다. 나는 그 고통을 참고 일어나 실눈을 뜬 채로 주변을 둘러보았어요. 내 예상대로 나는 병원에서 눈을 뜬 거였다. 그리고 저 멀리서 이안의 목소리가 들려왔어요.

"아테, 눈을 뜬 거야?"

"무슨 일이 있었던 거야, 이안."

"너 총에 맞았었잖아."

그 소리를 듣고 저는 그때의 상황이 주마등처럼 스쳐지나갔다. 그리고 한참을 생각자 VIP가 생각났다.

"VIP!"

"VIP라면 죽진 않았지만 꽤 중상을 입어서 지금 중환자실에 있어."

그 말을 듣고 조금의 안도감과 걱정이 들었다. 그때 회사의 총괄 팀장과 제니가 왔어요.

"아테, 몸은 좀 어떠니?"

"괜찮습니다."

"아테, 미안하지만 우린 널 해고 해야겠어."

"그게 무슨."

"아테, 네 실력은 알지만 네가 잘못된 동선을 짜는 바람에 VIP가 중상을 입고 말았어, 이에 회의를 한 결과 우리는 너를 해고하기로 결정했어."

"VIP를 다치게 한 건 제 잘못이지만 처음부터 동선을 짠 것은."

"그 일은 아테 네가 맡기로 한 거 였잖아."

"제니 ,너."

"경호원이면 타인을 지키는 것이 가장 중요하지만 아테 너는 그러지 못했으니 널 해고하는 것으로 이 일을 끝낼 생각이야. 그래도 언젠가는 다시 복귀 할 수 있을 테니 걱정 하지마. 그리고 병원비는 회사 쪽에서 다 지원해줄 것이니 그것도 걱정하지 말고 몸조리 잘 하다 퇴원해."

"인정할 수 없습니다. 징계도 아니고 제가 해고라니요? 제가 원래 책임자도 아니었고, 왜 제가 이 일에 대한 모든 책임을 져야 합니까?"

이해할 수 없었다. 물론 당시의 책임은 나였고 VIP의 안전을 지켰어야 하는 것도 맞다. 하지만 나는 규칙대로 매뉴얼에 맞게 행동하였다. 제니의 동선 체크 실수만 아니었으면 어쩌면 VIP는 무사했을지도 모른다. 그런데 어떻게 이 모든 책임을 나에게 물으며 또한 내가 해고를 당하느냐 말이다.

"이미 회의에서 끝난 말이다. 우리도 이런 결정을 내린 것에 미안하지만 어쩔 수 없어"

이 말을 끝으로 총괄팀장과 제니는 밖으로 나갔어요. 제니는 뒤를 돌아보고 조금의 양심이라도 있다는 듯이 미안하다는 동작을 취하고는 총괄팀장을 따라 서둘러 밖으로 나갔어요. 총괄팀장의 말투를 보니 회사 쪽에서는 그냥 저의 책임으로 떠맡기고 이 일을 덮으려고 하는 듯 보였어요. 그게 설사 잘못이 없는 사람한테 누명을 씌우는 일이라도 말이죠. 그리고 그렇게 만들도록 보탠 사람은 아마 제니일 것이에요. 내가 병원에서 잠들고 있었던 사이에 자신의 잘못을 감추고 나를 죄인으로 몰아갔을 것이에요. 그것만이 그 아이가 경호원으로 살아가는 데 살아남는 길이었을 테니까요.

"어떻게 그런 일이. 정말로 해고된 건가요?"

말을 끊은 사람은 빅터였다. 듣고 있다 자신도 모르게 화가 난 듯 보였다. 내가 말하는 도중 나의 화를 알아챈 것일까? 아님, 내가 이 경호원을 많이 좋아했었다는 것을 알아서일까? 남의 일에 이렇게 대신 화를 내줄 수 있다니 왠지 모를 고마움이 들었다.

"네, 뭐 그렇죠, 억울했지만 제가 그때 당시에 할 수 있었던 일은 아무것도 없었으니깐요. 이미 상황은 정리되었고 아무도 저를 믿어 줄 리가 없을 테니깐요."

요한을 보니 나한테는 없을 것 같았던 나 대신 화를 내주고 슬퍼해 주었던 한 사람이 떠올랐다. 이안.

"아니 뭐 이런 경우가 다 있어."

이안은 제니의 행동에 화가 저 대신에 화를 내주었어요. 저도 물론 같이 화를 냈죠. 하지만 조금의 양심도 없이 앞만 보고 가는 사람들에게 온갖 욕을 하고 싶었지만 제가 그런 짓을 하던 그 사람들은 계속 앞만 보고 갈 것이고 뒤처진 전 그럴수록 더 떨어지는 기분만 들어 그만하였어요.

"아테, 내가 다시 건의해볼게."

"아니, 하지마 너한테 불이익이 될 수도 있어. 회의를 걸쳐 내가 해고된 거라면 이걸로 끝내고 싶다는 의미야. 누가 어떤 잘못을 했느냐가 아니라 누가 책임질 것이냐가 문제라는 거야. "

"그래도 네가 경호원 그만두면 나도 그만둘거야."

'경호원일은 그냥 놀이가 아니야 네 일이야. 너 경호원이 엄청 되고 싶어했잖아. 노력했던 거 다 헛수고 만들려고?"

"너는? 나보다 몇 년은 더 고생한 네가 이런 어이없는 일로 해고를 당했는데 억울하지도 않아?"

"난 괜찮아."

아니 괜찮지 않았다. 억울했고 다시 돌아갈 수 있다면 그러고 싶었다. 좋은 일이 오고 난 후에 오는 불행은 나에겐 너무 가혹했다.

나는 말하는 도중에도 슬픔이 가려지지 않았다. 그래서인지 사람들은 아무 말도 하지 않았다. 지금의 나에게 그 어떤 위로를 한다고 한들 위로가 아니게 될 것 일수고 있기 때문이다.

*＊*

"저는 그동안 자신이 노력한 것이 이렇게 허무하게 다시 원점으로 돌아간 것 같은 기분이 들자 화가 났어요. 화까지는 아니었지만 우울했다. 다시는 해고당하게 될 줄은 몰랐어요. 그래서 저는 다시 과거로 돌아간 것 같았어요. 부모한테 버림받았다는 사실을 알았을 때도 폭력을 당했을 때도 경호원 시험에 7번씩이나 떨어졌을 때도 울지 않았던 저는 그동안 경호원 일을 하면서 즐거움만을 만끽하다 잊고 있었던 불행을 다시 이렇게 뼈저리게 느끼자 분을 이기지 못했어요.

그렇게 저는 해고 통보를 받고 난 후, 몇 주 뒤에 저는 병원에서 퇴원했어요. 퇴원 후에 회사에 있는 챙겨가라는 문자를 받고 회사에 갔어요. 이제 다시 가지 못할 회사를 한 바퀴 둘러 보았어요. 여전히 변함없이 회사는 아름다웠고 변함없이 크고 아름다웠어요. 변한 건 저뿐이었죠. 회사에서 저의 자리를 비우고 짐을 가져오고 회사를 나오려고 하는데 저 멀리서 제니와 다른 경호원들이 웃으며 걸어오고 있는 것이 보였어요, 저는 저도 모르게 뒤를 돌아 회사를 뛰어나갔어요. 왜 도망쳤는지 왜 한마디의 화라도 내고 올 것을 그러지 않았는지 후회는 했지만 그러지 않은 제 자신이 다행스럽다고 생각했어요, 그러곤 저는 그저 저의 짐가방만을 들고 회사를 나와 집에 갔죠."

지금까지 살아오면서 나는 내가 불행하다고는 생각했지만 내가 불행에서 벗어날 수 있다고 벗어날 것이라고 희망을 품으며 살아왔다. 하지만 늘 똑같은 변함없는 나의 모든 일의 끝에는 늘 불행이 마중 나와 있었고 어디서부터 따라 나온 나의 불행은 나와 떨어질 생각을 하지 않았다. 늘 똑같은 나의 불행은 나를 계속해서 우물에 빠트렸다. 처음에는 내 인생을 망친 사람이 나를 학대했던 사람들을 원망했는데 이제는 누구를 원망해야 하는지 모르겠다. 원망이 답인지도 모르겠다. 나 스스로를 원망해야 할지도 모른다.

순간 모두가 나를 보는 느낌이 들었다, 정신을 차리니 나의 말이 끊긴 것이다. 누구도 나에게 말이 끊겼다고 알려주지도 않았고 나를 기다려주었다. 이제 와서 슬퍼한들 무슨 소용이 있겠는가. 나는 다시 말을 이어갔다.

"저는 다시 집으로 돌아와 우울함에 술을 마셨어요. 이 일을 잊고 싶었던 마음이 더 컸기에 저는 저의 주량을 넘었죠. 병원에서부터 술을 마시고 싶었지만 이안이 말리는 바람에 못 마신 술까지 다 마셨어요, 그분이 오락가락하니 기분은 좋아졌어요. 어렸을 때, 저를 학대한 사람들을 보고 전 술을 마시지 않기로 다짐했지만 왜 어른들이 술에 빠지는지 알았어요, 잠깐이라도 과거를 잊고 싶어서였죠. 한 7병은 마시고 완전히 취했을 때 저는 머리가 너무 아파 밖으로 나갔어요. 밖은 이미 많이 어둡고 겨울이 다가오는 계절이었기에 쌀쌀했죠. 저는 찬 바람 때문인지 술 때문인지 비틀거리며 길거리를 돌아다녔어요, 늦은 밤이라 사람들이 없어 다행이었지 만약 사람들이 많았다면 저를 미친 사람처럼 봤을 거예요. 저는 최대한 어두운 골목 쪽으로 다니면서 걸어갔죠. 그러다가 어느 한 무리에 있던 한 사람과 부딪히고 말았어요. 저는 대충 고개를 숙여 사과하고 가려고 했지만 부딪힌 사람은 저한테 시비를 걸었죠."

$$***$$

"야! 사람을 쳤으면 제대로 사과를 해야지."

"윽, 술 냄새 얼마를 처마신 거야."

나를 잡고 있던 사랑 빼고 무리에 있던 한 사람이 나의 술 냄새를 맡고 말했다.

"야 이 밤에 술을 많이 마셨으면 집에 곱게 있을 것이지 왜 사람을 건드리고 난리야. 사과 제대로 안 해?"

$$***$$

"가만히 아무것도 안 하고 돌아가려고 하자 저를 잡아당겼어요. 그래서 저는 한번에 그 사람을 제압했어요, 그러자 같이 있던 사람들은 당황했죠, 당황한 것도 잠시 같이 있던 사람들도 저에게 싸움을 걸며 점점 싸움의 규모가 확대되었어요. 시끄러운 소리가 들리자 주변에 있던 사람들이 경찰에 신고를 했고 결국 경찰들이 나서서 싸움을 멈추었어요. 몇몇 사람들은 도망을 갔고 저와 나머지는 경찰서에 끌려가고 말았어요."

"'아테. 이게 무슨 일이야?' 저의 소식을 들은 이안이 급하게 경찰

서로 뛰어 들어왔어요. 저는 술에 덜 깨 그저 허공을 바라보고 있었어요. 이안은 경찰들에게 상황을 듣고 저 대신 상황을 수습하였어요, 결국에는 근처에 있던 CCtV 덕분에 정당방위가 인정되어 저는 집으로 갈 수 있었어요."

* * *

"야 장난해? 퇴원한 지 일주일도 안 지났는데 술을 마시고 사고를 쳐."

"뭔 상관이야. 그냥 가."

"너 이래서 복귀는 할 수 있겠어?"

"경호원 이제 안 해. 너나 열심히 일해. 나처럼 되지 말고."

"야."

"나 이미 해고된 사람이야. 누가 해고된 나를 뽑아. 이제 그만하고 제발 가."

"네 부모는 안 만날 거야?"

"뭐?"

"부모라니?"

"네가 찾아달라고 한 부모 찾았어."

"……."

순간 술이 확 깬 듯한 느낌이 들었어요. 그동안 부모를 잊고 우울에 빠져있다 부모를 찾았다는 말을 듣고 마음이 벅차죠. 그동안 보고 싶었던 부모를 만날 수 있다는 생각에 기분이 좋았죠.

"내일 한 번 찾아가봐."

"고마워."

이안은 저에게 주소가 적힌 쪽지를 주었어요, 저는 지금 제가 간절히 바라왔던 부모를 만날 수 있다는 기쁨보다 제일 힘든 지금 부모를 만날 수 있다는 기쁨이 제일 컸어요, 이안이 돌아가고 저는 옛날에 침대 옆에 붙여놓았던 부모 이름이 적혀 있는 메모지를 보고 눈물이 쏟아졌어요.

＊＊＊

"힘들 때 제일 필요한 것은 부모님이죠."

요한은 나의 눈을 보며 말했다.

"그렇죠, 그렇기를 바랐죠."

"네?"

요한이 나의 말에 무슨 의미인지 궁금한 듯 놀란 눈으로 나에게 말하였다.

＊＊＊

다음 날이 밝고 나는 설레는 마음으로 쪽지에 적힌 주소로 향하였다. 지금 내가 사는 동네와 꽤 먼 곳이라 가는 데 오랜 시간이 걸리긴 하지만 그 정도는 참을 수 있었다. 지하철을 타고 3시간을 가다 버스를 2번 갈아타면 되었다. 나는 가는 내내 부모의 이름을 생각하며 할 말들을 천천히 나열했다. 너무나도 보고 싶었던 부모를 만날 수 있다는 생각에 웃음이 가려지지 않았다. 잘 살고 있었는지 그동안 어떻게 살았는지 물어보는 것까지는 바라지 않지만 그저 나를 반겨주기만 해도 나는 정말 좋을 것 같았다. 다시는 나의 삶에 희망을 품지 않겠다고 다짐했는데 나의 삶의 원동력이었던 부모를 만나게 된다는 소리를 듣고 다시 한번 나는 희망을 품어보고 싶었다.

지하철을 다 타고 버스를 타고 드디어 부모님 집에 도착하였다. 내가 예상 한 것과는 달리 부모는 잘 사시고 계시는 것처럼 보였다. 집도 큰 편은 아니었지만 적당한 크기였고 동네 자체가 깔끔하고 푸근한 이미지를 안겨주었다. 집에 도착하기까지 열 걸음도 안 남았을 때 현관문 앞에 아주 작게 어린아이의 글씨와 함께 크레파스로 '블레어 가족'이라고 적힌 문구를 보았다. 나는 이 집에 어린아이가 살고 있을 거라고 생각한 나는 처음에는 잘못 찾아온 것일까 라고 생각하였지만 쪽지에 적힌 주소와 블레어라는 이름이 나를 더 확신시켜 주었다. 그리고 초인종을 누르려고 하는데 갑자기 현관문이 열리며 조명이 밝아지더니 많아도 5~6살처럼 보이는 아주 귀엽게 생긴 아이와 각각 녹색과 금발을 가진 부모처럼 보이는 사람들이 나왔다.

"누구시죠?"

갈색의 남자가 집 앞에서 멍하게 있는 나를 보고 부드러운 어조로 말하였다.

"혹시 혼도 블레어 씨인가요?"

나는 옆에 서 있는 아이를 보며 말했다. 아이는 자신의 선명한 초록눈을 뽐내며 나를 보며 활짝 웃었다. 경계심이란 하나도 없이 사랑을 받고 자란 듯한 티가 많이 나는 그런 사랑스런운 아이였다. 그러곤 자신을 라비앙이라고 소개하며 나의 이름을 물었다.

"네, 맞는데요. 무슨 일인지?"

"저는 아테라고 합니다."

"아테요?"

"절 기억하시지도 못하는군요."

나는 허탈한 듯 말했다. 그러다 옆에 라비앙을 데리고 있던 체시아가 놀라며 말했다.

"아테라면 혹시……."

"네, 두 분 사이에서 태어나 버림받았던 그 아이요."

"말도 안 돼. 여길 어떻게"

"계속 찾아다녔으니까요."

"만약 우리가 널 버린 것에 대해 원망하려고 온 거면 미안하구나 대신 보상은 확실하게 해주마."

"보상이요? 제가 그것 때문에 온 줄 아세요?"

"그럼 무엇을 해줘야 하니?"

"부모님이 보고 싶어서 왔어요. 그동안 제가 얼마나 많이 보고 싶었는데. 이렇게 잘 계셨네요."

"우리가 보고 싶었다고?"

혼도가 말했다.

"그동안 힘들어도 언젠가 만날 부모님을 생각하며 살아왔어요. 이렇게 잘 사시고 계셨으면서 왜 진작 절 찾으러 안 오셨어요?"

"아테, 일단 진정하고 우리말을 들어봐."

체시아가 라비앙을 집으로 들여보내고 나한테? 말했다.

"넌 우리가 실수로 낳은 아이야 그 당시에는 우리가 아직 잘 몰라 널 키울 수 없었고 그 당시엔 돈도 없어서 어쩔 수 없이 널 위탁가정에 맡길 수밖에 없었어, 미안해."

체시아는 내 손을 잡으며 말했다. 나는 화가 났다. 그런 이유로 날 책임지지 못하겠다는 이유로 날 무책임하게 버린 것도 모자라 나중에라도 날 찾으려는 노력조차 안 했다는 것이 너무 분했다. 그저 나는 보고 싶었다는 말 한마디만을 바랐다. 그런데 나의 바람과는 다르게 그저 미안하다고 말만 하는 것이 슬펐다. 아니 화났다.

"우리가 자리를 잡고 네가 생각났지만 이미 넌 위탁가정에 맡겨진 후였어."

"제가 지금까지 버텨온 이유가 뭐였는데 많이 힘들어도 이 개고생을 하면서 살아온 이유가 뭐 때문이었는데."

나는 그 동안의 분을 눈물과 함께 쏟아내듯이 말했다.

"미안하구나."

체시아도 눈물을 흘리며 말했다.

"우리도 너와 함께 지내고 싶지만 지금은 어쩔 수가 없어 그래도 필요한 것이 있으면 말하거라. 우리가 할 수 있는 만큼 도와줄게. 그래도 이렇게 보니 위탁가정에서 잘 살았던 것 같구나."

나는 마지막 그 소리를 듣고 순간 더 화가 났다.

"내가 잘 지냈다고? 그 부모 밑에서? 평생을 진짜 부모를 만나서 행복을 원했던 나한테 이렇게 예쁜 딸을 낳아 잘 살고 있었으면서 소식 하나없이 어떻게 살아온지도 물어보지도 않고."

나는 순간의 감정으로 그토록 만나고 싶어했던 부모 앞에서 그렇게 말하곤 뒤도 안 돌아보고 거의 도망치다시피 부모한테서 벗어났다. 물론 나의 상황을 잘 알지 못하는 부모 입장에서는 당황할 수 있겠지만 나는 지금 너무 화가 나 그런 걸 고려할 상황이 아니었다.

그렇게 아무 소득 없이 아니 정말 무의미하게 나는 그토록 만나고 싶어 했던 부모를 만나고 집으로 돌아갔다. 차라리 부모가 나쁜 사람이었다면 좋겠다는 생각이 들었다. 오히려 나를 반겨주지도 않고 나한테 화를 내는 그런 부모. 그랬다면 지금 원망도 하고 미워도 하고 싶어도 했을 텐데 나의 손을 잡고 같이 울었던 엄마 체시아가 떠오르자 나는 왈칵 눈물이 떨어졌다. 왜 부모를 함부로 욕할 수도 없고 미워할 수도 없었던 그 상황이 그저 싫기만 했다. 내 인생을 부모를 위해 그렇게 노력해 왔는데 노력했었던 경호원의 일도 해고당하고 만나고 기대했던 부모님과의 만남도 부모님과 라비앙이 함께 나오는 순간에 든 배신감으로 나는 다시 혼자 떠도는 빈 껍데기 같다는 생각이 들었다. 역시 나는 희망이란 어울리지 않았다. 또다시 끝은 불행으로 끝났다.

늘 이렇게 끝은 엉망이고 기대만을 해왔던 나는 그저 바보였다. 여기 처음 나의 말을 듣고 불쾌한 표정을 보였던 사람들은 이제는 정반대의 표정을 지으며 그저 듣고 있었다. 슬픈 것도 이 불행한 삶의 주인공도 나인데 사람들은 마치 자신이 이 삶의 주인공처럼 표정이 무척이나 슬퍼 보였다. 나는 다시 말을 이어나갔다.

그렇게 홀로 집으로 돌아왔다. 이젠 정말 아무것도 남지도 않았다. 나는 그 허탈함에 다시 모든 의욕을 잃고 말았다. 다시는 이런 일이 오지 않길 바랐는데, 아니 오지 않을 것이라고 생각하였는데. 모든 것이 나의 예상 밖이었고 내가 할 수 있는 것은 아무것도 없었다. 나는 다시 술에 빠지기 시작했다. 예전처럼 피해를 주거나 할 정도로 마시지는 않았지만 하루종일 내내 술만 마시며 방에서만 생활하였다. 말 그대로 완벽한 폐인이 되어 있었다. 이안도 일이 바빠 나를 보러 오지 못하였다. 어쩌면 오지 않는 것이 나을 수도 있을 것 같다. 지금의 나의 모습을 보면 이안이 얼마나 많이 놀랄 것인지 생각만 해도 머리 아프다. 그렇게 몇 개월을 살다 생활비가 다 떨어지자 나는 돈을 벌기 위해서 돌아다니다 우연히 도박장을 발견했다. 그래서 나는 돈을 벌기 위해 도박으로 빠지게 되었다. 도박으로 빠지는 일은 매우 쉬웠다. 어렸을 때부터 그 사람들 덕분에 어깨너머로 도박에 대해서 많이 알긴 했다. 그래서였을까? 나에겐 도박으로 가는 길이 처음부터 열려 있었다. 쉽게 적응을 했다. 그래서인지 처음에는 도박으로 꽤 많은 돈을 모았었다. 그 덕분에 생활비를 해결할 수 있었다. 며칠 후, 나의 상황을 안 이안은 나한테 어떻게 이런 큰돈이 생겼냐며 말하며 돈의 행방을 물었다. 그럴 때마다 나는 새로운 일자리를 구해서 모았다고 거짓말 했다.

"생활비를 어떻게 해결한 거야?"

"내가 말했잖아, 아르바이트로 돈 모아서 해결했다고"

"그 돈으로 그동안 밀렸던 생활비를 해결했다고?"

"너랑 상관없잖아. 신경 쓰지 마."

나는 이대로 가다가 말이 길어질 것을 예상하고 이안을 집에서 내보내며 말했다. 물론 내가 잘못을 하고 있고 이안은 그런 나를 걱정하고 있기 때문에 하는 말이라는 것은 나도 잘 알고 있었다. 어쩌면 솔직하게 말을 할 수도 있었겠지만 나는 차마 말을 하지 못했다. 현재의 나로서는 그런 것에 신경 쓰고 싶지도 않았을 뿐더러 더 이상 상처받기도 싫었고 상처를 주기도 싫었다.

돈이 생각보다 많이 모였다. 그것이 운 덕분이었는지, 내 실력이 있었는지 판단이 가질 않았지만 10배 정도 돈이 모이자 더 이상 그것에 관해서는 신경이 쓰이지 않았다. 매일매일 술과 도박에 빠져 있었으니 정말 살아가면서 느껴보지 못했던 일탈을 하는 기분이 들었다. 나는 생활비 걱정은 이젠 하지 않아도 되었기에 옛날부터 하지 못했던 일들을 하였다. 사고 싶었던 옷, 가방, 화장품등을 샀다. 집도 이사 가고 싶었지만 그러면 이안의 의심은 더 커질 것 같아 그러지는 못하였다. 당연히 옷과 가방들 또한 이안이 올 때마다 숨겨두었다. 처음에는 이안을 계속해서 속이는 것에 기분이 좋지는 않았지만 점점 갈수록 그런 나의 양심은 나를 떠나버렸다. 그렇지만 그런 나의 모습을 보니 예전의 나를 화장실에 가둔 사람이 보이기 시작했다. 그럴 때마다 스스로 이게 뭐 하는 짓일까라는 생각이 들긴 하였지만 적어도 나는 다른 사람에게 피해를 주지는 않았다고 생각하며 내 스스로 정당화하였다.

점점 사치와 술, 그리고 도박에 살다보니 나는 완벽한 도박꾼이 되었다. 어느 정도 속임수도 쓸 수 있었고, 나를 응원해 주는 사람들도 몇몇 생기기 시작했다. 여러 사람들이 나의 주변에 몰려 모두가 나를 퀸 아테 또는 도박의 미친자 라고 부르기 시작했다. 동네에서 도박으로 유명한 사람들은 이렇게 유명해진 나를 보기 위해 왔고 오는 사람들 마다 모두 나의 앞에 승리를 가져다주었다. 나는 그럴수록 더 최대한 선을 지키며 도박을 해 나갔다. 하지만 꼬리가 길면 밟히는 법, 이안이 내가 도박을 하는 것을 알아버리고 말았다.

"너 지금 무슨 짓을 하고 있는지 알아?"

이안이 미간을 찌푸리며 고함을 질렀다. 그런 그의 모습에 약간 당황했지만 난 떳떳하다.

"이제 그만 나 좀 내버려 둬."

나는 이안의 말을 무시하고 가려고 했다.

"너, 경호원으로의 복귀는? 부모님과는 잘 말한 거야?"

이안은 그의 말을 무시하고 지나가는 나를 붙잡고 말하였다. 갑작스레 잡힌 손목을 보자 나도 모르게 인상을 썼다.

"제발. 이안 이제 나한테 신경 끄고 네 인생을 살아. 그리고 복귀는 안한다고 했잖아."

짜증나는 마음이 섞여 이안한테 큰소리로 말했다. 그러자 이안은 충격을 받은 듯 그대로 말없이 떠났다. 이안과 더 이상 볼 수 없게 되지는 않을까 가슴 한쪽이 불편했다.

도박을 하는 도중 나는 상대편이 속임수를 쓰는 것이 보이자 바로 큰 소리를 쳤다.

"난 그런 적이 없어, 그리고 속임수는 네가 더 하지 않나?"

상대편은 나를 비아냥거리며 속임수를 부인했다. 그러자 나는 화가 나 그만 책상을 엎었다.

"이게 무슨 짓이야."

상대팀이 눈이 커지며 나한테 말했다.

"이 판은 무효야."

나는 판을 엎어버리고 그만 나가버렸지만 문제는 그때부터였다. 상대편 무리들이 총을 꺼낸 것이었다. 무섭게 난사하는 총 소리에 도박장은 완전 엉망이 되었다. 나는 바로 테이블 뒤로 몸을 숨겨 총알을 피했다. 여기저기서 들려오는 비명 소리에 귀가 깨질 듯 아팠다. 주변은 소리를 지르며 살려달라는 사람도 있었고 그 틈을 타 돈을 뺏어가는 사람들도 있었다. 나는 제 빨리 밖으로 나가 도망을 쳤다. 하지만 이내 상대편 무리에 들키고 말았고 골목 구석으로 몰린 나는 그 무리와 싸우는 수밖에 없었다. 나는 금방 상대를 제압했다. 전직 경호원이었던 나한테는 상대를 제압하는 데에 유리했다. 처음 경호원을 준비하면서 공격과 방어 기술들을 배울 때 나는 이 기술들을 사람들을 경호하기 위해 배웠었다. 경호를 목적으로 나와 남을 지키기 위해 그런데 지금 나는 남을 해치는 데 이 기술들을 사용하고 있다. 그러면 안 된다고 생각하면서도 몸이 반응하며 아무렇지 않게 남을 해치고 있는 나의 모습을 보기 무서워졌다. 생각하기도 싫었다. 그렇게 한참 싸우니 숨이 헐떡였고 더 이상 일어서 있을 힘이 남아 있지 않았음을 느꼈다. 그때 칼을 든 상대가 나한테 달려들었고 나는 급하게 피하기 위해서 몸을 숙였다. 몸을 숙이자 내 앞에는 가방 하나가 보였다. 가방은 약간 열려있었는데 그 안에서는 총 한 자루가 희미하게 보였다. 상대는 나를 찌르기 위해 다시 고함을 지르며 달려왔고, 나는 총을 꺼내들어 상대를 쏘았다. 그리고 막무가내로 남은 사람들까지 쏘고 말았다.

"아."

약간의 탄식이 흘러나왔다. 머릿속에는 모든 것이 깨끗하게 사라진 상태였고 아무런 움직임도 하지 않았고, 아무런 생각도 들지 않았다.

내가 사람을 다 죽였다고 생각했을 때에는 순간 주변이 고요해지고 내 얼굴에서 차가운 피 흘려지는 것이 느껴졌을 때였다. 나는 심장이 빨리 뛰기 시작함과 동시에 손까지 떨리고 있었다. 나는 한동안을 허공을 바라보며 가만히 서 있었다. 내가 사람을 죽일 것이라고는 생각을 하지도 못했는데 지금 내가 살인을 저지르고 만 것이다. 이내 바로 경찰들이 오는 소리가 들리자 나는 정신을 차리고 상대방이 가지고 있던 가방을 들고 도망쳤다. 그러곤 집으로 갔다. 그러곤 곧장 집으로 갔다.

집에 와서 나는 피를 다 씻어 버리고 총을 깨끗하게 닦아서 침대 밑에 숨겨두었다. 나는 당장 어떻게 해야 하는지 몰라 침대에 앉아만 있었다. 누구한테 도움을 요청할 수도 없는 상황이었다. 이안도 볼 수 없었다. 그러다 내가 가져온 가방이 눈에 띄었다. 그 당시에 왜 가져왔는지 몰랐다. 그 가방에 무엇이 있는지 알아서 가져왔는지 내가 있었다는 증거를 없애기 위해 가져왔는지 이유를 모르고 상대방 가방을 가져왔다. 그 가방을 열어보니 수백만 원과 여권과 비행기 표가 있었다. 나는 그것을 보고 놀란 것도 잠시 나는 이곳을 떠나기로 결심하였다. 곧장 나는 비행기 시간을 확인하고 바로 짐을 정리하였다. 당장 필요한 짐과 돈 등을 챙기고 집을 나서려는데 침대 옆에 두었던 부모 이름이 적힌 메모지가 보였다. 순간 나는 울컥해 눈물이 흘러나왔다. 지금 내가 왜 이렇게 됐는지 내가 왜 도망자 신세가 되었는지 나는 너무 서러웠다. 하지만 인생은 나에게 너무나 야

속했다. 비행기 시간에 맞추기 위해 눈물이 바닥에 닿기 전에 일어나 공항으로 향해야 했다.

급하게 택시를 타고 공항으로 가던 중에 나는 택시에서 앞으로 어떻게 해야 할지 고민을 했다. 설마 공항에서 잡히지 않을까 하면서 내내 두려움을 숨길 수 없었다. 공항에 도착하고 나는 여권과 비행기 표를 들고 눈에 띄지 않게 검은 운동복을 입고 모자를 쓰고 택시에서 내렸다. 아직 날씨가 추워 운동복에 점퍼를 더 껴입었다. 비행기는 영국으로 가는 비행기였다. 나는 공항에 도착하자마자 비행기를 타기 위해서 탑승권을 끊고 제일 먼저 비행기에 들어서려고 하였다. 그렇게 30분이 지났다. 그동안 나는 계속 불안해하며 초조하게 의자에 앉아 있었다. 앞으로 영국 가면 어떻게 살아야 할지에 대해 걱정이 드는 것과 동시에 어제 일로 인해 나에 대한 신상이 털렸을까 두려워졌다. 입술이 바짝바짝 말려져 오고 손은 떨리고 있었다. 그때 이안이 나한테 전화가 왔다. 순간 나는 놀라 휴대폰을 떨어트릴 뻔했다. 전화가 온 것뿐만 아니라 확인해 보니 어제부터 이안으로부터 문자가 수십 통이나 와 있었다. 나는 전화를 받지 않고 그냥 휴대폰 전원을 끄고 공항 쓰레기통으로 전화기를 버렸다.

"현재시각 9시 영국행 비행기가 도착했습니다."

곧이어 안내방송이 들리자 나는 바로 비행기에 탑승하였다. 나는 비행기에 타고 비행기는 이륙하기 시작했다. 나는 비행기가 이륙하자 아까 동안의 불안함과 초조함이 조금 가라앉았다. 영국으로 가서 완벽하게 새로운 신분으로 살 것 다짐하며 창문 밖에서 점점 멀어져 가는 나의 고향을 보았다. 그러나 안정된 것도 잠시 갑자기 비행기가 흔들리기 시작했다.

＊＊＊

"그리고 깨어나 보니 전 이곳에 있었어요."

그렇게 나는 나의 이야기를 끝냈다. 내가 여기 온 이유 나의 삶에 도망치기 위해서였다. 그런데 내가 이렇게 마지막까지 삶을 보내고 막이 내린 것을 보니 이것이 불행 중 다행인지 벌을 받은 것이지 혼란스러웠다. 아, 난 끝까지 나 스스로 행복할 수 없고 선택할 수도 없는 그런 삶을 살아왔구나. 그럴 줄 알았으면 조금 더 일찍 삶을 마감하는 것인데 무엇을 위해 열심히 악착같이 살려고 했을까. 어쩌면 나는 마음속에 여전히 희망을 품고 살아온 것이 아닐까. 내가 지금 죽어서 과연 장례식장에서 울어줄 사람은 있을까? 아니 장례식장에 와줄 사람은 있을까? 이안, 갑자기 이안이 생각났다. 마지막까지 나의 걱정을 해준 나의 오랜 벗. 막상 죽으니 이안한테 안 좋게 화만 내고 간 것이 후회스럽다. 돌아갈 수만 있다면 가서 사과하고 싶다. 미안했다고 고마웠다고, 왜 사람들이 죽어서 후회할 짓을 만들지 말라고 하는지 이제야 알 것 같다. 지금이 난 무척이나 후회스럽다. 화만 냈던 부모님한테 그토록 원했던 '아빠, 엄마' 소리도 못했고 일도 친구도 모든 것이 배신하고 버려진 기분이다. 평범하게 누군가의 친구로 누군가의 딸로 누군가의 엄마로 살지 못했던 나의 인생, 무엇 하나 쉽게 얻을 수 없었지만 무엇 하나 쉽게 내 곁을 떠났다. 나의 인생에서 그 무엇도 완벽하지 못했던 나의 삶에 나는 우울해졌다.

part 5

# 수용

"진정한 기쁨은 편안함이나 부, 혹은
인간에 대한 찬양으로부터가 아니라
가치 있는 일을 하는 데서 나온다."

- 윌프레드 그렌펠 경

이름: 아만다 그레이스 카디아

성별: 여성

생년월일: 1989.04.04

국적: 캐나다

신장: 170cm

직업: '카디아 코스메틱' 대표이사

사망 원인: 비행기 추락사

탑승 목적: 해외 지사 방문

아테의 아름다운 녹색 눈이 무척이나 슬퍼 보인다. 그녀뿐만이 아니었다. 모두 아주 슬퍼 보이는 눈을 하고 있었다. 심지어 죽음을 기뻐하는 것 같아 보이는 캐시마저도……. 그 눈들에 담긴 슬픔은 무엇에 대한 감정일까. 죽음을 향한 걸까? 아니, 삶을 향한 슬픔인 것 같다.

"……다들 자기 인생에 만족을 못하나요?"

아만다가 호기심에 침묵 속으로 질문을 던졌다. 너무 예의 없이 들렸으려나. 그녀 또한 방금한 말이 그런 분위기 속에서 할 만한 말은 아니라는 것을 분명히 알고 있었다. 하지만 그녀는 정말 궁금했다. 왜 다들 길고 긴 인생에서 불행했던 부분만을 기억하는지. 성급한 질문에 동요하는 모습들이 뒤늦게 보였다.

"아, 질문이 조금 직설적이었죠. 죄송해요. 그냥 궁금해서 한 말이에요. 정말…… 행복했던 기억이 아주 조금도 없나요?"

"잘…… 모르겠어요."

표정이 읽히지 않는 빅토르가 대답했다. 그는 대화하는 내내 감정을 알아채기 어려운 애매한 표정을 짓고 있었다.

"그렇군요. 사실 이해가 안 돼서요. 자신이 살아온 인생을 부정하고, 싫어하고……. 죽음마저 기뻐한다는 게."

"넌 당연히 모르겠지."

캐시였다.

"…… 그 비싼 옷이 어색하지 않은 걸 보니 딱 답 나오네. 돈이 궁해 본 적이 없었겠지. 아까 무슨 일 때문에 해외 지사를 돌고 있다고 했나? 그럼 높은 직급일 테고……."

"아, 대표예요."

"네?"

아만다를 제외한 네 사람의 눈이 커지는 듯했다. 그녀는 자신의 옆에 앉아 있던 아테가 작게 앗, 하는 효과음을 흘리는 것을 느낀다. 아만다는 그런 반응이 돌아올 것을 예상한 듯 즉각적으로 들려오는 반문에도 크게 놀라지 않고 대답했다.

"모르실 수도 있어요. 그렇게 큰 회사는 아니라서."

아만다는 자칫 거만하게 들릴까 염려하여 회사 이름은 밝히지 않았다. 하지만 아무도 재촉하지는 않았으나 모두가 그녀의 회사를 궁금해 하는 눈치였고, 그것을 느낀 그녀는 어깨를 으쓱이며 마지못해 말을 이어갔다.

"그냥 화장품 브랜드예요. '카디아 코스메틱'이라고……."

"허."

캐시가 헛웃음을 지었고, 이 역시 아만다가 예상하지 못했던 반응
은 아니었다. 확실히 비웃음은 아니다. 그건 아마 별것 아니라는 듯
자신의 직급을 말하는 아만다의 모습에 무언가 속에서 느껴져 나오
는 소리였을 것이다. 캐시가 흘린 효과음에 대답하듯 그녀는 이제
익숙해진 미소와 함께 어깨를 으쓱였다. 살아서도 이랬었지. 그녀는
자신의 직책을 소개할 때면 일반적으로 볼 수 있는 그러한 반응들에
익숙해져 있었다. 지금은 죽었지만 지금껏 겪어왔던 것과 별 달라진
게 없는 비슷한 여론에, 그녀는 왠지 흥미를 느낀다. 보통 헛웃음까
지 지어 보이는 사람들을 만나긴 드물었던지라 아만다는 캐시의 그
런 헛웃음이 묘하게 반갑기도, 한편으로는 그녀가 헛웃음을 짓는 모
습을 보니 아무렇지 않은 듯 대표라고 소개하는 자신의 말에 헛웃음
을 지을 수밖에 없었던 그녀와 같은 사람들이 떠올라 어딘지 모르게
마음이 쓰려오기도 한다. 문득 어릴 적 마주했던 어떤 소녀의 모습이
잠깐 떠오르는 듯했지만 이내 대화에 다시금 집중했다.

"잠시만, 제가 아는 그 브랜드가 맞나요? '카디아 클로젯'의 계열
사……. 그럼 당신의 이름은 '아만다 그레이스 카디아'이겠고요."

"네. 보통 회사만 알지 제 이름까지 아시는 분은 많지 않은데, 감
사해요."

"당연히 알죠. 얼마나 유명한 집안인데요."

마냥 즐거워 보이지만은 않은 웃음을 지으며 캐시를 바라보던 아
만다에게, 또 다른 질문을 던지는 목소리의 주인은 요한이었다. 그
가 꽤 많이 놀란 것 같아 보이긴 했으나 저런 식의 질문이 일반적이
었다. 죽고서도 이런 대화를 해보는구나. 그녀는 또다시 생각의 늪에

빠진다. 어린 여성이라는 이유로 그녀를 깔보던 사람들은 늘 그녀가 자신을 소개한 이후로 태도가 완전히 변하곤 했다. 업계에선 그녀의 높은 위치가 두려워서. 사적인 자리에서는 그녀에게서 무엇이라도 얻어낼 것이 있을까 싶어서. 어쩜 그리 속이 빤히 보일까 싶었었다. 그런 속물 같은 그들 앞에서도 아름다운 미소를 보여주던 그녀였지만, 그것이 꽤나 싫긴 했는지 그녀는 계속해서 과거를 회상하는 자신의 모습에 묘한 감정을 느낀다. 뭐, 이제 죽었으니 아무렴 상관없었다. 살아오면서 행복을 더 많이 느낀 그녀였으니. 생각에 빠진 그녀를 현실로 되돌려 놓은 것은 의외의 인물인 아테였다. 아테는 다른 사람들의 이야기를 들을 때도, 자신의 이야기를 할 때도 줄곧 작은 대답이나 끄덕임으로 대화에 임했던 인물이라 그녀에게선 좀처럼 큰 표정 변화를 목격하기 힘들었다.

"아, '카디아 코스메틱'. 이제야 생각이 났네요. 어쩐지 익숙한 것 같은 기분이 들더니. 그 회사, 제가 근무했던 곳이에요."

"네?"

"제가 아까 말씀드렸던 경호원으로 일했던 화장품 회사, '카디아 코스메틱'이었어요."

의외의 인연이다. 아테가 화장품 회사에서 경호원으로 근무했었다는 이야기가 생각난 듯 아만다는 그렇지 않아도 큰 눈을 더 크게 뜬다.

"정말요? 이거 정말…… 반갑다고 해야 할지……."

"알아요. 미안해할 필요 없어요, 아만다."

"고마워요. 해고된 건, 정말 유감이네요. 징계로 끝났어도 됐을 일을……. 대표로서 할 말이 없어요."

"아니에요. 직접 관여한 것도 아니고. 그렇다고 해도 이젠 다 소용 없는 일인 걸요."

작게 어깨를 으쓱이는 아테의 모습에, 아만다는 미안한 마음의 표시로 그녀의 어깨를 두어 번 쓰다듬었다. 내내 굳은 듯 보였던 아테의 입가에 옅은 미소가 번지는 것이 보였다. 그 미소를 본 아만다는 마음이 놓이는 듯 조금 더 환한 미소로 답한다. 아테는 그녀가 직접 듣지 않았다면 상상하지 못했을 사회의 부조리들, 불행들을 겪었다. 아테의 경험을 마음대로 불행이라 생각하는 것이 조금 마음에 걸렸지만, 그런 것은 나중에 생각하기로 하고, 아만다는 대표로서 자신의 회사가 그녀의 불행에 한몫을 하게 된 것 같아 미안한 마음이 상당했다. 어찌 보면 그녀에겐 자신과 같은 사람들이 인생의 악당처럼 느껴지지 않았을까, 하는 생각을 한다. 아만다 자신이 만났던 그녀를 이용해 먹으려 한 사람들처럼 말이다. 너무 과한 죄책감이라는 것을 그녀 스스로도 알지만, 미안한 마음에 드는 생각들은 주체하기 어려웠다. 옛 기억에 스멀스멀 잠식되는 느낌이 들자, 그녀는 다시 입을 연다.

"하하, 어쨌든 되돌아보면 확실히 좋았던 기억만 떠오르는 건 아니네요."

그녀는 불과 몇 분 전 제 앞의 사람들에게 왜 불행했던 부분만을 기억하냐며 호기롭게 질문을 던져 놓고 자꾸만 사색에 빠지는 자신의 모습이 조금 웃겼는지, 픽- 작은 웃음을 내뱉곤 다시 말을 이어갔다.

"음, 처음 이야기했던 대화 주제로 돌아가자면, 저라고 해서 마냥 행복한 삶을 살아오지만은 않았어요."

맞는 말이다. 확실히 아만다의 삶 속에도 지금 그녀를 자꾸만 생각에 빠지게 하는, 좋지 않은 기억들이 분명하게 존재했다. 그녀도 그런 기억들을 떠올리자면 마냥 즐겁지만은 않다. 그렇지만 지금 그녀가 하려는 말이 무엇이겠는가. 핵심은 불행이 아닌 다른 것이다.

"하지만 생각해 보면 행복한 기억도 분명히 있지 않았나요? 비교적 살면서 겪은 어려움이 적었던 제가 여러분께 이런 말씀을 드린다는 것에 대해 죄송하지만, 보통 과거는 미화되니까요. 그래서 조금 궁금했어요. 여러분들의 삶에서는 행복이라는 것이 불행에 가릴 정도로 작은 감정이었는지."

"뭐, 이해가 안 될 수도 있겠네. 넌 행복한 기억이 안 좋은 기억보다 더 많았을 테니까?"

"그건 맞아요. 그래서 죄송한 마음이에요."

"이제 죽었는데 뭣 하러? 우리 눈치 보지 말고 마음대로 말하라지."

아만다는 퉁명스러운 말투로 자신이 미안한 마음을 느끼지 않게 안심시켜 주려는 캐시에게 고마움을 느끼며 미소를 지었다.

"그런데 저도 조금 궁금하긴 하네요."

조용히 아만다의 말을 듣던 빅토르가 무표정이던 아까보다는 기분이 조금 좋아진 것 같은 목소리로 말을 꺼냈다.

"당신의 삶은 어땠는지요. 물론 늘 순탄하지만은 않았겠지만 결국 행복해 보이는 모습이 조금 부럽기도 하고요."

"하하……. 그럼 다들 한 번씩 말씀해 주셨으니 저도 제 인생사를 좀 말하는 게 예의겠죠?"

그녀가 주변의 반응을 살피는 듯하자 그녀의 옆에 앉아 있는 아테의 고개가 작게 끄덕여지는 모습을 볼 수 있었다. 그녀를 포함한 모두가 동의하는 듯 보이자 아만다는 눈을 조금 더 크게 뜨며 웃었다.

"좋아요."


어디서부터 이야기해야 좋을까……. 우선 내 앞의 저들에게 말했
듯 나라고 해서 늘 행복하기만 했던 것은 아니다. 간간이 느껴지는
조금 역겨운 가식들이 주변에 널려 있었으니까.

"방금 전에 의도치 않게 알게 되셨겠지만, 저는 꽤 유명한 집안에
서 태어났어요. 그것도 막내딸. 얼마나 사랑을 받았을지는 눈에 빤하
시죠? 하하……. 그래서 배부른 소리지만, 어려서 저는 제게 오는 모
든 사랑과 호의가 순수한 것들인 줄 알았어요. 아무리 부잣집 애라
고 한들 어린애한테 뭐 얻을 게 있다고 가식을 떨겠어요. 음, 제게 잘
해 주면 제 부모님께는 얻을 게 있었을지도 모르겠네요. 어쨌건 제
가 가족들과 주변인들에게서 받는 사랑은 모두 순수했다는 거예요.
그래서 '가식'이라는 걸 피부로 느끼지 못했었죠."

캐시가 과거를 회상할 때면 볼 수 있었던 그녀의 공허하고 슬픈 눈
동자가 떠올랐다. 돈이 중요한 것은 사실이고 나 또한 그 사실을 부
정하진 않는다. 하지만 원치 않게 돈이 궁한 사람이 있듯, 원하지 않
았지만 갖게 된 지나치게 많은 돈이 부담인 사람도 있지 않겠는가.

"학교에 입학하고 나서 깨달았어요. 그 어린 나이에 그런 것들은
또 어찌 눈치챘었는지 모르겠지만……, '사랑하는 척'이라는 걸 할
수 있다는 걸요."

돈은 생각보다 위험하고 무서운 것이었다. 없어서는 안 되지만 지
나치게 많으면 사랑하는 것을 잃을 수도 있는. 자본주의 사회에서

돈이란 곧 권력이었으니, 어떻게 보면 가진 것에 비해 많은 책임이 드는 것 같기도…… 아, 이건 너무 배부른 소리였다. 어쨌든 '왕관을 쓴 자, 그 무게를 견뎌라.'라는 말도 있지 않은가. 잡다한 생각이 머릿속을 스친다.

"초등학교에 입학해서 처음 사귄 친구가 있었어요."

제인. 오랜만에 떠올리는 이름이다. 그녀를 마지막으로 본 게 언제였더라. 별로 좋지 못하게 끝난 인연이었던 것 같은데. 아마 10년이 훌쩍 넘도록 서로 어떻게 지내는지, 생사 여부조차 모른 채 지내왔었지. 이제 내가 죽었다는 소식쯤은 들었을까. 서랍을 열고 오래된 물건을 찾듯, 마음속 깊이 숨겨 두었던 기억을 더듬는다.

＊＊＊

"아만다, 학교 갈 준비는 다 됐니?"

"네, 아빠."

"그래, 가자꾸나."

중학교 3학년 때의 어느 날. 늘 그래왔듯이 기쁜 마음으로 아버지의 차를 타고 학교에 갔다. 학교에 가면 있을 나를 사랑해 주는 친구들, 그중 특히 내가 정말 사랑하는 제인과 함께 하루를 보낼 생각에 난 잔뜩 신이 난 채였다.

"아빠, 오늘은 학교가 끝나면 제인이랑 같이 시내에 갈 거예요! 그리고 스테파니랑 엠마랑 케일라한테 줄 선물을 같이 고를 거고요, 또 같이 맛있는 것도 먹을 거예요."

그날따라 신이 난 나를 쳐다보는 아빠의 눈길이 왜인지 모르게 슬퍼 보였다. 나는 그 이유가 궁금했고, 얼마 지나지 않아 아빠의 눈에 담긴 슬픔의 정체를 알게 되었다.

"제인은 오늘을 마지막으로 전학을 가게 됐단다. 제인, 일어나서 친구들에게 작별 인사를 하자."

네? 순간 내 귀를 의심하며 반사적으로 되물었다. 수업이 다 끝나고 아이들이 집에 갈 준비를 할 때쯤, 선생님께서 담담하게 제인이 전학 간다는 사실을 알렸다. 제인이 왜 전학을? 아무런 전조도 없다가? 믿을 수 없어. 머릿속은 수백 개의 물음표와 느낌표로 메워졌고, 나는 태연하게 짐을 챙기고 있는 그녀에게로 내 시선을 돌렸다.

"너……."

"넌 정말 몰랐어?"

그녀의 입에서 나온 말은 내 예상 밖이었다. 평소와 다른 날카로운 억양, 떨리는 목소리, 차갑게 식은 시선. 어쩐지 오늘 제인의 기분이 좋자 않아 보였는데. 내가 당황하는 사이에 반 친구들과 선생님께 작별 인사를 하고 교실을 떠나는 그녀를 놓칠세라 빠르게 뒤따라 나갔다.

"……당연히 몰랐지. 미안. 네가 말해 줬는데도 내가 잊고 있었나 보다. 언제 정해진 거야? 어디로 가는……."

"그거 말고."

쿵. 그녀의 작은 행동 하나하나에 가슴이 내려앉는다. 제인이 이토록 차갑고 단호하게 내 말을 자른 적이 있던가. 내 손은 파르르 떨리기 시작했다.

"우리 회사랑 너희 회사 계약 연장 없이 이대로 거래 끊는 거. 몰랐냐고."

"……뭐?"

회사, 계약 연장, 거래……. 제인이 하는 모든 말은 나를 당황케 했다. 부모님들의 대화에서나 들을 법한 저 단어들이 왜 지금 언급되는 것인가? 당장이라도 떠오르는 모든 질문들을 입 밖으로 쏟아내고 싶었지만, 그녀의 원망 가득한 눈과 분노로 떨리는 입술이 나의 모든 질문을 무용하게 만들었다.

"넌 못 들었구나. 난 몇 달을 조마조마하며 지냈는데……. 너희 아버지가 우리 회사랑 거래 끊으시겠대. 오늘 하루 동안 네가 언제 말하나 기다렸는데 모르고 있었다니 넌 아무것도 모르고 속 편했겠다."

"잠깐만, 이게 네가 전학 가는 거랑 무슨 상관이야. 그리고 그건 어른들끼리 정한 일이잖아. 우리가 신경 쓸 일이 아니야, 제인. 이렇게 가는 게……."

"상관이 없긴 왜 없어!"

순간 제인의 눈이 순식간에 분노에 젖는 것을 볼 수 있었다. 그녀가 내게 처음으로 소리를 질렀다. 그것도 아주 크게. 끔찍하고 커다란 분노를 담아서. 그건 거의 울부짖음에 가까웠다. 이 아이가 이렇게 큰 분노를 느낄 때까지 난 왜 아무것도 눈치채지 못했을까. 그녀가 자신의 분노를 통제할 수 없다는 것이 본능적으로 느껴졌다.

"넌 정말 끝까지 나를 비참하게 만드는구나. 모르는 척하는 거지? 그냥 그렇다고 해줘. 그래야 아무 걱정 없이 사는 너랑 매일을 네 눈치나 보면서 살았던 내가 비교되지 않을 것 같으니까. 내가 전학 가는 게 거래 중단이랑 무슨 상관이냐고? 그야 너희 회사와 거래가 끊기는 순간 우리 회사는 아무 힘도 없고 내세울 것도 없는 망한 회사가 될 테니까! 그럼 앞으로 이렇게 크고, 빛나고, 돈 많은 애들이나 다니는 사립학교는 발도 못 붙일 게 뻔하고. 나한테서 직접 들으니까 이제야 좀 만족하겠니? 너도 모르진 않았잖아. 허, 그리고 어른들끼리 정한 일? 그건 부모가 다른 집안의 돈줄을 쥐고 있는 너나 할 수 있는 소리겠지. 넌 정말 우리가 동등한 관계에 있는 친구였다고 생각해? 아니, 넌 그랬을지 몰라도 난 철저히 네 눈치를 보고, 너한테 다 맞춰주는 시녀인 채로 지냈어. 단 한 번이라도 내가 처한 상황이 얼마나 심각한지 생각해 보긴 했니? 집안이 망할까 봐 걱정하는 내 처지가 딱하긴 했어? 아니, 넌 돈 걱정을 할 생각 자체를 못해. 난 늘 내가 네 밑이라는 걸 인증 받으며 지내왔어. 네가 그런 사실을 몰랐다는 것 자체가 네 위치가 더 높다는 증거야. 알아? 매일을 걱정하며 지냈어. 이 큰 학교를 언제까지 다닐 수 있을까, 혹시나 내가 네 심기를 건드려서 우리 집안의 사업에 지장이 가면? 당장이라도 '카디아 클로젯'이랑 거래가 끊어지면 어떡하지? 허! 그런데 넌 뭐라고? 어른들끼리 정한 일? 그렇게 가식 떨 줄도 모르고, 속 편한 이야기를 아무렇지 않게 하는 널 보면 나 자신이 더럽고 계산적이고 비참하게 느껴진다고!"

제인은 이성이 끊어진 듯 목에 핏대를 세우며 고래고래 소릴 질렀다. 그녀는 정신이 나간 사람 같아 보였다. 처음 보는 그녀의 모습에 이질감보다 먼저 느껴지는 감정은 공포였다. 무엇이 제인을 저렇게 만들었을까. 내가 알던 제인은 저런 행동을 할 아이가 아니었다. 내가 알던 제인은 저런 표정을 지을 수 없다. 그녀가 점점 낯설게만 느껴진다. 어느새 내 눈가에는 눈물이 차올라 그녀의 모습이 흐려지고 있었다. 복도에 지나다니는 학생들이 그녀를 쳐다보았지만, 개의치 않는 것 같았다.

"너랑 함께 했던 것들이 다 최악이었다고 하진 않을게. 하지만 아만다, 넌 나를 너무 비참하게 만들어. 네 때 묻지 않은 순수함과 친절함이 보일 때마다 내내 돈 걱정만 해대는 나 스스로가 싫어진다고! …… 하긴, 내가 이렇게 발악한들 넌 평생 이해하지 못하겠지. 잘난 누군가와 나를 끝없이 비교하며 느껴지는 절대 극복할 수 없는 이…… 열등감을. 이제 됐어. 다 끝난 거야. 더 이상 가식 떨 필요도, 얻을 것도 없어. 잘 지내. 다시는…… 다시는 보지 말자."

그녀는 그렇게 울분을 토해내고는, 모든 걸 쏟아 부은 듯 공허한 눈을 한 채 돌아섰다. 사랑스러운 미소와 아름다운 목소리는 온데간데없이 사라졌고, 잔뜩 쉰 목소리와 헝클어진 머리가 그녀의 분노의 크기를 알려주는 듯했다. 무슨 말이라도 하고 싶었지만 그 상황에서 나는 아무 말도 할 수가 없었다. 내가 어떤 말을 하든 이미 그녀에게는 나라는 존재 자체가 자신의 아픈 기억일 테니까. 그저 상처받은 것 같은 두 눈으로 그녀를 쳐다볼 뿐이었다. 돌아선 그녀의 뒷모습은…… 매우 낯설었다.

* * *

"제인은 정말 저를 친구로 생각한 적이 없던 걸까요? 전 우리가 정말 잘 맞는 친구라고 생각했었는데, 제인은 모든 것을 저에게 맞춰

주고 있었다는 게 너무 슬퍼요. 아무 걱정 없이 지내는 제 옆에 있으면 느껴지는 열등감으로부터 스스로를 보호하기 위해 그런 말들을 내뱉은 거라고 믿고 싶어요."

"그렇지 않았을까요? 원래 십 대 때에는 감정 조절을 잘 못하잖아요. 당신에게 한 말들도 다 진심이진 않았을 거예요."

"정말 그럴까요?"

"그럼요. 제가 병원에서 일할 때 상처받는 게 두려워서 날카로운 말들로 자신을 보호하는 사람들을 얼마나 많이 봤는데요. 절 믿어 봐요."

조용히 내 말을 경청하고 있던 빅토르가 진심인 것 같은 위로를 건넨다. 그의 직업이 정신과 의사라고 했던가. 미묘하게 웃는 그의 얼굴에, 왠지 모르게 편안한 느낌을 받았다. 가슴속 어딘가에 불편하게 자리하던 무언가가 깨끗하게 씻겨나가는 느낌이었다. 꽤나 위로가 되는 한 마디였다.

"고마워요. 빅터."

나의 감사 인사에 빅토르는 어깨를 으쓱이며 미소 지었다. 그의 말이 맞다. 지금 생각해 보자면, 당시에 우리는 고작 십 대 소녀들이었고, 부모의 경제력 차이에서 오는 박탈감과 열등감은 그 어리고 서투른 소녀가 견디기에 너무 위태로운 것이었다. 어쩌면 제인도 알고 있었을 것이다. 우리의 부모가 갑을 관계라는 것과 나의 부모님이 제인의 아버지와 거래를 중단했다는 그 사실은 그녀의 잘못도, 내 잘못도 아니었다는 걸. 슬픔과 열등감 같은 온갖 부정적인 감정들로 점철된 감정의 덩어리를 어찌할 줄 몰라 내게 잘못 표출한 것이었겠지. 나는 그녀를, 그 어린 소녀를 이해한다. 지금은 그저 그녀가 그때 자신이 했던 행동을 후회하고 우리의 우정을 그리워하길 바랄 뿐이다.

"흐음, 그 제인이라는 애도 아주 이해가 가지 않는 건 아니네. 그래도 너희 부모 덕분에 한동안은 살만했을 텐데 싹수가 없긴 했어."

캐시가 고개를 까딱이며 한 마디를 덧붙였다. 문득 대표라는 말에 헛웃음을 짓는 그녀를 보고 제인을 떠올렸던 것이 생각이 난다. 체념한 듯, 익숙한 듯. 자신의 처지를 비관하는 것 같아 보이는 모습이 어딘가 모르게 닮아 보인다. 캐시는 내내 퉁명스럽고 날이 선 듯한 말투였지만, 대화를 주고받아 보니, 그것만으로 그녀의 모습을 판단하기엔 그녀가 생각보다 좋은 사람이라는 것쯤은 알 수 있었다. 아직 그녀를 잘 알진 않지만, 그녀도 제인처럼 상처받지 않기 위해 자신도 모르게 날을 세웠던 것이 아닐까? 그녀를 너무 오래 바라보고 있는 것 같다는 생각이 들어 다시 입을 뗐다.

"공감해 줘서 고마워요. 아무튼 그렇게 제인과 저는 갈라서게 됐고 죽기 전까지 한 번도 다시 마주치지 못했어요. 그 친구가 저한테 소리 지르는 걸 본 친구들은 하나같이 저를 위로해 준다는 명분으로 그 아이를 흉보곤 했는데, 별로 달갑진 않았어요. 저도 그렇게 모진 말을 뱉고 떠난 제인이 밉긴 했지만, 한편으로는 여전히 그녀와 친구로 남고 싶었었나 봐요. 아, 이야기가 길어졌네요. 어쨌든 그런 일이 한 번 있고 나니 제 주변에 있는 다른 사람들도 제인처럼 생각하고 있진 않을까 걱정이 되더라고요. 여러분께는 별것 아닐 수도 있겠지만, 당시에 저는 너무 큰 충격이었어요."

맞다. 그 이후로는 내 행동에 조금 더 신경을 쓰고, 자기 검열이라는 것을 조금씩 하게 되었다. 나에게는 당연한 것들이 누군가에게는 꿈도 꾸지 못할 사치라는 걸 되새기며. 이 공간에 와서조차 내 생각과 말을 검열하고 되도록 내 의사를 강하게 드러내는 발언은 하지 않았다. 이제는 습관이 된 것이겠지.

"아, 학교가 작은 사회라는 말, 누가 했는지는 몰라도 정말 맞는 말인 것 같아요. 고등학교에 입학했을 때는 정말, 눈에 빤히 보였어요. 뭐, 꼭 돈이나 부모님들의 직급 같은 문제가 아니더라도 저한테 원하는 건 많았거든요."

캐시가 자신의 학창 시절 이야기를 해준 것이 생각난다. 그녀의 이야기를 들어도 알 수 있듯, 인정하기 싫지만 사회에는 은근한 계급이 존재한다. 어리고 철없는 아이들 사이에서도 당연히 그런 것들은 존재했고. 외모, 성적, 친구, 집안 같은 별 시답잖은 것들에 목숨을 걸고 우위를 따져댔다.

"아시다시피, 학교에 다니면 어린애들 사이에서도 뭐랄까……."

"계급이 존재하지. 그리고 넌 꼭대기에 있었을 거고."

캐시는 내가 적절한 단어를 찾으며 잠시 망설이자, 조금 답답했던 모양인지 하려던 말을 정확히 대신해 줬다. 아, 또다. 난 죽어서도 이러네. 논란이 될 만한 발언을 하지 않기 위해 말을 고르는 게 습관이 되었다. 뭐, 나쁜 습관은 아니다만. 오히려 좋은 습관이라고 볼 수 있었으나 가끔은 그녀처럼 직설적이고 솔직하게 말할 수 있는 사람들이 부러웠다. 역겨운 가식과 그보다 더 끔찍한 이중성에도 웃어 보여야 했던 내 모습과 상반되어 어쩐지 쓸쓸하기도, 사업가 집안에서 자라 늘 사람들을 대할 때 조심스러웠는데, 저렇게 솔직하게 이야기해 주는 사람들을 보면 속이 시원해지는 느낌이 들기도 했다. 사람들은 부자들에게 원하는 이미지가 있지 않은가. 대신 말해 줘서 고마워요. 그녀를 바라보며 작게 읊조렸다.

"캐시의 말대로 꼭대기라고 할 수 있을 만했던 것 같아요. 각종 관심들이 쏟아졌거든요. 정말 힘들었어요. 사람들이 원하는 이미지의 내가 되어야 한다는 게. 아, 왜 그렇게까지 보이는 것에 신경 쓰는지 궁금하실 수도 있겠네요. 아무래도 사업가 집안이고……, 돈이 많잖아요. 무슨 말인지 아시겠죠? 하하, 잘못하면 욕먹기에 딱 좋답니다. 어쨌건 아까 말씀드렸듯이 학창 시절에는 '사랑하는 척'이라는 걸 하는 사람들을 꽤나 만났어요. 제가 아닌 제가 가진 것들을 보고 다가오는 그런 인연들. 인연이라는 단어가 조금 아깝긴 하지만, 넘어가죠. 아, 이야기가 점점 지루해지는 것 같으니 조금 밝은 주제로 넘어가 볼까요?"

별로 즐겁지 않은 이야기를 생각보다 오래 한 것 같다는 생각이 들어 화제를 바꿨다. 잠시 숨을 고른 후 다시 이야기를 이어갔다.

"앞서 말한 그런 인연들 덕분에 저는 사업에 뛰어들 생각을 했어요. 오로지 제 능력으로 뭔가를 가질 수 있다는 걸 보여주고 싶어서라고 설명할게요."

사업에 관한 이야기를 시작하자 네 사람이 조금 더 흥미를 가지는 듯했다. 다들 궁금하려나. 문득 옆에 앉은 요한이 조향사였다는 사실이 생각났다.

"요한, 직업이 조향사라고 했었죠?"

"아, 네."

"저도 처음에는 향수 브랜드로 사업을 시작했었어요."

처음 시작한 사업은 모르는 것 투성이었다. 원래 집안의 주요 사업은 의류 브랜드인 '카디아 클로젯'이었고, 나는 완전히 새로운 시작을 한 것이나 다름이 없었으니까. 당연히 처음부터 사업이 잘 되진 않았다. 서투른 게 많았던 나는 야심차게 시작했던 향수 브랜드를 완전히 실패했고, 꽤나 많은 손실을 봤다. 하지만 한 번의 실패를 겪은 후, 나를 성공으로 이끈 것은 바로 지금의 회사였다. 누구 하나 믿어주지 않고, 심지어는 가족들조차 걱정했던 새 시작이었지만, 나는 내 힘으로 사업을 성공시키겠다는 의지를 꺾이지 않고 두 번째 도전을 시작했다. 어쩌면 그건 성공하겠다는 욕망과 사업가 집안의 자녀로서의 자부심 같은 것이었을지도.

"우선 첫 번째로 도전했던 향수 브랜드는 실패했어요. 시원하게 말아 먹었죠. 그런데 저는 꼭 성공하고 싶었었나 봐요. 악착같이 우겨서 지금 회사를 창립했거든요."

꽤나 자존심이 상했던 실패였지만, 굴하지 않았다. 힘들게 투자자를 찾아 새 브랜드를 만들고, 거래처를 확보해 계속해서 규모를 키워나갔다. 점점 커지는 회사의 규모를 본 사람들은 다시 하나 둘 나를 응원하기 시작했다.

"제 스스로 자부할 수 있을 만큼 열심히 살았어요. 뭐, 집안 잘 물고 태어나서 성공한 거라는 이야기도 몇 번 들었었는데 저도 아주 틀린 말은 아니라고 생각해요. 사업에 필요한 지식이나 사업을 시작한 자본 같은 것들은 확실히 집안의 도움을 받은 게 맞으니까……. 괘씸하지만 그런 말을 하는 것도 조금 이해가 가긴 해요. 그렇지만 저도 놀고먹지만은 않았다 이거예요. 제가 아무 노력 없이 회사 대표가 된 건 아니니까요."

회사가 대기업으로 성장하고 나서도 여전히 주변의 가식은 사라지지 않았다. 오히려 시기하는 사람들까지 생겨나 전보다 더하면 더했지, 덜하진 않았다. 하지만 그런 것들은 더 이상 신경 쓰이지 않을 정도로 일이 즐거웠다. 되돌아보면 일로써 내 행복을 찾아갔던 것 같다. 집안을 잘 타고 태어났다는 말도, 처음에는 상처로 다가왔지만 사실인 걸 어쩌겠는가. 오히려 그런 말에 오기가 생겨 더 열심히 살려고 했다.

"아, 원래 회사 이름도 '카디아'라는 단어가 들어가지 않게 하려했어요. 그러다 제 회사라는 자부심과 어느 정도 막중한 책임감을 느낄 만큼 회사가 성장해서 회사 이름을 지금의 '카디아 코스메틱'으로 바꿨죠."

"왜죠? 당신의 집안을 알리면 신뢰도나 여러 부분에서 초반에 많은 도움이 됐을 텐데요."

"그건 그렇죠. 하지만 아까 말씀드렸듯이 오로지 제 능력으로 회사를 키워내고 싶었거든요. 제가 가진 모든 것들이 단순히 집안을 잘타고 태어난 덕분에 얻은 것이 아니라 제 스스로 일궈낸 것들도 있었으면 좋겠어서 말이에요. 그게 제가 사업을 시작한 이유였거든요."

"음, 그렇군요."

요한은 흥미롭다는 듯 고개를 끄덕였다. 이야기를 들어보니 그도 자신의 일을 꽤 사랑했던 것 같던데. 자신이 일에 대해 설명 하면서 빛났던 그의 눈이 다시 기억난다. 내 눈빛도 그렇게 빛이 났을까? 자세를 고쳐 앉은 채 다시 이야기를 이어갔다.

"뭐, 물론 초반에 고생을 좀 하긴 했지만, 어쨌든 집안의 유명세에 기대지 않고 스스로 브랜드 하나를 키워 냈으니, 이만하면 전 만족해요."

사실 이곳에 와서 이런저런 잊고 있던 기억이 많이 떠올라 속으로 불평을 많이 늘어놓긴 했지만 따지고 보면 여러 가지 힘든 기억들도 사업을 시작한 후에는 다 잊을 만큼 모든 일들이 잘 풀렸고, 너무나 행복했다. 물론 가식적이고 속 보이는 인간들을 상대할 때면 짜증도 나고 회의감도 들지만, 힘든 건 잠시였다.

"사업 얘기는 이 정도 하면 되려나요? 너무 길면 재미가 없어지니까요."

"로맨스는 없었나요?"

빅토르가 싱긋 웃으며 질문을 던졌다. 그 질문에 문득 잊고 있던 기억 하나가 또 다시 스멀스멀 떠오르는 느낌이 든다.

"음, 로맨스라……."

아, 기억났다. 브로디. 그 사람도 정말 오랜만에 떠올리는 이름인 것 같다. 한참 잊고 살았었는데 지금 기억이 나다니. 크게 웃으며 이야기를 꺼낸다.

"하하하. 아, 질문해 줘서 고마워요, 빅터. 이제 기억났어요. 이건…… 기대하시는 애절한 사랑이 아니라 조금 웃기긴 한데 말이죠. 저도 사랑하는 사람이 있긴 했어요. 정확히 하자면 짝사랑이요."

"짝사랑이라고요?"

"네, 좀 의외죠?"

이 얘기는 아무한테도 말한 적이 없는 얘긴데. 숨기려고 숨긴 건 아니지만……. 이젠 그럴 필요도 없으니 속 시원하게 이야기해야겠다. 이 이야기를 하는 날이 오다니. 오랫동안 잊고 있었던 지라 기억을 다시 한번 더듬어 본다.

"브로디라는 남잔데, 일하다가 만났어요. 제가 처음에 향수 사업 실패했다고 말씀드렸었죠? 그리고 난 후 지금 회사를 시작하려고 할 때 유일하게 저를 믿어줬던 사람이에요."

"네? 그런데 그런 사람이 왜 지금에서야 기억이 난 거예요?"

빅토르가 놀라며 묻는다. 그럴 만도 하지. 사랑하는 사람을, 그것도 유일하게 자기를 믿어줬다는 사람을 잊고 살았다니. 내 이야기이지만 정말 나조차도 믿기 힘들다.

"음…… 그게, 저도 믿기 어렵지만 일에 빠져 살다 어느 순간 보니 그는 이미 결혼을 했더라고요."

네 사람의 눈이 동시에 커지는 게 보인다.

"아하하. 그럼 결혼했다는 걸 알았을 때는 어땠어요? 이미 사랑이 식은 후였으려나?"

요한이 조금 크게 웃으며 물었다. 브로디가 결혼한 걸 알고 나서는 어땠더라? 잘 기억이 나지 않는 걸 보니 아마 그땐 내가 그를 사랑하고 있었다는 사실조차도 잊고 있었던 것 같다.

"글쎄요, 아마 별생각 없었을 거예요. 생각해 보면 그를 사랑하고 있었다는 것조차도 기억이 나지 않을 정도로 일만 하고 살았거든요. 아, 물론 평생 연애에 관심이 없었던 건 아니에요. 학생 때 몇 번 만나 봤거든요."

"그랬을 것 같아. 생긴 걸 보니 인기도 많았겠네, 뭘."

학생 때 연애를 해봤다는 말에 캐시가 한 마디를 덧붙인다. 칭찬인 것 같아 그녀에게 미소를 지어 보였다. 캐시도 연애를 많이 해봤다고 했던 것 같은데. 하긴, 그녀는 확실히 매력적인 외모를 가졌다. 캐시 당신도 상당히 아름다워요. 나도 칭찬을 해야겠다는 생각에 캐시에게 말을 건넨다. 그녀는 짧게 웃으며 어깨를 으쓱였다. 나쁘지 않은 반응이라고 생각했다.

"당신도 정말 어지간한 일중독이었나 봐요, 사랑하는 사람마저 잊고 살 정도로 일에 매진했다니."

빅토르가 농담인 것 같은 말을 던진다. 그의 말처럼 난 일중독이었다고 할 수 있겠다. 되돌아보면 나는 성공에 대한 욕심이 강했다. 왜인지는 나도 잘 모르겠지만……. 이유 없는 갈망이었을까? 시작은 내 능력을 증명하기 위해서였지만, 회사를 어느 정도 성장시키고 나서도 일하는 걸 멈추지는 않았다. 뭐, 이유가 어찌 되었든 원하던 사업을 성공시켰으니, 나는 내 욕망을 충분히 충족시켰다. 이렇게 일찍 죽을 줄은 몰랐지만 내가 죽어도 회사는 운영되도록 대비를 해놓았기에, 더 이상 회사는 걱정할 필요가 없다. 이미 죽었으니까 솔직해져 보자면, 다 이루어 놓고 죽는 게 조금 아쉽긴 하다. 하지만 그렇다고 삶에 집착할 필요는 또 뭐가 있겠는가.

"맞아요. 그렇게 심하다고 생각한 적은 없었는데, 지금 생각해 보니까 정말 일에 집착하는 수준이었는데요? 하하."

빅토르의 농담에 대답하며 자세를 고쳐 앉았다. 네 사람과 대화를 나누면서 내가 살아온 인생을 많이 되돌아봤다. 분명히 나를 슬프고 힘들게 하는 기억도 있었지만 나는 매 순간순간을 후회 없이 보냈다. 아름다운 인생이었다. 문득 저 네 사람에게도 설명해 줘야겠다는 생각이 들어 입을 뗐다.

"아, 그러고 보니 제가 처음에 당황하는 기색 하나 없이 죽은 것 같다고 말해서 다들 조금 놀라셨죠? 보통 부자면 가진 돈이 아까워 죽기 싫어할 것 같은데 말이에요."

"아, 사실 그거 조금 궁금했어요."

요한이 조금 커진 목소리로 이야기했다.

"저는 죽은 걸 알고 너무 당황했었는데 말이에요. 어떻게 그렇게 침착하게 말씀하시나 궁금했어요."

"아, 처음에 당황하시던 것 기억나네요, 하하하. 음……, 생각해 보니까 저는 이미 원하는 걸 다 이뤘더라고요. 아, 물론 가족들을 생각하면 조금 슬프긴 하지만…… 누구에게나 죽음은 찾아오니 그냥 받아들인 거죠."

나는 미소를 한 번 지어보이곤 다시 말을 이어갔다.

"저는 제가 매 순간순간을 만족스럽게 보냈다고 생각해요. 제가 처음에 다들 인생에 만족을 못하냐고 질문했었죠? 전 너무 행복했거든요. 그래서 물었던 거였어요. 여러분들은 스스로가 매우 힘들고 불행한 삶을 살아왔다고 생각하실 수도 있겠지만, 저는 아름다운 삶 이후에는 어떤 죽음도 아름답다고 생각해요. 아까도 말씀드렸듯이 살면서 안 좋은 점도 분명 있었지만 행복한 일이 훨씬 많았던 인생이었으니까요."

다들 설명이 길었던 탓에 내 이야기는 짧게 하고 끝낼 생각이었는데, 예상했던 것 보다 이야기가 길어져 처음에 네 사람에게 질문 한 목적을 잊고 있었다. 결론은 이거다. '아름다운 삶 이후에는 어떤 죽음도 아름답다.'라는 것. 요한도, 빅토르도, 캐시도, 아테도. 모두 그걸 알았으면 좋겠다. 그들은 내 인생을 부러워하지만, 결국 나에게도, 그들에게도 죽음은 왔다. 나는 생각에서 빠져나와 다시 입을 뗀다.

"생각해 보면, 신기하지 않나요? 우리 모두 다 다른 인생을 살아왔지만 한 날 한 시에 사고를 당해 함께 죽었잖아요. 각자 어떻게 살아왔든, 어떤 사람이었든지 간에요. 삶은 그렇게 길고 길었는데, 우리가 살아왔던 그런 인생들이 죽음 앞에서는 모두 한 사람의 짧은 이야기가 될 뿐이라는 게 말이죠."

나는 고개를 들어 내 앞의 사람들을 쳐다보았다. 저들은 이제 자신들의 죽음을, 그리고 삶을 받아들인 걸까?

대화가 끝난 후 잠깐의 침묵이 흘렀다. 서로의 인생에 대한 깊은 이야기를 나눠서 그런 것인지 다섯 사람 모두 처음 만났을 때의 침묵만큼 어색해 보이진 않았다. 이미 죽은 후인지라 다섯 사람 모두 숨김없이 솔직한 이야기를 한 모양이었다.

"대화는 충분히 나누셨나요?"

짧은 정적을 깬 건 여태껏 대화를 나누던 그 공간에서 처음 듣는 목소리였다.

"누구신가요?"

아만다는 갑자기 들리는 낯선 목소리에 조금 움찔하는 듯했지만 여전히 그 아름다운 얼굴에는 당황하는 기색이 보이지 않았다. 그녀는 특유의 친절한 말투로 그들의 침묵을 깬 의문의 존재에게 질문했다.

"제가 여러분을 이곳에 초대했습니다."

낯선 목소리를 가진 존재는 누구냐고 묻는 아만다의 질문에 자신이 그들을 이곳에 초대했다는 의미심장한 답변을 건넸다. 그 존재는 말 그대로 그냥 '존재'였는데, 목소리의 주인이 보이지도, 느껴지지도 않았고, 심지어는 목소리가 들려오는 곳이 어디인지조차도 확실치가 않았다. 게다가 그 존재는 남자인지 여자인지도 구분 가지 않는 미묘한 목소리를 가지고 있어서 그 목소리를 듣는 이들 모두 의문점을 떨쳐내지 못했다. 그 존재는 계속해서 다섯 사람의 궁금증을 자극하는 대답을 하지만, 막상 그들이 질문을 던지면 그 질문에 친절하게 답변을 해주는 예의를 갖추고 있었다.

"뭐? 당신이 우리를 여기에 초대했다고? 당신이 뭐 하는 인간인데 우리를 여기에 초대해?"

"인간? 애초에 인간이 맞긴 한가요?"

캐시의 질문 세례에 요한이 허를 찌르는 말을 했다.

"그러게요. '초대'라니."

빅토르가 가장 처음 의문에 존재에게 말을 건 아만다를 쳐다보며 말했다.

"…… 당신은 어떤 존재인가요? 저희가 생각하는 '신'인가요?"

아만다는 자신이 뭐라도 질문을 해주길 바라는 빅토르의 몸짓을 눈치채고 그 공간의 모든 사람들이 궁금해할 만 한 질문을 했다.

"뭐, 여러분께서 그렇게 생각하신다면 저는 그런 존재도 될 수 있겠습니다만, 가장 중요한 건 제 정체가 아니라 지금 여러분이 각자의 삶을 끝마치고 제가 초대한 이 공간에 와 있다는 것이겠죠."

친절했지만 우리의 궁금증을 해소하기에는 애매한 대답이었다. 끝내 목소리의 정체를 알 수 없었던 아만다는 여전히 궁금증을 떨쳐내지 못했지만, 그 존재의 말에 수긍하는 듯 보였다.

"맞는 말이네요."

아테가 씁쓸한 듯 알 수 없는 표정을 지었다.

"그런데 왜 우리의 대화가 끝날 때까지 기다렸다가 이제야 말씀하시는 건가요?"

아만다에 이어 요한도 의문의 존재에 대한 약간의 두려움이 해소되었는지 정중한 어투로 질문을 던졌다.

"여러분이 충분한 대화를 하길 원해서입니다. 그래서 함께 비행기에 탄 많은 사람들 중 여러분만 초대된 것이죠."

다섯 사람은 잠시 생각에 잠기는 듯했다. 갑자기 조용해진 탓인지 작은 소리도 크게 울려 퍼졌다. 이제 목소리의 주인이 어떤 존재인지는 그들의 관심 밖이었다.

"그러게요. 생각해 보니 왜 비행기에 있던 사람들 중에 우리만 여기 왔을까요?"

빅토르가 자세를 고쳐 앉으며 중얼거리듯 말했다.

"뭔가 의도하는 바가 있었을 텐데 말이죠."

"그냥 아무나 데려온 거 아니야? 아니, 그보다 진짜 신이라면 내가 따질 게 좀 많은데 말이지."

"잠깐, 잠깐. 삶을 바라보는 시선이나 삶에 대한 태도……. 뭐 그런 게 아닐까요?"

잠깐 혼란스러워진 대화에 요한이 자신의 추측을 입 밖으로 꺼냈다.

"뭐? 그게 뭔 뜻이야."

"그렇다고 하기엔 각자 살아온 인생이 너무 다르지 않습니까? 서로 통하는 구석이 거의 없는 것 같은데."

"그래서 부른 게 아닐까요?"

아만다가 진지한 표정으로 몸을 낮췄다. 그녀는 손을 모은 채 요한을 바라보며 얘기했다. 흑색 머리카락이 빛을 받아 흩날렸다.

"요한 말대로 삶에 대한 태도 차이. 그게 맞는 것 같아요. 저흰 모두 다 너무 다른 인생을 살아왔고, 느꼈던 행복의 정도에도 차이가 있었고, 각자 인생을 설명할 때의 모습도 다 달랐으니 말이에요. 아까 우리가 충분한 대화를 나눴으면 좋겠다고 한 것도 그렇고요. 우리의 대화가 궁금했던 게 아닐까요?"

아만다의 말을 들은 다른 이들은 그녀의 의견이 맞다고 확신하는 못했으나 설득력 있는 이야기에 은근한 동의를 내비쳤다. 하지만 그들에게 필요한 대답은 그들이 그곳에 모이게 된 이유보다는 앞으로 어떤 일이 벌어질지에 더 가까운 듯했다.

"그래, 좋아. 그렇다 쳐도 이제 우리는 어떻게 되는 건데?"

"이미 죽었는데 또 다른 과정이 있을까요?"

"하하. 모두 긴장이 좀 풀리셨나 보네요."

그들의 대화를 조용히 듣고 있던 목소리의 주인이 재미있다는 듯 다시 말을 꺼냈다.

"듣다가 궁금해진 겁니다만, 여러분은 자기 삶에 만족하며 살아왔나요?"

"그럴 리가 있나. 다 알면서 왜 질문하는 거야?"

캐시가 짜증난다는 듯한 표정으로 머리를 쓸어 넘기며 말을 이어가려 하자 아만다가 그녀의 어깨에 조심스레 손을 올리고선 그녀를 진정시키려는 듯 조용히 미소를 지었다.

"……에이."

캐시는 알았다는 듯 머리를 헝클어뜨리고 한쪽으로 고개를 돌렸다.

"뭐, 꽤 괜찮았어요."

"저도요. 아니, 전 아주 행복했다고 하는 게 맞는 것 같아요."

요한이 어깨를 으쓱거리며 말했다. 아만다도 동의하는 듯 말을 덧붙였다.

"……전 아직 잘 모르겠어요. 행복하기도 하고, 아니기도 하고."

빅토르의 답변은 여전히 '모르겠다.'였다. 그는 바닥을 바라본 채 작게 대답하곤 입술을 앙 다물었다.

"만족…… 할 수가 없었죠."

알 수 없는 표정으로 빅토르를 바라보던 아테가 조그맣게 실소를 터뜨리며 대답했다. 헛웃음인 것 같았다.

"그렇군요."

주인 모를 목소리는 그들의 답변이 성에 찼는지 기분 좋아 보이는 말투로 만족감을 드러냈다.

"그럼 질문 하나만 더 하겠습니다."

그 존재는 무언가 중요한 질문인 듯 조금 진지해진 듯한 말투로 말을 덧붙였다. 다섯 사람은 어딘가 긴장한 것 같은 표정을 한 채였다.

"지금까지의 모든 일이 사실이 아닌 꿈이라면, 여러분은 다시 자신의 삶으로 돌아갈 건가요?"

"그게 무슨……."

아만다는 잘못 들었다는 듯 미간을 살짝 찌푸렸다. 좀처럼 보여주지 않던 표정이다. 그러나 그 존재는 아만다가 짧게 흘린 효과음을 듣지 못한 것마냥 호탕한 목소리로 말을 이어갔다.

"자, 모두 고개를 들어 주변을 둘러보세요. 흰 문이 보이십니까?"

그들은 그 목소리의 지시를 따라 주변을 둘러보았다. 두어 번 정도 두리번거리자 분명 대화를 시작할 때에는 찾아볼 수 없었던 눈이 부실 정도로 새하얀 문이 보였다. 그건 말 그대로 '문'이었고, 그림자나 어떠한 공간으로 이어지는 부분 따위는 없이 정말 '문'만 있었다. 그들 모두 놀란 눈치였는데, 특히 아만다는 그 문을 보자마자 자리에서 벌떡 일어섰다.

"저 문을 열고 들어가면 여러분은 이곳에서 나눈 대화를 비롯한 모든 일을 기억한 채 비행기를 타기 전날 아침으로 돌아가게 될 겁니다. 아주 신기한 꿈을 꿨다고 생각하면 되겠네요."

그들은 이미 일어서 있는 아만다를 따라 하나둘 일어나기 시작했다.

"다시 자신의 삶으로 돌아가시겠습니까?"

"무슨 말도 안 되는 소리야. 그게 어떻게 가능해? 비행기가 추락했을 때 불에 타는 것도, 아픈 것도 다 느껴졌었잖아."

"불가능하다고 할 수는 없죠. 이미 믿을 수 없는 일을 너무 많이 경험한걸요. 당장 눈앞에 있는 저 문도 이어진 공간 없이 혼자 덩그러니 생겨났잖아요."

캐시의 말에 빅토르가 반박했다. 맞는 말이다. 이미 그들은 과학적으로 일어날 수 없는 일을 두 눈으로 너무나 많이 목격했다.

"이 문을 열고 들어가면 다시 돌아갈 수 있습니다."

목소리는 혼란스러워 보이는 다섯 사람의 대화에 친절한 설명 한

마디를 덧붙였다.

"정말인가요? 지옥이나 천국 같은…… 그런 건 없고요?"

요한이 어딘가 밝아 보이는 목소리로 질문했다. 정체불명의 목소리는 그의 말에 대답하지 않았다. 조용히, 아주 미세하게 웃는 소리만 들려왔다.

누군가는 문을 열고 돌아가 다시금 아름답던 현실을 마주할 수도 있다. 또한, 여기에 남아 지금의 운명을 기쁘게 받아들일 수도 있다. 그러나 아무도 그게 누구인지는 모른다. 누가 행복한 삶을 살았건, 불행한 삶을 살았건, 제각기 다른 환경 속에 형태는 다르지만 똑같이 아팠던 과거가 존재했다. 그리고 그럴 때마다 생기는 선택의 갈림길에서 어떤 선택을 해서 어떤 결과를 얻었는지, 그 결과로 인해 살아왔던 삶은 얼마나 찬란했는지 그들은 전부 한 번씩 자신의 삶을 되돌아봤다.

모두가 문을 열고 나갈지도 모른다. 어쩌면 모두가 문을 통과하지 않을 수도 있겠지. 그것은 그들의 선택이다. 재촉하거나 떠밀리지 않고, 오로지 자신의 선택으로만 문을 통과할 수 있다.

정체불명의 목소리는 조용히 웃었다.

그곳에는 과연 누가 남았을까. 정체불명의 목소리만이? 또 그들 중 누가 이곳을 떠나가 자신의 삶으로 돌아갈 선택을 했을까? 어쩌면, 모두가 이 공간에 남았을까.

하얀 공간에서 울려 퍼지는 건 알 수 없는 존재가 만들어낸 아득한 행복의 울음소리뿐이었다.

저는 이 책에서 〈1부 부정〉의 요한이라는 캐릭터의 시점으로 글을 쓰게 된 이재윤이라고 합니다.

요한이라는 캐릭터는 결과적으로 그래도 어느 정도 행복했다 정도의 삶을 살아온 캐릭터입니다. 다섯 명의 캐릭터 중 아주 행복하진 않지만 그렇다고 결코 불행하게 살아온 캐릭터 또한 아니며 그렇기에 요한은 결과적인 행복을 위해 힘든 일들을 겪어 와야 했던 캐릭터입니다.

요한에게 불행이라 함은 어릴 적의 친부모의 죽음과 자신의 전 애인의 죽음이 크게 자리잡은 것입니다. 반대로 그에게 행운이라 하면 양부모님과 친구들, 좋은 직장 상사들, 그리고 그의 애인 에리카일 것입니다. 요한의 삶은 전체적으로 말하면 행복한 삶이었지만 그걸 세밀하게 보면 온전한 행복은 아닙니다. 그걸 위해서 겪어온 불행들도 많이 있고 이 불행을 가진 시기 동안에 그는 불행했습니다.

그렇지만 그는 그가 죽었다는 걸 인지했을 때 그의 죽음을 부정하며 돌아갈 길을 찾습니다. 그의 불행은 그의 다른 행운들로 잊을 수 있었기에 그의 행운은 너무 컸기에 다시 돌아가고 살아 있을 때를 그리워할 수밖에 없었던 캐릭터입니다.

저는 요한을 통해 결과적으론 완벽했던 삶을 살아온 사람을 묘사하고 싶었습니다. 그에게 삶은 겉으론 완벽했지만 그 과정은 그리 순탄하진 않았죠. 하지만 그는 그의 삶을 행복했다고 묘사하며 미련이 남아 있습니다. 후회도 하며 미련도 많고 슬프게도 받아들입니다. 그렇게 하기 위해 저는 요한에게 모든 걸 다 가졌지만 자기 스스로가 통제하고 사는 인물, 그리고 비극적 사랑의 경험을 가진 인물로 표현하였습니다.

요한은 자신도 모르게 전 애인을 약간은 그리워합니다. 그는 자신이 전 애인을 다 잊었다고 생각하지만 그에게 첫사랑의 기억은 너무 뿌리박혀 다 잊어낼 수가 없고 그 자체를 부정할 수 없기에 그에 대한 미련은 여전히 남아 있습니다. 그렇다고 해서 지금의 애인인 에리카를 사랑하지 않는 것도 아닙니다. 그가 죽기 전까지 그는 에리카를 진심으로 사랑하며 평생을 약속하고 그의 인생 중 가장 행복하고 평온하던 시기를 보내기도 했습니다.

그는 어쩌면 사랑을 원하는 자신을 싫어할지도 모릅니다. 모든 것이 완벽하던 그의 삶에 사랑이라는 요소가 추가되며 그의 불행은 시작되었고 자신의 눈으로 사랑했던 사람이 죽는 모습을 보게 되어 사랑을 두려워하고 무서워했습니다. 그렇지만 이제 사랑으로 행복을 찾았으니 다시 삶으로 돌아가려고 애쓰죠. 이 책을 읽은 뒤 독자 여러분들께 제가 전하고자 하는 의도가 잘 전달되면 좋겠습니다. 감사합니다.

이재윤

작가의 말
2

저는 이 책에서 〈2부 분노〉의 캐시라는 캐릭터를 맡은 김서윤이라고 합니다.

캐시는 다섯 사람 중 4번째로 행복하고, 2번째로 불행하며, 죽음을 동경해 온 캐릭터입니다. 캐시는 줄곧 반쯤 포기한 채 삶을 살아왔습니다. 그녀의 의지보다는 타인에 의해서, 환경에 의해서 살아왔죠.

저는 캐시를 통해 두 가지를 표현하고 싶었습니다.

첫 번째는 사회에 대한 비판입니다. 비록 캐시가 좋은 사람이라고 하기에는 어렵지만, 그녀는 매우 뛰어나고 효율적인 능력을 가졌습니다. 그러나 사회의 시스템 때문에, 돈이 없어 대학에 가지도 못했고, 수준이 좋지 않은 회사에서만 썩어야 했죠. 과연 캐시가 태어난 환경이 평범했다면 캐시의 미래가 똑같았을까요? 저는 그렇게 생각하지 않습니다. 적어도 더 나은 조건의 회사에서 일할 수 있었겠죠. 이런 선택지를 통하여 독자 여러분들이 캐시를 둘러싼 환경과 사회에 대해 비판적으로 생각하고, 그를 바꿀 방법을 생각해 보기를 바랍니다.

두 번째로는 인간의 양면성에 대해 표현하고 싶었습니다. 작중 캐시는 성격이 꼬이긴 했어도, 부모님과 사회에 대한 피해자로 묘사됩니다. 이렇게만 보면 캐시가 안쓰럽고, 안타까운 캐릭터로만 비치죠. 그러나 캐시가 자신의 연인들에게 행동한 것을 보면 마냥 안타깝다고 하기엔 어렵습니다. 그녀가 받은 상처만큼 그녀도 누군가에게 상처를 주었고, 결국 캐시는 단지 불쌍하다는 말로는 정리되지 못할 인간이 되었죠. 상처받은 사람이 누군가에겐 상처 입히는 사람이 될 수 있다는 것입니다.

독자 여러분들이 이런 캐시의 환경과 양면성을 통해, 제가 표현하고자 했던 바를 느끼셨으면 좋겠습니다.

김서윤

저는 이 책에서 〈3부 타협〉의 빅토르라는 캐릭터의 관점에서 글을 쓴 최혜린입니다.

빅토르는 다섯 명의 사람들 중에서 행복하지도, 불행하지도 않은 삶을 살았죠. 누군가가 보았을 때 그는 행복했을 것이며, 다른 누군가가 보았을 때 그는 불행하다고 말할 수 있습니다. 빅토르는 '당신은 행복한 삶을 살았나요?'라는 질문에 머뭇거리며 잘 모르겠다고 하는 장면이 있었습니다. 그에게 있어서 행복한 삶은 무엇이었을까요?

저는 빅토르를 통해 자신의 삶에 대해 행복, 불행을 느낄 여유가 없었음을 표현하고 싶었습니다. 현대 직장인과 어울리는 캐릭터이죠. 일에 치여, 옆도 볼 여유 없이 오로지 앞만 보고 달렸습니다. 그렇기에 옆에서 나를 위로해 주고 뒤에서 나를 받쳐 주는 사람들을 신경 쓸 여유가 없었던 거죠. 그에게는 '일'이 인생 대부분이기에 자신의 감정을 신경 쓸 새 없이 지극히 인공적이고 기계적인 삶을 살았습니다. 일에 자신의 감정을 빼앗겼다고 볼 수도 있는 상황이죠. 어떻게 보면 제일 불행했다고 말할 수도 있을 것 같습니다. 감정은 배제한 채 가장 시시하고 재미없는 삶을 살았기 때문이죠. 그에게는 에일리라는 약혼녀가 있지만 약혼녀와 나누는 사랑, 행복, 화 등의 감정조차 그에게는 크지 않았습니다.

일에 치여 쉴 틈 없는 생활을 하는 사람. 어딘가 익숙하지 않나요? 현대의 직장인들에게서 흔히 볼 수 있는 생활입니다. 과연 이런 삶이 행복한 것일까요? 행복이 아니라면 우리가 찾는 행복은 무엇일까요?

사실 처음에 빅토르라는 캐릭터의 설정이 어려웠습니다. 불행하지도 않으면서 행복하지도 않은 사람은 어떤 사람일까?라는 생각을 많이 했죠. 행복한 사람을 맡는다면 좋은 인간관계를 가진 사람, 돈이 많고 부와 명예를 독차지한 사람을 생각했습니다. 불행한 사람이라면 너무 가난해서 파산 위기의 사람이거나 노력의 성과가 항상 실패인 사람을 생각했죠. 그런데 불행하지도, 행복하지도 않은 사람이라니…… 매우 막막했습니다. 그러다 감정을 못 느끼는 건 어떨까? 라는 생각을 했습니다. 이에 공감을 할 수 있게 안정적인 직장을 가지고 있고 나를 사랑하는 약혼녀도 있지만 일에 치여 정신적으로 힘든 사람을 설정하게 되었습니다. 겉으론 행복해 보일 수 있지만 실제로는 아니니까요.

빅토르는 열정적이지만 계획적이고 직관적이며 매우 이성적입니다. 그렇기에 글을 쓰면서 보고하는 형식으로 짧고 최대한 감정적이지 않게 글을 써 보았습니다.

아무리 시간이 없다 해도 한 번쯤은 천천히 숨 쉬며 주위를 둘러보세요. 분명 익숙한 장소이지만 못 보았던 장면들이 펼쳐질 것입니다. 계속 달린다면 넘어지고 숨을 헐떡이기 마련이죠. 결국 쓰러질 것입니다. 하지만 달리면서 중간중간에 휴식을 취하며 천천히 걷는다면 조금 늦어지더라도 반드시 결승에 도착하지 않을까요?

최혜린

———————

저는 이 책에서 〈4부 우울〉의 아테라는 캐릭터를 맡은 김세희라
고 합니다.

아테는 불행한 캐릭터이고, 다섯 사람 중 가장 행복을 찾을 수 없
는 캐릭터이죠.

아테는 5명 중 가장 불행한 캐릭터입니다. 그래서 저는 불행을 어
떻게 표현해야 할지에 많은 고민이 들었습니다. 그래서 사랑, 가족,
직업, 학력 등 모든 어쩌면 당연하다고 생각되는 것들과 중요하게
여겨지는 것들을 아테에게 있어서는 쉽게 얻어내지 못하고 알지도
못하는 것으로 아테의 불행을 표현했습니다.

어릴 적 가족에게 버림받고 동료에게 배신당하면서 아테는 얘기
하는 중간에도 좋은 일이 생겼어도 자신이 행복했었다는 말을 하지
않습니다. 이안에게 솔직하게 말하고 어쩌면 그 비행기를 타지 않
을 수도 있었을 지도 모릅니다. 하지만 아테는 자신의 불행한 삶이

당연하다는 듯 수긍해 버렸고 행복하게 살 수 있는 방법을 찾지 않았습니다. 어떻게 보면 이것이 아테의 선택이었을지도 모르겠네요.

스스로 행복을 찾을 수 없었고 열심히 살려고 노력했지만 그러지 못했던 이 책의 가장 불행한 아테의 삶을 잘 읽어주시기를 바랍니다.

김세희

─────────

저는 이 책에서 〈5부 수용〉의 아만다라는 캐릭터를 맡은 김수정이라고 합니다.

아만다는 아주 행복한 인생을 살아왔습니다. 그리고 다섯 사람 중가장 본인의 인생에 만족한 사람이죠. 좋은 집안, 아름다운 외모, 뛰어난 능력. 사실 다른 캐릭터들보다 성공으로 향하는 출발점이 훨씬앞에 있었다고 볼 수 있습니다.

하지만 그렇다고 해서 그녀가 치열하게 살아오지 않았다고 할 수는없습니다. 특유의 여유롭고 강한 성격이 아니었다면 집안의 도움을받지 않고 스스로 하나의 회사를 일구어 내기란 힘들었을 것입니다.

저는 책을 쓰며 아만다를 통해 현실성 있으면서, 아주 행복이 가득한 인생을 묘사하고 싶었습니다. 그런 인생을 만들기 위해 아만다의 설정에 사회적으로 요구되는 좋은 조건들을 하나 둘 추가할 때면 확실히 개인의 노력만으로는 극복할 수 없는, 날 때부터 가지고 있어야 하는 조건들이 있어야 행복에 조금 더 가까워질 수 있는 것 같다는 생각을 했습니다.

　책 속에서 삶에 크게 불만이 있지는 않았지만 아만다 만큼의 큰 만족감도 없는 인생을 산 등장인물들은 삶을 후회하거나 죽은 것을 슬퍼하지만 아만다는 그렇지 않습니다. 오히려 죽음을 인생의 한순간들 중 하나로 평온하게 받아들이죠. 모순적인 부분이라는 생각이 들 수 있는 설정입니다. 저는 만족스럽고 여유로운 인생을 산 사람은 죽음을 미련 없이 행복하게 받아들이지만 평범하게 인생을 살아온 사람들은 죽음을 슬퍼하고 삶 속에서 자신이 했던 행동을 후회하는 모습을 보여줌으로써 행복에 여러 조건이 요구되는 세상의 모순을 표현하고 싶었습니다.

　작중 그녀는 이런 말을 합니다.

　"아름다운 삶 이후에는 어떤 죽음도 아름답다."

　전 이 대사에 모순적인 세상 속에서 각기 다른 상황의 사람들이 저마다 아름다운 삶을 살아내었으면 하는 바람을 담았습니다. 또, 한 사람의 인생이 행복하지 않은 것은, 그 사람의 탓만이 아니라는 말도 하고 싶네요.

　남들보다 행복한 인생을 살아온 그녀이지만, 죽음 앞에선 죽음을 바랄 정도로 불행한 인생을 산 이들과 같은 한 명의 인간일 뿐입니다. 이 글을 읽은 모든 분들이 그저 한 명의 인간으로서 자신만의 아름다움을 담은 찬란한 인생을 살아내길 소망합니다.

김수정

이 책은 삶과 죽음에 대해 이야기 하고 있습니다. 책의 제목인 '삶을 받아들이는 5단계'는 임종 연구 분야의 이론인 '죽음을 받아들이는 5단계'를 인용한 문구입니다.

부정, 분노, 타협, 우울, 수용으로 이루어진 5가지의 과정은 각각의 챕터를 이루고 있는데요, 각 단계의 명칭과 어울리는 인물이 그 챕터의 서술자가 됩니다.

가장 행복했던 〈5부〉의 아만다는 미련 없이 죽음을 수용, 그 다음으로 행복했던 〈1부〉 요한은 삶을 그리워하며 죽음을 부정, 세 번째 〈3부〉의 빅토르는 늘 그런 삶을 살아왔듯이 현재의 상황도 타협, 네 번째 〈2부〉의 캐시는 자신의 삶을 향한 분노, 마지막으로 행복이란 느껴 보지도 못했던 〈4부〉의 아테는 우울감을 느낍니다. 얼마나 행복한 삶을 살아 왔는지에 따라 인물들 간에 반응이 모두 다른 모습을 볼 수 있습니다. 그리고 그 단계들은 대화의 전체적인 흐름을 나타내기도 하죠.

그들의 대화는 시간이 지남에 따라 부정에서부터 수용에 이르는 모습을 보여줍니다. 인물들이 결국 자신들의 죽음을 받아들인 것이죠. 또한, 그들은 본인이 살아온 삶도 함께 수용하게 됩니다.

그들은 마지막 순간 어떤 선택을 내렸을까요? 여러분이라면 어떤 행동을 하셨을 지도 궁금하네요. 끝으로 책을 읽고 난 후의 당신은 어떠한 선택에도 후회하지 않는 삶을 살아가길 바랍니다.

책을 읽어주신 모든 독자 분들께 진심으로 감사의 말씀을 전합니다.